rororo

«Wer **A** sagt wie **A**breise, der muss auch **B** sagen wie **B**ender. Der Mann hat einfach das richtige Gespür für Timing: Wann man auf Reisen geduldig sein muss wie ein Buddhist, wann schicksalsergeben wie ein Moslem, wann pfiffig wie ein Jude, wann demütig wie ein Hindu und wann die Zeit gekommen ist, auf ein Wunder zu hoffen, wie ein Christ. So geht's von Abreise bis Zurückkommen gut aus. Dank Bender.»
(DIETER MOOR)

Mikka Bender war schon während seines Studiums als Reise- und Expeditionsleiter weltweit unterwegs. 1992 engagierte VOX ihn als Redakteur. Er entwickelte maßgeblich die Reisesendung «Voxtours» und wurde 1996 Redaktionsleiter des wöchentlichen Magazins «Wolkenlos». Seit Frühjahr 2010 steht er als Moderator und Reporter in der Sendung «Hilfe, mein Urlaub geht baden» (VOX) vor der Kamera.

MIKKA BENDER

«Is Nebensaison, da wird nicht mehr geputzt»

Urlaub in der Hölle

Rowohlt Taschenbuch Verlag

Originalausgabe
Veröffentlicht im Rowohlt Taschenbuch Verlag,
Reinbek bei Hamburg, Juli 2011

Lektorat Regina Carstensen
Landkarten Jürgen Forster, Text + Grafik, Bonn
Foto des Autors Bettina Koch
Umschlaggestaltung ZERO Werbeagentur, München
(Fotos: Michael Kelley, Jupiterimages © Getty Images)
Satz Quadraat PostScript, PageOne,
bei Dörlemann Satz, Lemförde
Druck und Bindung CPI – Clausen & Bosse, Leck
Printed in Germany
ISBN 978 3 499 62749 1

FSC www.fsc.org
MIX
Papier aus verantwortungsvollen Quellen
FSC® C083411

Das für dieses Buch verwendete FSC®-zertifizierte Papier *Lux Cream* liefert Stora Enso, Finnland.

Inhalt

Vorwort

Mit Heimweh kenne ich mich nicht gut aus, ich weiß aber so viel: Wenn es den Menschen überfällt und richtig wehtut, dann hilft zügig und nachhaltig nur eins – nach Hause fliegen oder fahren oder gehen.

Beim Fernweh kenne ich mich besser aus. Seit ich achtzehn bin, überfällt es mich regelmäßig. Mit der einen oder anderen Urlaubsreise war ihm nicht beizukommen, also musste ich Reisen auch zu meinem Beruf machen, als Reiseleiter, als Reisereporter. Doch ein Allheilmittel ist das nicht, wie ich inzwischen weiß. Das Fernweh kommt immer wieder. Wenn es meinen Körper schüttelt, dann muss ich weg, unabhängig von meiner Profession. Bleibt nur die Frage: wohin? Nach Indien oder nach Island? Oder vielleicht doch nur nach Italien? Gar Ingolstadt? Da hat es der Mensch mit Heimweh eindeutig leichter. Er fährt heim, und alles ist wieder gut. Die Behandlung von Fernweh ist also viel aufwändiger. Zumindest, wenn es sich – wie bei mir – um eine ausgeprägte Form dieser Krankheit handelt. Nur schnell mal einen Tapetenwechsel vornehmen, hilft nicht viel. Nach zwei Stunden ist Ingolstadt nicht mehr fern, sondern vertraut und heimisch, und ich habe wieder das Problem mit dem Fernweh! Also weiter nach Italien und sieben Tage später nach Island und vierzehn Tage darauf nach Indien. Da erst kann ich das Fernweh dauerhaft bekämpfen. Nicht nur, weil das Land riesig ist und sehr viele fremde Eindrücke bietet, sondern auch, weil solche Ziele, im Gegensatz zu klassischen Urlaubsparadiesen wie den Malediven oder den Seychellen, wild und unberechenbar sind. Die Malediven sind kein Balsam für meine Fernweh-Seele, hier wird das Fernweh noch größer als zu Hause, es kann glatt zum Heimweh werden.

Reisen in Gegenden, die mich mein Fernweh eine Zeit lang vergessen lassen, können aber auch schnell mal zu einem Urlaub in der Hölle werden. Hitze, Alltagschaos, diverse kleine und größere Gefahren, Dreck und Gestank begleiten oftmals Erkundungstouren in exotische und spannende Welten. Das ist aber nicht der Grund, warum ich mich nicht das ganze Jahr über in Ländern wie Indien aufhalten kann. Ich habe Familie. Also muss ich mich zwischendurch auch mit Ingolstadt oder Italien zufrieden geben. Und wenn es nur für ein paar Stunden oder Tage ist. Und selbst, wenn Sie es nicht glauben wollen: Die Urlaubshölle gibt es auch hier. Direkt vor der Haustür, im Naherholungsgebiet, oder an den «Traumstränden» rund ums Mittelmeer. Sogar auf den Seychellen oder den Malediven. Sollten Sie davor Angst haben, bleiben Sie am besten auf dem Balkon – und lesen dieses Buch.

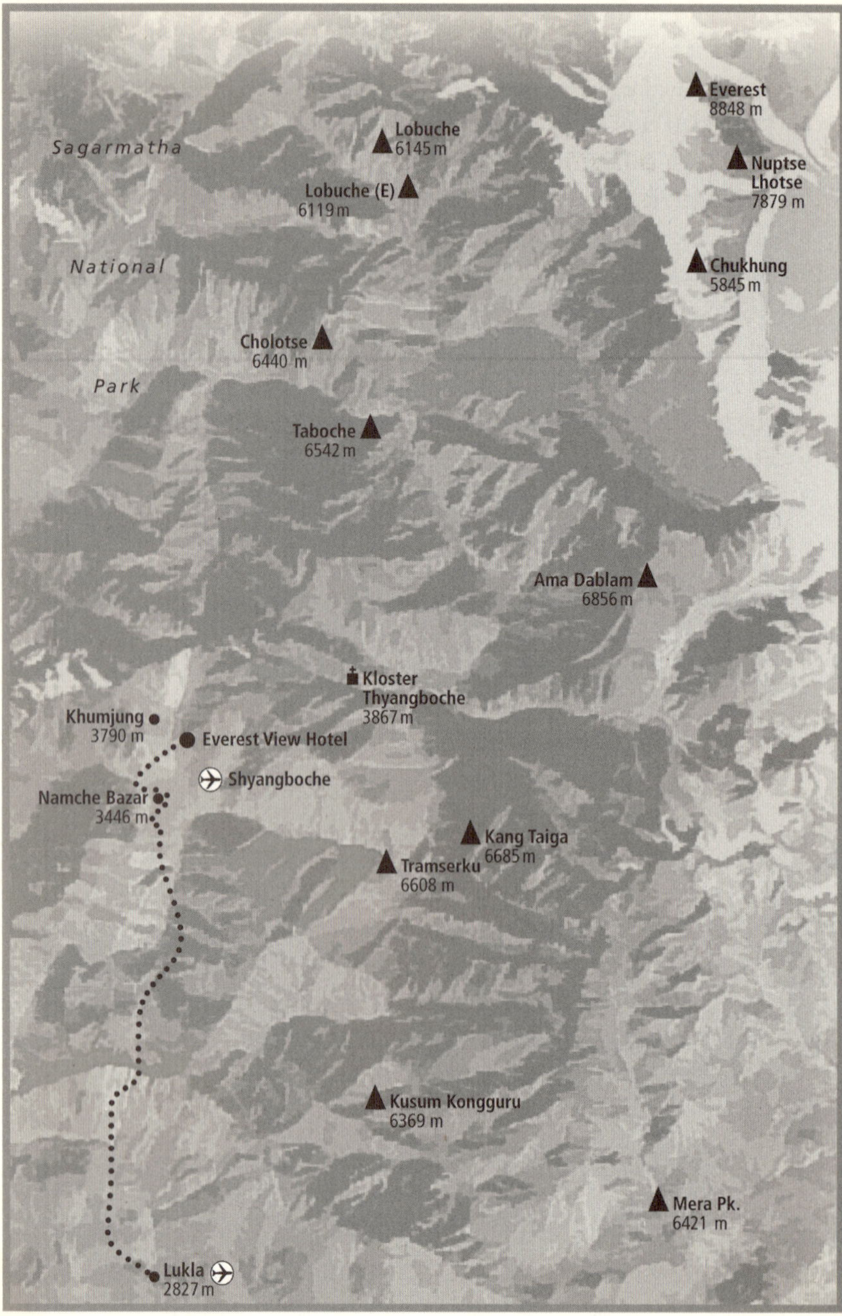

Everest
8848 m
Lobuche
6145 m
Sagarmatha
Nuptse
Lhotse
7879 m
Lobuche (E)
6119 m
National
Chukhung
5845 m
Cholotse
6440 m
Park
Taboche
6542 m
Ama Dablam
6856 m
Kloster
Thyangboche
3867 m
Khumjung
3790 m
Everest View Hotel
Shyangboche
Namche Bazar
3446 m
Kang Taiga
6685 m
Tramserku
6608 m
Kusum Kongguru
6369 m
Mera Pk.
6421 m
Lukla
2827 m

Im Land der wollüstigen Yeti-Frauen

Die Leiden eines Reiseleiters im Himalaya

Was verbindet den Reiseleiter früherer Tage mit dem Single von heute? Nein, jetzt kommt kein dummer Witz. Das ist eine vollkommen ernst gemeinte Frage, auf die ich, ehrlich gesagt, gerade eben erst eine Antwort gefunden habe: Das Blind Date verbindet die beiden. Mit einem großen Unterschied allerdings: Beim Blind Date von heute kann sich jeder nach kurzer Schamfrist aus dem Staub machen, wenn ihm beim Gegenüber der Grad der Blindheit zu hoch erscheint. Beim Blind Date von einst, also mit einem Reiseleiter, ging das so einfach nicht.

Treffpunkt Flughafen Frankfurt, Abflughalle B, Schalter der Royal Nepal Airlines. Es war immer ein Sonntagabend, und es war immer die gleiche fürchterliche Situation: Ich, der junge, dynamische Geographiestudent, durfte zehn bis fünfzehn Mitglieder der bundesweit organisierten Stretchhosenfraktion begrüßen. Beim ersten Anblick wollte ich regelmäßig fliehen, mich einfach nicht als ihr Reiseleiter zu erkennen geben. Ich wollte wieder zurück in den Zug, nach Hause, an die Uni – alles tausendmal besser, als dreiundzwanzig Tage lang rund um die Uhr diese Oberlehrer, Finanzbeamten, Apotheker und Kunsthistoriker durch mein geliebtes Königreich im Himalaya zu führen. Mit neunzehn, nach dem Abitur, führte mich meine erste große Reise mit einem alten VW-Bus geradewegs nach Nepal, dort war ich monatelang auf eigene Faust durchs Land gezogen, hatte später für das Geographische Institut der Universität Bonn Klimadaten aus dem Hochhimalaya gesammelt und auch schon das eine oder andere Urlaubssemester dem kleinen Königreich im Himalaya geopfert. Es waren die höchsten Berge der Welt und die Menschen mit ihren fremden, aber unglaublich lebendigen Kulturen, die mich faszinierten.

Alle meine Kenntnisse, die ich auf meinen privaten Reisen über Nepal angehäuft hatte, wurden zu meiner Existenzgrundlage als Reiseleiter. Meine temporären Reisefreunde wollten auch immer alles wissen, jede noch so kleine Tempelfigur am vorletzten Dorftempel musste ich mit Namen kennen. Und natürlich musste ich vierundzwanzig Stunden am Tag bereit sein, über den gesamten Himalaya aus kulturhistorischer und naturgeographischer Sicht referieren zu können. Sie hatten schließlich eine Studienreise gebucht und bezahlt, und die Erwartungen an eine solche wollte ich nicht enttäuschen. Durfte ich nicht enttäuschen.

Leider ging es bei meinem Tun nicht allein darum, die Truppe nur durch die Berge zu führen und ihnen Tempel zu zeigen, es ging um viel mehr: trösten, zuhören und Anteilnahme zeigen, alles Tätigkeiten, für die man eine Ausbildung als Kranken- oder Altenpfleger oder Gesprächstherapeut gut gebraucht hätte. Studienreiseteilnehmer sind oftmals Einzelgänger, die vom Reiseleiter auf einer Gruppentour auch von ihrem Weltschmerz oder ihrem sonstigen Schlamassel geheilt werden möchten. Das war oftmals die eigentliche Mammutaufgabe.

Normalerweise kannten mich einige bereits von früheren Touren, Stretchhosenträger sind Wiederholungstäter. In diesem Fall traf das nicht zu. Das Blind Date war auch wirklich ein solches. Doch alle fanden sich ein. Nachdem die Begrüßung erfolgt, die Formalitäten abgewickelt und die Sicherheitskontrollen passiert waren, ging es zum Gate. Das Flugzeug der Royal Nepal Airlines stand schon bereit. Überhaupt ist die Royal Nepal Airlines eine einzigartige Fluggesellschaft, hatte sie damals doch nur zwei Maschinen. Die eine Maschine flog regelmäßig von der nepalesischen Hauptstadt nach Frankfurt und zurück, um die Stretchhosen abzuliefern oder einzusammeln, und die andere wartete im Stand-by-Modus in Kathmandu auf den König, es konnte ja sein, dass er Lust auf eine Sightseeing- oder Shoppingtour außerhalb seines Reichs hatte. Zu dieser Zeit hatte er noch was zu sagen, 2007 war es dann aus damit. Nepal wurde eine Demokratie.

Selbstverständlich hatte ich dafür gesorgt, dass wir an Bord alle zusammensitzen konnten. Das gehörte sich so für eine Gruppenreise. Und selbstverständlich wurde ich mit Fragen gelöchert. Schon hielt ich meine erste kleine Vorlesung zum Thema «Kulturvielfalt im Tal von Kathmandu». Diese Stretchhosenteilnehmer hatten sich für das große Rundreiseprogramm entschieden, individuell zugeschnitten. Der Reiseveranstalter, für den ich arbeitete, offerierte aber mehrere Möglichkeiten für Nepal-Freunde. Da gab es das sogenannte große Kulturprogramm mit drei Königsstädten, siebenundachtzig Tempeln, drei Tieropferstätten, einer Menschen-Verbrennungsstätte, einem Ausflug mit Sonnenaufgang über dem Himalaya, dem Besuch eines tibetischen Flüchtlingslagers und einer landestypischen Tanzaufführung. Alles in drei Tagen, danach ging es weiter nach Indien. Oder das kombinierte Kultur-Natur-Programm, das sich von dem singulären Kulturprogramm dadurch unterschied, dass hierbei ein zweiter Ausflug zu einem Sonnenaufgang über dem Himalaya angeboten wurde sowie eine beschauliche Tagestrekkingtour durch abgeerntete Reisterrassen zu einem Tempelhügel. Immerhin nahm man sich dafür vier Tage Zeit, dann erfolgte ebenfalls eine Weiterreise nach Indien. Eine dritte Alternative war das kleine Kulturpaket mit großem Naturanteil. Wieder ein fast identisches Besichtigungsprogramm – nur das Flüchtlingslager war gestrichen –, stattdessen wurde eine umfangreiche Trekkingtour zum Annapurna-Base-Camp geboten. Gesamtdauer: vierzehn Tage. Anschließend flog man direkt zurück nach Deutschland, auf Indien musste man also verzichten. Der unbestrittene Höhepunkt aber war die dreiundzwanzigtägige Tour, die als «Nepal für Liebhaber» deklariert war. Das große Kulturprogramm fehlte auch bei dieser großen Rundreise nicht, aber es wurde ergänzt durch eine dreitägige Wildwasserfahrt auf dem Fluss Trisuli, einer «originalen und lebensgefährlichen» Wildtigerschau im Chitwan-Nationalpark und einem zweitägigen Ausflug ins Himalayagebirge mit Blick auf den Mount Everest. Das war natürlich nur was für mutерprobte Stretchhosen mit einem ansehnlichen Geldbeutel. Und solch eine Tour stand mir diesmal bevor.

Im Flieger lernte ich die Gruppe langsam kennen. Es gab vier Lehrer, Hartmut, Günter, Wilhelm und Norbert, eine Zahnärztin, Ingrid – was eher erstaunlich war, Zahnärzte sind selten dabei, aber ihr Mann war Norbert, der Lehrer – zwei Österreicher, Anton und Hans, ohne nähere Berufsangaben, aber mit ziemlicher Sicherheit auch Lehrer, ein Apothekerehepaar, Iris und Joachim, und eine Art Künstlerin, Ramona. Insgesamt waren es zehn Leute, dazu kam noch ich, der Jüngste.

Der Flug verlief ohne Zwischenfälle, und schließlich landeten wir nach gut neun Stunden auf dem Tribhuvan International Airport von Kathmandu. Der Flughafen hätte es damals verdient gehabt, als erster Kulturprogrammpunkt in allen deutschen Reiseprospekten mit Nepal-Angeboten Erwähnung zu finden. Ich hätte ihm sofort drei Sterne vergeben, für «besonders wertvoll», «bizarr» und «abgedreht». Auf Landeplätzen im fernen Asien wurde schon immer gern das Gepäck auf langen Tischen von professionellen Durchwühlern gefilzt. Das war normal, aber in Kathmandu gingen die Beamten noch einen Schritt weiter. Sie sortierten alles auf zwei Haufen. Auf dem einen lagen

Taschenlampen, Taschenmesser, Rasierapparate mit und ohne Motor, Flachmänner, ordentliche Kugelschreiber – nicht die von Lehrern –, Erste-Hilfe-Pakete und Körperhygieneartikel der unterschiedlichsten Art. Auf dem anderen befand sich der wenig aussichtsreiche Rest. Nach dieser Feinsortierung fing der durchwühlende Uniformierte auf einmal aus heiterem Himmel zu lachen an, lachte weiter und weiter, immer noch grundlos, wobei er langsam, aber stetig sämtliche Teile des interessanten Stapels ohne Spur eines schlechten Gewissens in die Taschen seiner viel zu großen Armeejacke steckte. Das war Entwicklungshilfe in Reinkultur. Die Bedürftigen erhielten ohne Umwege, also direkt vom Spender, die wirklich wichtigen Dinge, wahrscheinlich auf Wunsch sogar mit Spendenquittung. Eine echte Win-win-Situation.

Nachdem wir unseren Dienst am Mitmenschen geleistet hatten, checkten wir im Hotel de l'Annapurna ein. Diese Fünf-Sterne-Herberge war das zentrale Auffangbecken aller Stretchhosen im Tal von Kathmandu. Am nächsten Tag wollten wir mit unserem ersten Programmpunkt starten: dem zweitägigen Ausflug in die Khumbu-Region von Nepal. Dort, auf knapp 4000 Metern über dem Meeresspiegel, im höchstgelegenen Hotel der Welt, hatten wir vor, im Everest View unsere zweite Nacht in Nepal zu verbringen. Was ich aus eigener Erfahrung versprechen konnte: Von jedem Zimmer gab es eine uneingeschränkte Aussicht auf den weltgrößten Felsklotz, den Mount Everest. Zu diesem sagenhaften Ort sollte uns eine Pilatus Porter bringen, ein einmotoriges Flugzeug.

Am Abend an der Hotelbar, die den vielversprechenden Namen «Yeti Bar» führte, sahen mich zehn muterprobte, aber ratlose Bergbewunderer in spe an, bis sie die für sie anscheinend lebenswichtige Frage stellten: «Was, bitte schön, soll man am Mount Everest anziehen?» Mir gingen andere Dinge durch den

Kopf: Würden die einzelnen Teilnehmer die große Höhe vertragen? Würde das Wetter mitspielen? War der Pilot pünktlich? Doch laut sagte ich: «Zwei Hosen übereinander, und oben herum alles, was geht.» Es war verboten, in eine Pilatus Porter Gepäck mitzunehmen. In diese Maschine passte nur eine bestimmte Anzahl von Passagieren, genauer gesagt fünf, höchstens sechs, und ein paar Säcke mit Proviant fürs Hotel. Aus diesem Grund musste der Pilot bei elf Leuten zweimal fliegen.

Vom lauten Schrillen meines Weckers wurde ich wach. Ich hatte ihn auf halb sechs gestellt, da ich noch einmal ausgiebigst warm duschen wollte. Ich wusste eben, was mich am Mount Everest erwartete.

Es war der 22. Dezember, null Grad, neblig und gerade einmal sieben Uhr, als uns schließlich ein bestellter Fahrer mit seinem Minibus vor der garagenähnlichen Abflughalle des Domestic Airports von Kathmandu absetzte. Die Augen hatte noch niemand so recht offen, auch nicht die Flughafenangestellten. Die hatten alle ein Glas süßen Milchtee in der einen Hand und in der anderen eine Zigarette, Marke Yak. Fast lässig sah das aus, wohingegen meine zehn Freunde schon etwas seltsam anmuteten, wie sie da mit all ihren Klamotten am Leib mehr oder weniger unbeweglich herumstanden. Doch der Flughafen war unbeheizt, so konnte trotz der Verpackung nur wenig Angstschweiß austreten. Und nervös war meine gesamte Gruppe, denn ein Flug in den Himalaya war selbst für erfahrene Reiseprofis keine Routine.

Sechzig Minuten mussten wir warten, bis etwas passierte. Die kleinen Propellermaschinen, ob ein- oder zweimotorig, dürfen nur auf Sicht fliegen, und Kathmandu hat im Winter leider sehr oft Nebel – so auch zwei Tage vor Heiligabend. Gegen acht brach aber die Sonne durch, und wir konnten los.

Mit den beiden Österreichern und dem Apothekerehepaar

saß ich in der ersten Maschine. Ein guter Reiseleiter muss mit leuchtendem Beispiel vorangehen. Knapp eine Stunde später lag die Sandpiste von Syangboche vor uns. Die Pilatus Porter war steil gegen den Berg geflogen und setzte in einer Staubwolke auf 3800 Metern auf. Dabei hatte der Schweizer Pilot die Kiste wie einen alten VW auf einem Feldweg nach links gezogen und vor einer Bretterbude zum Stehen gebracht. Wir waren auf dem Dach der Welt gelandet.

Aus der Holzbude schritt jemand, wahrscheinlich der Flughafenmanager, gemächlich mit einer Thermoskanne Tee für den Piloten heran. Die kleine Yakherde, die die Pilatus Porter von ihrer kargen Weide, der Piste, in die angrenzenden Geröllfelder vertrieben hatte, trottete wieder zurück. Yaks sind übrigens Hochgebirgsrinder mit dickem Fell und mächtigen Hörnern. Sie sind schlauer als Wasserbüffel, zumindest sehen sie schlauer aus.

Die Yakhirten hatten bei unserem Anflug im Windschatten einer kleinen Felswand in der Sonne gesessen. Jetzt packten sie ihre Säcke, die neben ihnen gelegen hatten, und hetzten auf uns zu. Nicht grundlos. Yakhirten hatten im Schatten des Mount Everests schon früh erkannt, dass der Berg ihnen ein neues Geschäftsmodell offerierte. Wenn Touristen einen öden, kalten Berg so faszinierend finden, dass sie unglaublich viel Geld in die Hand nehmen und sogar ihr Leben riskieren, nur, um ihn einmal sehen zu können (manche besteigen ihn sogar), dann war doch klar, dass diese Menschen auch Gefallen an altem Küchen- oder Klosterplunder finden mussten. Waren das doch Sachen, die die Menschen am höchsten Berg der Welt brauchten oder eben nicht mehr brauchten.

Dazu profitierten die Yakhirten von der Tatsache, dass Touristen, im Gegensatz zu ihnen und ihren Tieren, in der dünnen

Höhenluft nicht mehr so gut denken und damit auch nicht richtig rechnen können. Dieses Phänomen stützte das Geschäftsmodell der Hirten wie auch die weitere Gegebenheit, dass die gekauften Souvenirs beim Rückflug dem Flughafenmanager ausgehändigt werden mussten (Übergepäckproblem!). Auf diese Weise gelangte alles wieder zu ihnen, und sofort konnte man den Krempel der nächsten Touristengruppe verkaufen. Ich könnte hier ein weiteres Mal von einer Win-win-Situation sprechen, lasse es aber, weil Yakhirten insgesamt ein beschwerliches Leben haben.

Böse Zungen könnten jetzt fragen: «Warum warnt der Reiseleiter seine Gruppe eigentlich vorher nicht?» Die Antwort kann man sich denken: Er bekommt natürlich Prozente, ebenso der Pilot, was er mir gegenüber aber niemals zugegeben hat.

Nachdem uns dann also die Yakhirten bestürmt und sie ihre Souvenirs den Stretchhosen gegen eine sehr hohe Gebühr sozusagen ausgeliehen hatten, mussten sie anschließend ihre Tiere von der unbefestigten Piste treiben. Der Pilot wollte los, um die zweite Hälfte der Gruppe in Kathmandu abzuholen. Mit aufheulendem Motor drehte die Maschine, und dann gab es für die nächsten Sekunden nur noch Krach und Staub und Getöse in der Bilderbuchlandschaft. Im Hintergrund die Hängegletscher der Sechstausender Kang Taiga und Thamserku und darunter die dunkelgrünen, uralten Rhododendron- und Kiefernwälder.

Am späten Vormittag war die Gruppe vollzählig, mit Souvenirs versorgt und zum Aufstieg Richtung Hotel bereit. Ganz langsam gehen, war jetzt die Devise, so tun, als sei man schwerst gehbehindert. Dies war die einzige Möglichkeit, den in der Höhe fast obligatorischen Kopfschmerz wenigstens noch für einige Minuten abzuwehren. Auf knapp 4000 Metern würde er sowieso unweigerlich kommen, außer bei den Glücklichen, bei denen eine Höhenanpassung stattgefunden hatte. Im Schneckentempo zogen wir somit bergan, schnaufend und immer den Blick nach Norden gerichtet, in der Hoffnung, ihn endlich zu sehen.

Aber erst kurz vor dem Everest-View-Hotel zeigte er sich, der Mount Everest. Entsprechend wild wurde eine Aussichtsstelle nach der nächsten angesteuert, sehr zur Freude des Kopfschmerzes. Der setzt sich bei Höhenluft gern zuerst hinter dem rechten Auge fest, bei Rechtshändern zumindest. Ich bin Linkshänder.

Das Hotel war ein flaches Bruchsteingebäude, das gut in die Landschaft passte, ein bisschen wie ein großzügiges Schweizer Chalet gebaut. Betrat man es, so stand man in einem riesigen Raum mit offener Feuerstelle und Panoramafenstern in Richtung – na klar, zum höchsten Gipfel. Die Ausstattung der Zimmer war gewöhnungsbedürftig, ohne Heizung und Strom. Stattdessen gab es aber eine Badewanne sowie neben jedem Bett eine Sauerstoffanlage mit Atemmaske. Nie haben sich mir Sinn und Zweck der Badewanne erschlossen. Wer badete schon gern in kaltem Wasser? 240 Dollar musste man für diesen Komfort bezahlen, pro Person und Nacht. Wobei von Nacht eigentlich nie die Rede sein konnte. Es war zwar ziemlich lange dunkel in dieser Gegend, aber an Schlaf war kaum zu denken. Der Kopfschmerz bekam in der Finsternis nämlich einen guten Freund: das Herzrasen.

Doch bevor wir an die Nacht dachten, standen wir ehrfurchtsvoll vor der großen Panoramascheibe. Der Everest lag vor uns in der roten Abendsonne, das Aspirin im Glas und das Yaksteak in der Pfanne. Ich hatte heute zehn Stretchhosen glücklich gemacht, und wenn ich die Souvenirs mit einrechne, sogar überglücklich. Lehrer Hartmut brachte die allgemeine Gemütslage auf den Punkt: «Ich hatte wirklich hohe Erwartungen, aber dieses Bergpanorama übertrifft sie bei weitem, das ist einfach nur großartig.»

Das Everest-View-Hotel war eigentlich eine Unterkunft, die von Japanern favorisiert wurde. Wenn Mitteleuropäer bergverrückt sind, dann sind Japaner bergversessen, obwohl sie absolut keine Höhe vertragen. Und trinken sie dann noch Alkohol, fallen sie sofort tot um. Was helfen ihnen da noch Sushi und Karaoke? An diesem Abend aber waren die Deutschen deutlich in der Überzahl. Nur ein japanisches Ehepaar zerrte noch mit uns am Yaksteak, das wir gemeinsam andächtig mit Blick auf Gebirgsspalten verspeisten: Herr und Frau Kawasaki. Herr Kawasaki wollte Frau Kawasaki den Everest zeigen, deshalb waren sie – wenig erstaunlich – hier. Sie waren jenseits der fünfundsechzig und damit älter als meine Gruppenteilnehmer. Eigentlich sahen sie genauso aus wie Japaner vor dem Kölner Dom.

Nach dem Essen saßen wir im Kreis um den großen offenen Kamin, der den gesamten zentralen Hotelbereich mit einheizen sollte. Das schaffte der jedoch nicht, und das lag nicht nur am nassen Holz. Wir krochen so nah wir konnten ans Feuer heran, Handschuhe an den Händen, Decken auf den Knien und Mützen auf den Köpfen. Die beiden Österreicher, Anton und Hans, konnten die Höhe am besten ertragen. Regelmäßig, so berichteten sie, seien sie in den Alpen in Höhen über 4000 Meter unterwegs, und schon im Flieger nach Kathmandu hatten sie von ihren früheren Erfahrungen im westlichen Himalaya, rund um den Dhaulagiri, erzählt. Die zwei waren hagere und zähe Burschen, die ihre Berggeschichten glaubhaft zum Besten geben konnten. Bei den anderen ging ich davon aus, dass sie hohe Berge eher vom Hören als vom Sehen her kannten. Sie hatten zwar ordentliche Bergschuhe an den Füßen, aber die sahen verdächtig neu aus. Auch an der restlichen Ausrüstung war kein Schweiß- oder Schmutzfleck zu entdecken. Hans, der doch nicht Lehrer, sondern Ingenieur war, wie sich nun herausstellte, wollte von Herrn

Kawasaki wissen, ob er vielleicht der Erfinder oder Erbauer des Kawasaki-Motorrads sei.

Herr Kawasaki sprach sehr wenig Englisch, dementsprechend zäh gestaltete sich die erste Kontaktaufnahme. Die Lehrer waren ganz Ohr, aber Japanisch konnten sie auch nicht, um die Diskussion zu befeuern.

«Gehört Ihnen Kawasaki?» Hans versuchte es erneut.

«Ich heiße Kawasaki, ja genau.» Die Antwort von Herrn Kawasaki war dann doch verblüffend.

«Aber gehören Ihnen auch die Motorräder?»

«Ich habe ein Auto, einen Toyota, ja, genau», konterte Herr Kawasaki.

Jetzt wandte sich Hans an mich und fragte, wie aus dem Nichts heraus, ob das Wort «Witwenmacher» im Englischen *«widowmaker»* heiße.

Was für eine bescheuerte Frage, dachte ich, zumal ich die Antwort nicht wusste. Aus «Witwenmacher» einfach *«widowmaker»* zu machen erschien mir zweifelhaft, aber eine bessere Alternative fiel mir aus dem Stegreif auch nicht ein.

Hans ging jetzt aufs Ganze. Er drehte sich wieder zu Herrn Kawasaki: «Kennen Sie die ‹Witwenmacher›? Die Maschine 500 H1?»

Herr Kawasaki schaute fassungslos, ein Restlächeln blieb aber erkennbar auf seinem Gesicht, als er antwortete: «Ich bin kein Witwer, da sitzt meine Frau.»

Da hatte er recht. Frau Kawasaki konnte ihre Meinung leider nicht dazugeben, sie sprach nicht ein einziges Wort Englisch. Dafür konnte sie sich bei jeder Gelegenheit wunderbar grazil verneigen.

Schnell wollte Hans nun die peinliche Situation aus der Welt schaffen, deshalb schob er erklärend nach: «Ich weiß, Herr Kawasaki. Aber ‹Witwenmacher› nannte man eine Kawasaki in den sechziger Jahren. Die Maschine hatte zu viele PS, aus diesem Grund sind viele Typen auf ihr aus der Kurve geflogen. Sie haben ihre Frauen zu Witwen gemacht.»

Herr Kawasaki lächelte immer noch: «Ich verstehe, aber meine Frau ist keine Witwe. Sehen Sie, ich sitze ja hier.»

Die vier Lehrer bekamen langsam mit, dass die Diskussion ein wenig aus dem Ruder lief. Aber da sie von Witwenmacher-Maschinen genauso viel Ahnung hatten wie Herr Kawasaki und sich wohl nicht blamieren wollten, besprachen sie unter sich das Thema «Unbezahlte Überstunden bei Lehrern». Hans versuchte weiterhin sein Glück bei Herrn Kawasaki, während sein nicht minder hagerer Freund Anton mit einer eindrucksvollen und mir unbekannten Zeichensprache bei Frau Kawasaki Eindruck schinden wollte. Aber das machte ihr nur Angst. Sie verbeugte sich jetzt sehr tief, schaute in die Runde und empfahl sich für die Nacht. Herr Kawasaki folgte ihr.

Das Feuer qualmte mittlerweile, während die vier Lehrer, Hartmut, Günter, Wilhelm und Norbert, anfingen, ihr Überstunden-Problem auch gegenüber den anderen zu verteidigen. Iris, die Apothekerin, bekam noch mehr rote Flecken im Gesicht, als sie sowieso schon hatte. Seit Jahren litt sie darunter, dass sie sich auf Gruppenreisen ständig mit Lehrern herumschlagen musste.

«Klar, wenn ihr nur fünfzehn Unterrichtsstunden die Woche habt, dann wird eine anfallende Überstunde gleich zum Drama.» Mit diesem Satz stieg sie in die Diskussion ein, aber auch ganz schnell wieder aus. Die vier Männer fielen wie hungrige Hyänen über sie her, anscheinend hatten sie noch zu viel Luft.

Ramona, die vierzigjährige Künstlerin mit den roten Locken, die vereinzelt unter ihrer schwarzen Mütze hervorlugten, versuchte der Apothekerin zu Hilfe zu kommen: «Ich finde, Lehrer werden gut bezahlt. Ihr habt lange Ferien, und wenn ihr alt seid, kommt eine schöne Pension aufs Konto.» Eigentlich stimmte alles, aber Ramona hatte das Wort «Ferien» in den Mund genommen. Und auf dieses reagierten Hartmut, Günter, Wilhelm und Norbert jetzt wie der Teufel, wenn man ihm das Kreuz hinhält.

Günters Aussprache war von Natur aus schon feucht, aber jetzt drohte ihm Dehydration, dabei überschlug sich auch noch seine Stimme: «Wir können das wirklich nicht mehr hören. Immer dieselben Vorurteile, immer dieselben Klischees. Mach du nur eine Stunde Unterricht! Kunst, ja, das mag noch angehen, mit Wasserfarben bunte Kleckse malen, dazu haben die Schüler gerade noch Lust. Aber wenn die einfach die Fenster aufmachen, durchsteigen und nach Hause gehen, weil sie keinen Bock mehr haben, was machst du dann? Und glaubst du, dass wir in den Ferien auf der faulen Haut liegen? Ja? Glaubst du das?»

«Nein, ihr geht auf Reisen, wie ich sehe», erwiderte Ramona patzig.

Zwei aus der Gruppe enthielten sich eines Kommentars. Zahnärztin Ingrid, die mit Norbert verheiratet war, schwieg, weil sie zwischen den Stühlen saß, und Joachim, der Apotheker und Mann von Iris, blieb still, weil er immer still blieb. Seine patente und kräftige Frau sprach für zwei, daran hatte er sich inzwischen gewöhnt. Einmal sagte er: «Buddhistische Mönche reden viele Jahre nicht, dennoch sind sie glücklich – und weise.» Joachim war davon aber noch weit entfernt, denn zumindest in seiner Apotheke musste er kommunizieren, das nahm ich jedenfalls an. Er war höflich und hatte freundliche Augen, eigentlich passte er perfekt zu Frau Kawasaki. Wenn sie tatsächlich Witwe gewesen wäre, Joachim hätte ihr gut gestanden.

Nun geschah, was in Diskussionsrunden auf Reisen keine Ausnahme ist: Die Defensive gab auf. Iris, Ingrid, Joachim und

Ramona machten es den Japanern nach, auch Anton und Hans, die sich von ihrem Kawasaki-Schock noch nicht richtig erholt hatten: Sie verabschiedeten sich, nur ohne Verbeugung. Einzig Hartmut, Günter, Wilhelm und Norbert wollten weiter unterhalten werden.

So war ich gefordert. Ich sollte nun – abrupter Themenwechsel – über das Land der Sherpas referieren, jenes Volks, das im Himalaya lebt und viele Bergsteiger führt, über das Leben von Sir Edmund Hillary, dem Neuseeländer, der als Erster den Mount Everest bestiegen hat, das war 1953 gewesen. Danach wurde es richtig ernst, man stellte mir Fragen zum Yeti-Skalp im Kloster von Khumjung, wollte von mir wissen, ob denn der Schneemensch wirklich existiere.

«Natürlich gibt es den Yeti, es gibt sogar viele Yetis», verkündete ich. «Da bin ich mir vollkommen sicher. Aber sie sind eben scheu, wobei das nur für die Männchen gilt. Die Yeti-Frauen stehen dagegen total auf Sherpas. An kalten Winterabenden kommen sie deshalb auf ihren Brüsten, die sie als Schlitten benutzen, in die Sherpa-Dörfer gesaust und vergewaltigen aufs übelste die dörfliche Jungmännerschar. Weil es den Jungs total peinlich ist, von den geilen, aber hässlich aussehenden und auch noch komplett behaarten Weibern zu Liebesdiensten benutzt zu werden, hält jeder den Mund. Und allein aus diesem Grund ist der Yeti so ein Fabelwesen, dass ihr es nur wisst. Der Reinhold Messner hat ganz sicher noch nie einen Schneemenschen gesehen, weil er in seiner aktiven Zeit schon viel zu alt für jedes Yeti-Weib war.»

Nein, das wollte jetzt keiner wissen und damit auch nicht hören. Die Temperatur im Raum hatte inzwischen die Grade eines Gefrierschranks erreicht, und schließlich gab auch die Lehrerfraktion auf. Lehrer gehen immer ausgeschlafen auf Reisen, sie müde zu reden ist eine äußerst schwierige Angelegenheit, noch durch die Höhenluft erschwert – aber mit meiner eben erfundenen Story hatte ich sie in ihrem Wahrheitsbestreben gekränkt. Gute Nacht!

Endlich in meinem Zimmer, legte ich mich in meiner Daunenjacke ins Bett, vorher hatte ich noch ein paar Aspirin eingeworfen und gebetet, die Höhenkrankheit solle bitte meine Schutzbefohlenen in Ruhe lassen. Tat sie auch, nur Frau Kawasaki musste zur Flasche greifen, zur Sauerstoffflasche. Ihr Mann rief mich mitten in der Nacht um Hilfe. Ich war sowieso wach und schaute nach ihr. Sie hatte zwei Zwei-Liter-Flaschen neben dem Bett stehen, eigentlich hätten die für die Nacht reichen sollen. Aber da sie dauerhaft die Atemmaske in Betrieb hatte, waren sie nun leer. Mit Nachschub war dann auch dieses Problem behoben, und ich konnte mich ohne weitere Störung ins Bett legen.

Leider war am nächsten Morgen kein Everest zu sehen, nicht einmal die malerisch platzierte Himalayakiefer vor dem Hotel, da half auch nicht das große Panoramafenster. Stattdessen jede Menge Nebelschwaden und Schneeflocken. Das war nicht eingeplant. Außer unserer Zahnbürste hatten wir nichts dabei, wollten wir doch an diesem Tag zurück nach Kathmandu fliegen und am nächsten Heiligabend feiern mit einem Galadinner. Nun hatte ich schon seinerzeit ein ausgeprägtes Hobby: die Wetterkunde. Und nach ausgiebiger Betrachtung der Wetterlage musste ich im Stillen feststellen: Vergiss den Flieger. Kein noch so guter Pilot wird heute in Syangboche landen. Laut aber sagte ich: «Fertig machen, auschecken und Abmarsch zum Flugfeld.» Die Teilnehmer dieser Luxusreise sollten selbst ihre Erfahrungen machen. Außerdem: Da es keine Funkverbindung von Syangboche nach Kathmandu gab, musste man stets auf Verdacht zum Flugplatz gehen – und die Ohren spitzen, ob sich eine Maschine näherte. Und vielleicht hatte ich ja unrecht, was meine Analyse des Wetters betraf.

Dicke Schneeflocken rieselten vom Himmel. Wir waren hier auf dem achtundzwanzigsten Breitengrad, auf der Höhe von Orlando, Florida, und theoretisch hätte die Sonne den Schnee blitzschnell wegtauen müssen, aber eben nur theoretisch. Da waren der Nebel und vor allem die große Höhe, die dies verhinderten. Der Schnee blieb somit liegen. Es wurde zwar ein wenig heller, als wir weiter nach unten stiegen, was aber nur daran lag, dass wir aus einem Waldgebiet heraustraten und auf eine Wiese gelangten, die hinunter zum Flugfeld führte.

Schließlich erreichten wir den «Flughafen». Im Umfeld der Bretterbude herrschte Totenstille. Wie erwartet. Ein noch eindeutigeres Signal, dass an diesem Tag kein Flugbetrieb in Gang kommen würde, war jegliches Fehlen der Yakhirten. Nun spitzten wir geschlossen die Ohren. In der Luft machten aber nur die Bergdohlen Krach, kein Geräusch einer nahenden Pilatus Porter war zu hören.

Noch fanden das alle spannend, es roch geradezu nach Abenteuer. Gegen Mittag begaben wir uns unter Schneegestöber zurück zum Hotel, wieder mit langsam, aber sicher einsetzenden Kopfschmerzen. Zum Zeitvertreib hielt ich eine weitere kleine Vorlesung, diesmal über die Geomorphologie extremer Hochgebirge. Zu diesem Thema hätte es hier oben richtig viel zu sehen gegeben, nur nicht bei Nebel. Danach folgte eine zweite Nacht in unseren alten Kleidern.

Es war Heiligabend, als wir uns zum Frühstück trafen – und der Schnee rieselte immer noch leise. Ich musste eine Entscheidung treffen. Und die sah wie folgt aus: Zahnbürsten einstecken, wieder auschecken, beim Flugfeld vorbeischauen, hören, ob vielleicht doch ein Pilot Wagemut bewies oder ein paar Yeti-Frauen sich bereit erklären würden, uns auf ihren Brüsten nach Kathmandu zu rutschen. Sollten die Piloten hasenfüßig sein und die Yeti-Frauen uns auch für zu alt halten, gab es noch eine dritte Alternative: ins Sherpadorf Namche Bazar trekken. Dort wären wir knapp 500 Meter tiefer, und das würde unsere Lungen freuen. Zudem wäre das nächste Flugfeld in Lukla nur noch eine Tagesetappe entfernt.

Nebel, Schnee und Totenstille auf dem Rollfeld von Syangboche machten uns die Entscheidung leicht, zumal Frau Kawasaki uns bei diesem zweiten Anlauf durch den Nebel gefolgt war und jetzt vor uns stand. Ganz offensichtlich wollte sie nicht in ihrem Zimmer mit Aussicht sterben, sondern endlich wieder Sauerstoff aus der Natur atmen. Und das funktionierte nur, wenn sie den Berg verließ – und ich kam ihr da mehr als gelegen. Mir war sofort klar: Wo Frau Kawasaki war, da konnte Herr Kawasaki nicht weit sein. Und so war es auch.

Nun hatte das Ehepaar Kawasaki im Gegensatz zu meiner Reisegruppe keine Wanderstiefel an den Füßen, sondern ausgesprochen hübsche schwarze Halbschuhe. Es war zum Jammern: eine falsche Ausrüstung, todkrank und keinerlei Möglichkeit einer vernünftigen Verständigung. Dennoch war auch hier ein Entschluss zu fassen: Ich ließ meine Gruppe mit den beiden ostasiatischen Hochalpinisten an der Flughafenbretterbude zurück, rannte allein 400 Höhenmeter hinunter nach Namche Bazar und machte zwei starke Sherpa-Burschen ausfindig. Jedem gab ich umgerechnet vier Mark fünfzig, und damit war der Deal klar. Sie stiegen mit mir hoch. In Syangboche angekommen, nahmen sie die Japaner huckepack, als wären die beiden Reissäcke. Und so zogen wir mit den sozusagen entmündigten Kawasakis als mittlerweile internationale Reisegruppe ins Dorf – man konnte auch sagen: zur Krippe, denn es war ja Weihnachten.

Als wir in Namche Bazar anlangten, wurde es bereits dunkel, bei minus zehn Grad. Im International Footrest, der Trekkinglodge am Platz, konnten wir nicht nur Zimmer bekommen, sondern auch heißen Tee. Den Rum erstand ich in einem Laden an der Ecke. Die Nepalesen hatten schon immer sehr guten Rum, Kukri-Rum, den ich am liebsten zum Flambieren benutzte. Aber im Tee an Weihnachten war er auch ein Gedicht, ein Weihnachtsgedicht sozusagen.

«Die große Nepalrundreise für Liebhaber» war zu einem kompletten Desaster geworden, dafür war die Stimmung unter meinen Stretchhosen ausgesprochen gut. Und während sie die sauerstoffgeschwängerte Luft von Namche Bazar genossen, machte ich mich auf die Suche nach den kleinsten gebrauchten Wanderstiefeln des Ortes. Ich fand auch welche, und mit ihnen konnte ich den Kawasakis eine richtig schöne Bescherung bereiten, was sie aber nach der Freude zur Erkenntnis veranlasste, dass ab morgen wieder selbständiges Laufen angesagt war.

Am ersten Weihnachtstag war es bitterkalt, aber bei strahlendem Sonnenschein und glitzerndem Schnee. Zum Frühstück gab es Porridge mit Tee und Rum. Obwohl Nepal nie britische Kolonie war, im Gegensatz zu Indien, hat Porridge seinen Weg in den Hochhimalaya gefunden. Ich habe Sir Edmund Hillary im Verdacht. Die Neuseeländer essen auch diesen Schleim.

Nach dem Frühstück zogen wir los in Richtung nächstes Rollfeld. Nach sechs Stunden Wanderung und drei Tee-Rum-Stops lag dann Lukla vor uns, verschneit, vernebelt, vereinsamt. Lukla sieht aber immer deprimierend aus: an den Hang geklatschte flache Steinhütten, dazwischen die steil ansteigende Flugpiste.

In der «Sherpa Kooperative» fanden wir Unterkunft, wobei ich feststellte, dass Lukla gar nicht so vereinsamt war, wie es aus der Ferne den Anschein gehabt hatte. Der Ort war brechend voll mit Trekkern, die alle nur das eine wollten: zurück nach Kathmandu, und zwar mit dem Flieger. Das schlechte Wetter hatte zu einem Rückstau von über hundert Wanderern und Bergsteigern geführt. Alle hatten gültige Tickets, teilweise schon Bordkarten. Alle, außer uns. Aber das war nicht das Schlimmste. Das Schlimmste war, dass wir Aussatz hatten. Also zumindest so behandelt wurden, als hätten wir welchen. Vor allem von unseren Landsleuten, den Deutschen. Und da vor allem von denen, die sich gern dem deutschen Alpenverein anschließen und die meiner Gruppe eigentlich gar nicht so unähnlich sahen. Mit einer riesengroßen Ausnahme: Sie waren alle Profis, mit Profiausrüstung, Profigesichtern und hartem Profibenehmen. Und solche Superprofis, denen die Berge überall auf der Welt zu Füßen lagen, also die Vorgebirge zumindest, konnten uns lächerlich aussehende Flachlandtiroler nur höhnisch angucken. Das war doch klar. Wobei mir eines sofort auffiel: Sie stanken schlimmer als wir. Nur Anton und Hans wurden eines Blickes gewürdigt, dann aber auch gleich abgeschrieben. Wer sich mit so einer «Karnevalstruppe» einließ, durfte nicht hoffen, ernst genommen zu werden.

Die Stimmung in der «Sherpa Kooperative» war entsprechend miserabel. Da halfen nur zwei goldgelbe Rumflaschen, die ich unüberhörbar auf den Tisch stellte. So verging Weihnachten. Wir waren frustriert, aber glücklich, da betrunken. Das feindliche Lager war auch frustriert, aber unglücklich, da keinen Rum. Glücklicherweise schliefen wir in zwei getrennten Schlafsälen.

Tag für Tag verging, ohne dass sich etwas tat. Silvester näherte sich, und noch immer lag Schnee auf dem Rollfeld. Mittlerweile warteten mehr als 150 Menschen auf einen Flieger, wobei in Lukla die zweimotorigen Twin Otter mit bis zu siebzehn Sitzplätzen landen konnten, davon aber auch nur maximal drei Maschinen am Tag. Denn morgens war ja im Winter Nebel in Kathmandu, oder die Piloten hatten noch zu viel Restalkohol im Blut, da ging gar nichts. Vormittags setzten sich die Flieger in

Bewegung, aber ab mittags gab es schon wieder Flugverbot wegen zu starker Thermik und allgemeiner Gefahr von Gewitterzellen.

Immerhin kannte ich den Chef vom Tower, von früheren Trekkingtouren: Mingma Sherpa. Mingma Sherpa war der mächtigste Mann von Lukla, besaß er doch ein Funkgerät, und mit diesem nahm er einmal am Tag Kontakt mit Kathmandu auf. So konnte ich Silvester einen Funkspruch an den Vertreter meiner nepalesischen Reiseagentur absetzen: «Die Gruppe schwächelt extrem! Zwei schwerstkranke Japaner sind bei uns! Wir brauchen sofort Hilfe!» Die Meldung musste Wirkung zeigen – wenn wohl auch erst im neuen Jahr. Vorher musste gefeiert werden.

Am Nachmittag fingen wir damit an, mit einer weiteren Lektion in Sachen naturgeographischer Phänomene im noch jungen Himalaya. Es ging um Seiten-, End- und Grundmoränen von Gletschern. Die konnte man angesichts der Sonne mit dem bloßen Auge von unserem Standort aus, dem Flugfeld, in herrlicher Ausprägung oberhalb des Dorfes bewundern. Meine Gruppe hätte mittlerweile an jeder guten deutschen Uni Vorlesungen über das Hochgebirge halten können. Herr und Frau Kawasaki waren selbstverständlich mit dabei, sie hörten auch sehr interessiert zu, verstanden aber nichts, obwohl sie nicht einmal Rum getrunken hatten.

Meine Gruppe liebte unsere täglichen Vorlesungen. Wir hatten sogar eingeführt, dass nicht nur ich dozieren durfte, sondern auch die anderen, über frei gewählte Themen. Das war natürlich eine Steilvorlage für unsere Lehrer. Wilhelm, Günter, Hartmut und Helmut konnten es sich nicht verkneifen, über «Schülerverhalten gestern und heute» zu referieren. Es wurde ein langes Referat ohne Diskussionsbeiträge, dafür war die Luft immer noch zu dünn und der Inhalt zu schwer.

Am Silvesterabend servierten uns Sherpa-Frauen in unserer Unterkunft ein Galadinner aus Kartoffeln, Reis und Kartoffeln. Wir nahmen das stoisch hin. Einzige Beunruhigung: Die Bergprofis saßen heute mit an unserem Tisch. Eine Woche hatten wir nicht miteinander gesprochen, obwohl wir unter einem Dach wohnten. Wie sollten wir da ins Reden kommen? Kurzum, ich spendierte eine Flasche Kukri-Rum, und dann wurde es noch ganz nett. Die Sherpas machten Musik, die Vollalpinisten erzählten von ihren tollen Abenteuern, und zum ersten Mal wurden wir gefragt, warum wir augenscheinlich Geld für Rum, aber nichts zum Anziehen hätten. Zum Schluss tanzte ich noch mit der jungen und hübschen Reiseleiterin der Profitrekker, mehr kam nicht in Frage, denn ich war im Job und musste als Trouble-Shooter jederzeit einsatzbereit sein.

Noch immer gab es wegen Nebel und Schneeregen keine Flüge. Erst am 6. Januar sah es so aus, dass wir vielleicht nicht ewig in diesem Himalaya-Hochtal bleiben mussten. Das Wetter stabilisierte sich, und mittlerweile waren knapp 300 Trekker bereit, jeden zu töten, der mit einem Flieger landen und sie nicht mitnehmen würde, zurück ins Gelobte Land nach Kathmandu. An diesem Tag standen wir mit unseren Bordkarten – inzwischen hatten auch wir welche – an der Piste und lauschten wieder einmal. Und tatsächlich, es näherten sich vom Himmel her Geräusche. Sie stammten aber von keinem Flieger, es hörte sich nach Helikopter an. Zivile Helikopter gab es keine, also war die Armee im Anmarsch beziehungsweise im Anflug.

300 Trekker, 200 Dorfleute, elf Stretchhosen (ich mitgezählt) und zwei Japaner sahen nun am oberen Auslauf der Piste zu, wie mit viel Krach und einer riesigen Staubwolke tatsächlich ein Hubschrauber landete. Als man wieder sehen konnte, zeigte sich ein gelackter Armeepilot in der Tür des Helis. 513 Augenpaare stierten ihn an, er nickte sehr höflich, dann übergab er

einen DIN-A4-Zettel an meinen Freund vom Tower. Mingma schaute mich an, natürlich stand ich in der ersten Reihe – an jedem Flughafen der Welt eher uncool, hier überlebenswichtig. Ich schaute ihn an. Danach ging er den Berg hoch, ich ging den Berg hoch, er zeigte mir das Papier, ich las das Papier. Mingma ging zurück zum Piloten, ich zu meiner Gruppe.

Nach kurzer Überlegung nahm ich spontan und ohne genaue Überlegung sieben Personen aus meiner Gruppe zur Seite: die Österreicher Hans und Anton, Ramona, die beiden Lehrer Wilhelm und Helmut und das Ehepaar Kawasaki. Schließlich machte ich eine Kopfbewegung Richtung Helikopter, und ohne jede weitere Absprache gingen die sieben zum Hubschrauber und stiegen wortlos ein. Als hätten wir die Übung monatelang geprobt. Sagenhaft. Was war es da von Vorteil, dass wir kein Gepäck hatten. Phänomenal war, dass diejenigen aus meiner Gruppe, die nicht zu den Auserwählten gehörten, gar nicht traurig waren, obwohl an diesem Tag kein weiterer Hubschrauber mehr ankam. Ganz im Gegenteil: Sie waren stolz und kampfeslustig. Das Abenteuer sollte für sie nicht schnell und schmerzlos zu Ende gehen. Die «Große Nepalrundreise für Liebhaber» hatten sie längst vergessen, sie waren auf Abenteuer programmiert.

Am nächsten Morgen waren die Flugverhältnisse perfekt. Der Funkverkehr funktionierte, und der Tower meldete abnehmenden Nebel in Kathmandu.

Und dann war sie zu hören: unsere Pilatus Porter! Ich scharte die Reste meiner Gruppe um mich und hielt eine heroische Ansprache: «Das ist unsere Chance. Wenn wir jetzt nicht mitkommen, stehen wir nächstes Jahr noch hier herum. Ist das klar?»

Und es war klar! Iris, Ingrid, Norbert, Joachim, Hartmut und ich waren ein unschlagbares Team. Am Everest unbesiegt und in Lukla kurz vor dem ganz großen Wurf.

Die Himalaya-Götter hatten ein Einsehen. Der Pilot wusste

ganz offensichtlich, dass wir in Lukla auf ihn warteten. Er landete seine Maschine, rollte fast vor unsere Füße, und blitzschnell stiegen wir ein. Die riesige Schar an wartenden Trekkern haben wir keines Blickes mehr gewürdigt. Um vier Uhr waren wir zurück in der Hauptstadt. Es war der 7. Januar, und wir waren sechzehn Tage und drei Stunden im Reich der Yetis gewesen. Wir waren mit dem Leben davongekommen, nicht einmal wir Männer waren vergewaltigt worden. Es gab ein feucht-fröhliches Kukri-Rum-Wiedersehen mit der Vorgruppe und natürlich auch mit dem Ehepaar Kawasaki. Der Reiseveranstalter hat nie erfahren, dass auf dieser Rundreise eigentlich nichts geklappt hatte. Ich hatte so ganz en passant ein neues Nepal-für-Liebhaber-Reiseprogramm aufgelegt, extrem exklusiv und einmalig – aber nur für «ganz harte Stretchhosen».

REISE TIPPS

Das ultimative und unbedingt zielführende Verhalten an großen Flughäfen, an kleinen Flughäfen und an ganz kleinen Flughäfen

Zuerst zu den großen Flughäfen. Dies sind Flughäfen mit sehr regem Flugverkehr und einer Infrastruktur, wie wir sie aus Städten kennen. Solche Flughäfen sind unübersichtlich, laut, hartherzig und gnadenlos. Und der Fluggast ist kein Gast, sondern im besten Fall ein Stück Vieh, im schlechtesten Fall ein potenzieller Terrorist. Entsprechend wichtig ist es, sich vor der Fahrt zum Flughafen passend vorzubereiten und zu wappnen.

Das fängt bei der richtigen Kleidung an: Weniger ist besonders bei Frauen mehr. Denn ausziehen müssen Sie sich so oder so. Schuhe mit Absätzen sind ein absolutes No go, weil sich in Absätzen gern mal ein Sprengstoff- oder Drogendepot befindet. Geeignet sind Badelatschen, auch für Männer. Als Beinkleid für beide Geschlechter empfehle ich lange Hosen mit Druckknöpfen oder Reißverschlüssen an den Außenseiten. Wenn Sie darunter keine Unterwäsche tragen, können Sie Ihren Intimschmuck anbehalten. Er ist dann sehr gut zu tasten und in Augenschein zu nehmen. Oben herum gilt für Frauen: im Sommer freizügig, im Winter auch, Männer können zu jeder Zeit enganliegende Muscle-Shirts tragen. Unbedingt verzichten sollten Sie auf: Gürtel, Uhren, Zungen-Piercings, Nasenringe, Halsketten und Unter- wie Oberarmschmuck. Bis Sie dies alles hinter der Sicherheitsschleuse wieder an Ihrem Körper platziert haben, kann Ihr Flieger weg sein.

Nun zum Gepäck: Nehmen Sie möglichst kein Handgepäck mit. Es könnte zu groß sein, aus dem Gepäckfach fallen und andere verletzen. Es könnte kurzzeitig – während Sie die Toilette aufsuchen – unbeaufsichtigt stehenbleiben und von einem Sicherheitskommando gesprengt werden. Die meisten Utensilien, die Sie gern im Handgepäck mit sich führen, würden Ihnen sowieso bei der Gepäckkontrolle abgenommen. Nehmen Sie lediglich Ihren Pass und Ihr Ticket – falls vorhanden – in die rechte Hand.

So vorbereitet können Sie sich sorglos in eine der Schlangen vor den Check-in-Schaltern stellen. Mit einer Einschränkung: Wenn Sie in die USA oder nach Israel fliegen möchten, werden Sie schon zuvor kontrolliert. Wenn man Sie dort fragt, wer Ihren Koffer gepackt hat, dann antworten Sie: «Ich habe ihn allein in einem schalldichten und fensterlosen Raum gepackt, zu dem niemand außer mir Zutritt hatte, auch nicht meine Mutter.» Sagen Sie niemals: «Mein Onkel aus Karachi oder aus Bagdad hat den Koffer gepackt.»

Wenn Ihnen danach ein Check-in-Schalter zugewiesen wird, schlafen Sie nicht, sondern treten Sie zügig vor. Sonst machen Sie einen unprofessionellen Eindruck, das kann sich negativ auf Ihre Sitzplatzzuteilung auswirken. Zauderer und Schläfer bekommen Mittelplätze. Legen Sie sofort Ticket – falls vorhanden – und Pass unaufgefordert auf den Tresen, und sagen Sie: «Ein Gepäckstück, kein Handgepäck!» Das macht einen guten Eindruck. Werden Sie dazu aufgefordert, stellen Sie unverzüglich Ihren Koffer aufs Gepäckband, und hoffen Sie, dass er nicht mehr als 20 Kilo wiegt. Wenn dies doch der Fall ist, nehmen Sie die oberste Lage Kleidung aus Ihrem Gepäckstück heraus, und reichen Sie diese mit der Bitte um Entsorgung in den nächsten Mülleimer nach hinten durch. Verlassen Sie auf keinen Fall Ihre Position am Schalter. Wenn Ihnen die Bordkarte überreicht wird und man Ihnen mitteilt, wann Sie an welchem Gate zu sein haben, treten Sie seitlich ab, und machen Sie einen großen Bogen um den Mülleimer, in dem mittlerweile Ihre Sachen liegen. Denn dieser wird in Kürze gesprengt werden. Gehen Sie nun zügig zur Passkontrolle vor.

Wenn der Weg dorthin einem Labyrinth ähnelt, wenn also Gitter und Plastikbänder einen wirren Gang vorschreiben, achten Sie genau darauf, dem markierten Weg zu folgen. Sollten auf dem Boden gelbe Linien aufgemalt oder aufgeklebt sein, bleiben Sie dort generell stehen. Überschreiten Sie diese niemals unaufgefordert, das kann in Amerika lebensgefährlich werden.

Übergeben Sie dem Passbeamten Ihren Ausweis, und schauen Sie leicht devot in seine Richtung, ohne ihm in die Augen zu sehen. Direkter Blickkontakt kann Sie zu selbstbewusst oder sogar aggressiv erscheinen lassen. Werden Sie nach Ihrem Beruf gefragt, antworten Sie mit: *«I am teacher.»* Selbst wenn gerade keine Ferien sind, macht das nichts. Lehrer reisen immer, und Lehrer sind nie gleichzeitig auch Terroristen. Selbst wenn Sie Metzger, Ingenieur, Telekom-Mitarbeiter oder Journalist sind, sagen Sie immer: «Ich bin Lehrer.»

Bei der anschließenden Sicherheitskontrolle sind die Regeln mittlerweile sehr klar. Ziehen Sie sich aus, bis Sie den «Stopp!»-Ruf hören. Legen Sie Ihre wenigen Sachen (einschließlich der Badelatschen) in den bereitstehenden Wäschekorb. Nun warten Sie auf das Kopfnicken der Fachkraft hinter der Sicherheitsschleuse, danach gehen Sie zügig hindurch. Sollte es piepen – aufgrund von Intimschmuck, Schrauben in künstlichen Gelenken, Herzschrittmacher etc. –, gehen Sie sofort auf die Fachkraft zu, und lassen Sie sich anfassen. Bei dieser Prozedur gibt es keine klaren Verhaltensregeln, die zielführend sind. Nur eines ist wichtig: Wenn Sie aufgefordert werden, einen Fuß zu heben – auch wenn er nackt ist –, fallen Sie nicht um. Sollte dies dennoch passieren, nehmen Sie sofort die Hände über den Kopf, ansonsten könnte – besonders in Amerika – Ihr Umfallen als terroristischer Angriff ausgelegt werden. Und das hätte im schlimmsten Fall

Ihre sofortige Sprengung zur Folge. Ist dieser Akt überstanden, sammeln Sie Ihre Habseligkeiten zügig zusammen. Eindruck macht, wenn Sie Ihren leeren Wäschekorb fein säuberlich in den Stapel stellen, das entlastet das Fachpersonal.

Suchen Sie jetzt umgehend Ihr Gate auf. Wird dort Ihr Flug aufgerufen, stellen Sie sich wieder in die Reihe, bis Ihnen die Bordkarten-Abreißerin einen guten Flug wünscht. Sagen Sie dann aber bitte nicht «Gleichfalls». Das könnte zynisch wirken. Das Bodenpersonal bleibt immer am Boden.

Kleine Flughäfen sind Flughäfen mit unregelmäßigem Flugverkehr, aber immerhin weisen sie noch eine geteerte Piste und einen Tower auf, der zumindest deutsche Hochsitzausmaße haben sollte. Ein kleiner Flughafen besitzt gewöhnlich die Infrastruktur eines deutschen Waldrandgebiets. Ein gutes Beispiel ist der Flughafen von Katima Mulilo im äußersten Nordosten Namibias, von hier aus gelangt man leicht zum Sambesi-Fluss und zu den Victoriafällen. Sollten Sie auf diesem Flughafen alles im Griff haben, sind Sie für jeden kleinen Flughafen auf der Welt bestens gewappnet. Hier müssen Sie nicht unterwürfig durch die Gänge kriechen, hier müssen Sie lauthals auf sich aufmerksam machen. Der Grund: Das Fachpersonal an kleinen Flughäfen, insbesondere in wärmeren Regionen, arbeitet nur bei Bedarf. Ansonsten wird gedöst oder geschlafen. Das gilt für das gesamte Personal, wobei mitunter die Check-in-Fachkraft in Personalunion auch Zoll-, Pass- und Towerfachkraft ist.

Realisiert das Flughafenpersonal, dass ein Fluggast anwesend ist, um eine Reise anzutreten, sorgt dies häufig für schlechte Laune, da Ruhe und Routine unnötig gestört werden. Sie müssen also an kleinen Flughäfen das Personal aufbauen, persönlich ansprechen, eventuell auch ein Gastgeschenk überreichen. Eine Flasche Whisky wirkt an kleinen Flughäfen oft Wunder. Das Personal macht Luftsprünge vor Freude, behandelt Sie zuvorkommend, nimmt Ihnen bei der Passkontrolle nicht den Kugelschreiber und bei der Zollkontrolle nicht den Elektrorasierer oder Haarfön weg. Es will Sie nämlich schnell loswerden, um sich in Ruhe dem Whisky und dem anschließenden Schläfchen zu widmen. Und Sie selbst können entspannt im Warteraum Platz nehmen.

Auf kleinen Flughäfen stehen selten Maschinen einfach herum, fast immer wird auf ihnen nur zwischengelandet. Das Auftauchen eines Piloten bedeutet also, dass ein Flieger in der Nähe ist. Geben Sie dem Piloten ein Zeichen, dass Sie mitwollen. Tragen Sie Ihren Koffer oder Ihre Tasche selbst zum Flugzeug, wecken Sie dafür nicht den Gepäckmann. Danach steigen Sie ein, und setzen Sie sich ans Fenster. Kleine Maschinen – und nur die landen auf kleinen Flughäfen – fliegen niedrig, es gibt viel zu sehen. Schauen Sie also nach draußen und nicht nach vorne. Denn was der Pilot mit der Stewardess im Cockpit macht, hat Sie nicht zu interessieren.

Ganz kleine Flughäfen verzeichnen sehr selten Flugbewegungen. Sie verfügen lediglich über eine Gras- oder Schotterpiste, besitzen keinen Tower, haben auch kein festangestelltes Personal, aber in der Regel einen kleinen Wind-, Sonnen- und Regenschutz in Form einer Wellblechhütte. Diese ganz kleinen Flughäfen werden auch «Airstrips» oder «STOLports» genannt, die Abkürzung für «Short Take-off and Landing Ports». Damit sind Flughäfen mit extrem kurzer Start- und Landebahn gemeint; 300 Meter reichen manchmal, manchmal auch nicht. Ihre Infrastruktur ähnelt der einer Wiesen- und Weidelandschaft in den Karpaten. Diese ganz kleinen Flughäfen sind aber in vielen Ländern der Erde fürs Überleben entscheidend. Postflieger landen hier mit Briefen und Paketen, Rettungsflieger transportieren Kranke in die nächste Klinik, Privatflieger bringen und holen Prominente, die sich vor der Allgemeinheit verstecken wollen oder müssen, und Charterflieger Gäste, damit sie auch das Ende der Welt erkunden können.

Auf solchen Flugplätzen gibt es keine festen Regeln, nur eine einzige: Der Pilot ist der König. Wenn Sie also an einem solchen Airstrip auf Ihren Flieger warten müssen, sollten Sie niemals den Fahrer, der Sie zum Flughafen gebracht hat, wegschicken. Möglicherweise brauchen Sie ihn noch. Es könnte sein, dass sich kein Pilot blicken lässt. Schauen Sie sich als Nächstes den Airstrip an. Einheimische nutzen die Fläche gern für vielerlei Tätigkeiten. Siesta halten, Wäsche zum Trocknen auslegen, Fahrradrennen fahren, Notdurft verrichten und natürlich Schweine, Kühe, Esel, Wasserbüffel und Ziegen grasen lassen. Manchmal verkürzen sie auch schleichend die Landebahn, wenn sie gesehen haben, dass der Pilot nicht die gesamte Länge zum Starten und Landen benötigt. Mitunter legen sie dann an den Enden der Bahn kleine Gemüsegärten an oder bauen Unterstände für ihr Vieh. Dagegen können Sie auf die Schnelle nichts machen. Aber Sie sollten unbedingt dafür sorgen, dass mobile Gegenstände, Tiere und Menschen die Piste verlassen.

Wenn Sie die Sprache der Einheimischen nicht sprechen, nehmen Sie Hände und Füße zu Hilfe, tun Sie so, als wären Sie ein Flugzeug. Imitieren Sie den Lärm einer landenden Maschine. Sicherheitshalber können Sie sich vor der Reise aber auch das Geräusch einer landenden Propellermaschine als Klingelton aufs Handy laden. Dann müssen Sie sich nicht zum Affen machen, sondern können den Einheimischen den Ton vorspielen. Passen Sie in diesem Fall nur gut auf Ihr Handy auf!

Schwieriger wird es, wenn die Piste in der Wildnis, fernab jeglicher menschlichen Siedlung, liegt, so bei der Lodge «Olerai House» am Naivasha-See in Kenia. Da stehen den ganzen Tag sehr miesgelaunte Zebras auf der Piste rum. Sobald man sich ihnen nähert, drehen sie einem das Hinterteil entgegen. Das ist dann kein gutes Zeichen. Wenn Sie ein Zebra tritt, ist das etwa so, als ob Sie ein Pferd getreten hätte. Da hilft nur eine Maßnahme: Der Pilot, der Sie abholen soll, muss einen ersten Landeanflug machen, jedoch kurz vor dem Aufsetzen wieder durchstarten und darauf hoffen, dass die Viecher das Weite suchen, wenn er endgültig zur Landung ansetzt. Das machen die Piloten am Naivasha-See routinemäßig. Allerdings mit schwindendem Erfolg. Zebras lernen schnell.

Der Idealfall sähe natürlich so aus, dass Sie mit Ihrem Handy-Klingelton oder Ihrer eigenen Show die Piste klargemacht haben. Danach können Sie sich in die Wellblechhütte setzen oder daneben – und warten, bis die Maschine kommt. Wenn Sie die im Anflug hören oder sogar schon sehen, können Sie noch die letzten Hyänen in die Flucht schlagen. Steigt der Pilot schließlich nach der Landung aus seinem Flieger, sagen Sie: «*Good morning, captain.*» Selbst wenn es längst nicht mehr Morgen ist, egal. «*Good morning, captain*» hört sich zu jeder Tages- und Nachtzeit frisch an. Der Pilot wird es Ihnen danken und Sie sofort als souveränen Vielflieger einstufen.

Jetzt können noch maximal zwei Probleme auftauchen. Der Pilot hat eine Fahne. Piloten, die Airstrips anfliegen, trinken mitunter, weil keine Stewardess mit an Bord ist, oder schlichtweg aus guter Gewohnheit. Wenn Sie Alkohol riechen, sagen Sie nichts. Reichen Sie dem Piloten einfach kurz vor dem Start ein Kaugummi, er weiß dann schon Bescheid, dass Sie Bescheid wissen. Problem Nummer zwei, besonders in den Tropen, sind drohende Gewitterwolken, in denen ein kleines Flugzeug komplett zerlegt werden kann. Weisen Sie den Piloten rechtzeitig darauf hin, besonders, wenn er getrunken hat.

Fast vergaß ich noch ein drittes Problem. Mitunter sind Buschpiloten extrem unpünktlich. Wenn es zu dämmern beginnt, sollten Sie kleine Fackeln oder Lampen bereithalten. Besonders in den Tropen wird es binnen weniger Minuten dunkel. Buschpiloten fliegen im Sichtflug, wenn jedoch keine Sicht mehr herrscht, müssen Sie Ihre Lampen oder Fackeln rechts und links der Piste aufstellen. Das erwartet der Pilot von Ihnen, ich habe das oft erlebt. Zur Not reichen auch Wunderkerzen.

Vier Sterne für ein Halleluja

Eine Billigreise an die Türkische Riviera

Eigentlich mag ich keine Touristenghettos. Ob in der Dominikanischen Republik, auf Kuba, den Malediven oder eben in der Türkei. Da ist das Land nur eine leblose Fototapete. Häufig zu sehen, wenn man beim Transfer vom Flughafen zum Hotel aus dem Bus schaut oder aus dem Hotelfenster, wenn man ein Zimmer mit Blick ins Hinterland gebucht hat. Vor einer solchen Kulisse steht dann immer ein riesiger Komplex mit genormtem Swimmingpool, genormter Poolbar, genormten Sonnenliegen und genormten und geölten Touristen. Die wissen oft gar nicht genau, in welchem Land sie gerade Urlaub machen. Sie wissen nur, dass die Sonne scheint, dass sie am Abend einen Sonnenbrand haben, dass das Bier auch aus Plastikbechern schmeckt und dass jeder mittelprächtige Animateur heute den Moonwalk beherrscht.

Ich habe ein paar Tage Zeit für eine kleine Reise zwischendurch. Zu faul, um mir viele Gedanken zu machen, wähle ich den bequemen Weg und suche mir in einem Reisekatalog ein kleines Hotel aus, drei Sterne, in einer Gasse im Hinterland der großen Hotelkomplexe von Side. Der boomende Touristenort, besonders bei Deutschen sehr beliebt, liegt zwischen Antalya und Alanya an der Türkischen Riviera. Mit dem Katalog unter dem Arm gehe ich ins nächste Reisebüro. Ich will wissen, ob ich die richtige Wahl getroffen habe. Und ich will buchen. Die Reiseverkehrskauffrau, die sich meiner annimmt, lässt auch gleich meine Vorfreude in die Höhe schnellen. «Da haben Sie sich ein schönes kleines Hotel ausgesucht, das kenne ich persönlich. Darauf können Sie sich richtig freuen. Die Sonne scheint den ganzen Tag, und die Türken sind so unheimlich freundliche Menschen. Ich spreche aus Erfahrung. Jedes Jahr fahre ich in dieses Land.»

Drei Tage später fliege ich in die Sonne von Antalya. Von dort geht es mit fünfzig anderen Touristen im Bus nach Side. Ich habe Glück, denn mein Hotel wird als Erstes angefahren. Als Einziger steige ich aus, und kurz darauf stehe ich an der Rezeption.

Der tatsächlich extrem freundliche Türke hinter dem Tresen erklärt mir in bestem Deutsch, jedes Zimmer in seinem Hotel sei unglücklicherweise gerade belegt: «Wir feiern Ramazan Bayrami, das Ende vom Ramadan. Da sind viele Freunde zu Besuch gekommen, denen wir die letzten freien Zimmer geben mussten. Ich konnte sie nicht abweisen, denn sie müssen sich von den Strapazen des Hungerns erholen. Immerhin haben die ja einen Monat nichts gegessen, das verstehen Sie doch, oder?»

«Na ja, zwischen Sonnenuntergang und Sonnenaufgang konnten die ja schon was essen», erwidere ich. «Selbst der frommste Moslem hält es nicht aus, vier Wochen zu fasten, oder? Und wenn Ihr Hotel voll ist, verstehe ich nicht, wieso mein Reisebüro es noch buchen konnte?»

«Das ist mir auch unverständlich. Reiseveranstalter in Deutschland müssten den Ramadan eigentlich kennen.»

«Richtig, aber niemand in Deutschland kann ahnen, dass Sie offensichtlich gebuchte und bezahlte Hotelzimmer an Ihre Freunde vermieten, damit die sich mal wieder satt essen können.»

«Wollen Sie jetzt mit mir streiten oder Urlaub machen? Zwei Nächte bringe ich Sie in einem kleinen schönen Hotel unter, und dann kommen Sie zu mir zurück – das ist doch ein Angebot!»

Welche Einwände soll ich erheben? Mir fallen keine ein. Und schon fährt er mich mit seinem Suzuki in das kleine schöne Hotel, das nicht weit entfernt liegt. Das Ende des Fastenmonats wird auch hier gefeiert. Familienclans haben auf großen Plastiktischen rund um den Hotelpool Berge mit Speisen aufgebaut. Türkische Popmusik scheppert aus einem alten Ghettoblaster, die Frauen lachen, die Männer rauchen, und die Kinder pinkeln in den Pool. Ein paar Frauen sitzen tiefverschleiert am Beckenrand, andere tragen freizügige Badeanzüge. Bei den Männern ein ähnliches Bild: schwarzer Anzug mit Weste neben T-Shirt und Shorts. Eine schöne Atmosphäre, weit weg von jeder Fototapete.

Ich beziehe mein Zimmer, das auch klein ist, sogar sehr klein, aber gar nicht schön aussieht. Das Badezimmer ist ein Spezial-Ramadan-Badezimmer. Geschwächt vor Hunger und Durst, kann sich der Gläubige auf die Klobrille setzen und sich gleichzeitig, ohne kraftraubendes Aufstehen und Umhergehen, die Zähne am Waschbecken putzen und sich abduschen. Toilettenpapier ist Fehlanzeige.

Meine Habseligkeiten stapele ich auf einer Bettseite, eine andere Ablagefläche finde ich nicht. Aber was soll's, ich will mich ja nicht im Zimmer aufhalten. Also stürze ich mich ins Ramazan-Getümmel am Pool. Gleich am ersten Plastiktisch angekommen, werde ich eingeladen, mitzufeiern. Jeder gibt mir die Hand und stellt sich vor. Familie Aydin hat viele Jahre in Neuss gelebt, und Vater Aydin will sofort meine rheinischen Kenntnisse testen.

«Waren Sie schon mal in Neuss auf dem Schützenfest?», fragt er.

«Na klar», antworte ich. «Es ist doch das größte in Deutschland. Ich bin in Mönchengladbach geboren, das liegt geradewegs um die Ecke.»

«Mensch, in Mönchengladbach! Am Bökelberg?»

«Nicht direkt, aber da war ich viele Jahre Stammgast bei der Borussia, auf der Nordtribüne.»

«Da hätten wir uns treffen können, ich war da nämlich auch oft.» Er gibt mir nochmals die Hand und sagt: «Ich heiße Malik, und du?»

«Mikka, schade, dass wir uns damals noch nicht kannten.»

Wir schnappen uns beide ein eiskaltes Efes-Bier und sprechen wie Kumpels über alte Zeiten und die Borussia-Helden von damals: Günter Netzer, Jupp Heynckes, Berti Vogts, Winfried Schäfer. Ich fühle mich ausgesprochen wohl und darf sogar mithelfen, die Essensberge abzubauen. Fast jeder meiner neuen Freunde spricht Deutsch, kennt Köln oder Neuss, zumindest aber Bremerhaven. Ich frage Murat, der jetzt neben mir auf der Sonnenliege sitzt:

«Wieso sprecht ihr alle so ein gutes Deutsch, obwohl ihr in der Türkei seid? In Deutschland leben so viele Türken, die kein vernünftiges Deutsch sprechen. Das ist doch seltsam.»

Die Antwort kommt prompt. «In Deutschland leben aber auch Millionen Deutsche, die kein vernünftiges Deutsch sprechen, die Sachsen und die Bayern und die Schwaben. Die geben es sogar offen zu.» Murat kennt sich aus bei uns.

Der Abend wird lang, das kleine Herrengedeck macht die Runde: Efes mit Raki. Die Frauen tanzen um den Pool, verschleiert und unverschleiert. Zwischendurch springe ich ins Wasser, Inge und Gunar folgen mir. Die beiden sind Norweger und neben mir die einzigen Ausländer im Hotel. Sie haben für 90 Euro eine Glücksreise gebucht. Bei einer solchen Reise erfährt man erst am Flughafen, wohin es geht. Die beiden sind glücklich, dass es sie in die Türkei geführt hat, da sie hier 24 Stunden am Tag unter Alkoholeinfluss stehen können. Weil eine komplette Reise so viel kostet wie ein Bier zu Hause, beabsichtigen Inge und Gunar, alles dafür tun, dass sich das Preis-Leistungs-Verhältnis weiter für sie bessert.

Gegen fünf Uhr morgens endet die Pool-Party. Die Essensberge sind abgebaut, zurückgeblieben sind Unmengen leerer Tüten, zusammengeknülltes Alupapier, benutzte Papierservietten und -teller, Plastikbecher, Plastikbesteck. Die türkischen Männer rauchen die letzte Zigarette, die meisten Frauen schlafen auf den Liegen, die Kinder irgendwie dazwischen. Dann bläst Vater Aydin zum Aufbruch. Inge und Gunar wollen draußen nächtigen. Ich mache das Licht am Pool aus, weil Machmut, der Oberkellner, sich auch schon auf einer Liege ausgestreckt hat.

Um zehn Uhr morgens versuche ich, ein Frühstück zu bekommen. Es bleibt beim Versuch. Machmut schnarcht weiter am Pool, und die Norweger müssen es doch noch in ihr Zimmer geschafft haben, denn ich kann sie nirgends entdecken. Der Küchenchef sitzt vor der Rezeption in einem Sessel und schaut gebannt auf einen riesigen Fernseher. Kein Wunder. Auf dem Bildschirm sind zwei leichtbekleidete Türkinnen zu sehen, die mit irrem Geschrei einem anatolischen Bauern auf einem Esel hinterherrennen. Ich könnte jetzt auf meiner gebuchten Halbpension bestehen, aber bei wem?

So schlendere ich stattdessen in die Altstadt von Side, ignoriere die antiken Stätten mit dem imposanten Theater aus dem 2. Jahrhundert nach Christus, in dem einst über 15 000 Menschen Platz fanden, und konzentriere mich auf das Suchen und Finden einer Kaffeestube. Das ist nicht so leicht. An der ersten Ecke muss ich einem sehr freundlichen Verkäufer klarmachen, dass ich keine fünfundzwanzig Paar Socken für fünf Euro benötige. An der zweiten Ecke muss ich einem noch freundlicheren Verkäufer klarmachen, dass ich auch keine vierundzwanzig Postkarten für einen Euro brauche. An der dritten Ecke muss ich einem aufdringlichen Verkäufer sehr klarmachen, dass ich für 95 Euro auf gar keinen Fall eine Rolex erwerben möchte, und an der vierten Ecke habe ich keine andere Wahl, als einem extrem aufdringlichen Verkäufer mit weißem Muscle Shirt, schwarzer Lederhose und liebevoll gearbeiteten schmalen Koteletten, die sich bis kurz vor die Mundwinkel ziehen, ins Ohr zu brüllen, dass ich auch nicht auf Louis-Vuitton-Taschen stehe, sondern maximal auf Kaffee. Das war das falsche Stichwort.

«Komm rein, mein Freund, ich geb dir in meinem Laden Kaffee. Und dann zeig ich dir ein paar schöne Taschen. Du kommst aus Köln, oder? Und du hast doch eine Frau? Sei ehrlich!» Woher weiß dieser Louis-Vuitton-Taschenverkäufer, dass ich aus der Nähe von Köln stamme? Ich bin beeindruckt, lasse mich in seinen Laden zerren, trinke einen herrlichen türkischen Kaffee, quatsche mit Mohammed, so heißt der Verkäufer, der auch mein neuer Freund wird, über Gott und die Welt – und kaufe keine Tasche. Nach einer halben Stunde verabschieden wir uns herzlich. Ich gratuliere ihm zu seiner hervorragenden Menschenkenntnis – schließlich hat er mir den Kölner an der Nasenspitze angesehen – und er mir zu meinem guten Geschmack.

«Woher weißt du jetzt auch noch, dass ich einen guten Geschmack habe?», frage ich ihn beim Rausgehen.

«Weil ich die Taschen auch nicht super finde, sie sind sogar richtig grausam, aber ich muss die verkaufen.» Mohammed grinst. «Mein Onkel in Antalya bekommt jeden Monat eine Riesenladung. Er kann die nicht alle allein verkaufen, also muss ich ran. Aber sie sind echt der Renner, ich werd die immer los.»

Mohammed wünsche ich noch, dass es so bleibt, dann ziehe ich zufrieden weiter, denn ich hatte ja meinen Kaffee. Aber zu meinem vollkommenen Glück brauche ich noch einen Viagra-Tee. Das behauptet zumindest der kleine drahtige Händler an der nächsten Häuserecke. Er spricht natürlich auch fließend Deutsch.

«Wie heißt du, mein Freund? Alle nennen mich hier Ali, und mein Viagra-Tee hat Klasse. Du musst ihn regelmäßig trinken, morgens, mittags und abends. Aber dann bist du super Hengst, Tag und Nacht!»

«Mikka», erwidere ich, so oft habe ich meinen Namen noch nie in zwei Tagen ausgesprochen. «Aber sag mir, was kostet denn dieses Höllenpulver?»

«Kleine Tüte fünf Euro.»

Ali baut sich vor mir auf, mit all seinen 160 Zentimetern, und zeigt mir seine Manneskraft – an den Oberarmen. Da hat er wirklich was zu bieten. Und auch zwischen Nase und Mund prangt ein stolzes Symbol seiner Männlichkeit, ein perfekt gestylter Schnurrbart.

«Ali, du hättest besser Ringer werden sollen, griechisch-römisch oder so. Aber egal, jetzt sag mir ganz ehrlich, wie du dieses miese Pulver herstellst.»

Verschmitzt strahlt mich Ali an: «Ich hab Zucker und Farbstoff. Mit grünem Farbstoff mach ich Viagra-Tee. Mit rotem Farbstoff mach ich Gute-Laune-Tee, mit blauem Farbstoff mach ich Gute-Nacht-Tee. Und damit ich selbst nicht durcheinanderkomme, leg ich oben aufs Pulver einen Apfel oder eine Pflaume. Und schau hier, beim Viagra-Tee gibt's einen fetten Plastikpenis. Geschäft ist Geschäft, mein Lieber. Die Mieten hier sind extrem hoch, da muss ich ein paar Zentner von dem Zeugs verkaufen, verstehst du?»

Ich verstehe. «Und welche Kunden stehen so auf den Viagra-Tee?»

«Die russischen Frauen sind ganz heiß drauf.» Das verstehe ich auch.

Für 50 Cents kaufe ich Ali ein Tütchen mit dem Gute-Nacht-Pulver ab. Fest nehme ich mir vor, mir fortan keine Ledergürtel, Polo-Hemden, Unterhosen oder Wasserpfeifen andrehen zu lassen, und auch keinen Döner. Und es gelingt mir auch.

Zurück im Hotel, verbringe ich meinen Nachmittag auf einer

Strandliege. Auch ohne Alis Schlaftrunk kann ich gut schlafen. Am Abend zieht es mich wieder in die Altstadt, wieder zu meinem Freund mit dem guten Teegeschmack. In einer Ladenecke sitze ich bei ihm auf einem Hocker und informiere mich genauer darüber, wie er seine Wunderrezeptur russischen Frauen anpreist. Dabei redet Ali ein seltsames Russisch, zeigt immer wieder theatralisch auf seine wohlgeformten Oberarme und dann auch ziemlich eindeutig auf seine enge Hose. Wenn die Damen skeptisch bleiben, fährt er sein ultimatives Geschütz auf, erklärt er mir. «Ich sage denen: ‹Weißt du, ich trinke meinen Tee selbst morgens, mittags und abends. Und wenn du mir nicht glaubst, dann gehen wir jetzt zusammen nach oben, und da zeige ich dir, was mein Tee kann.›»

«Und ist den russischen Frauen deine Show nicht peinlich?», frage ich.

«Nicht die Spur.»

Ali scheint zu wissen, was Frauen wünschen. Zweimal muss er an diesem Abend nach oben. Würde ich länger bei ihm in die Lehre gehen, wer weiß ...

Am nächsten Morgen werde ich abgeholt. Umzug in mein gebuchtes Hotel. Es heißt «Angora», hat drei schmucklose Stockwerke, einen Pool, der direkt an der Straße liegt, und verstaubte Oleanderbüsche am Eingang. Bei «Angora» denke ich an warme Unterwäsche aus dem Bio-Versandshop und bin guter Dinge. Da stört mich auch nicht, dass ich das Schlüsselloch meiner Zimmertür nicht finde, weil der Flur stockdunkel ist. Und es stört mich auch nicht, nachdem ich es gefunden habe und ich in meinem Zimmer bin, dass das Fenster nicht zu öffnen ist, weil eine Spiegelkommode davorsteht, und die Klimaanlage in ihrem ersten Leben ein Presslufthammer gewesen sein muss. Ein ganz klein bisschen stört mich, dass ein schreckliches Braun der dominierende Farbton im Zimmer ist. Der Malermeister hatte vermutlich keine klaren Vorgaben erhalten, da hat er sich wohl an der Klobürste orientiert. Aber Hut ab, den Farbton hat er perfekt getroffen. Extrem stört mich, dass ich mich nun im Bad verlaufe, weil es so groß ist, und meine gerade gewonnenen Multitasking-Fähigkeiten wieder brachliegen.

Lange halte ich es in diesem Braun nicht aus. Seltsam, dass die Angestellte in meinem Reisebüro nichts davon gesagt hat. Sie trug doch ganz passable Sachen in passablen Farben. Oder hatte ich da was übersehen?

Ich fahre mit dem Bus nach Antalya – eine laute, hektische und staubige Stadt im gesichtslosen Plattenbaustil. Nur in den Gassen hinter dem alten Hafen ist es beschaulich. Hier trinke ich Tee, lasse mich in Shops zerren und schlendere durch die Altstadt zum Hadrianstor. Zum Abendessen bin ich aber wieder zurück im Angora, ich habe schließlich Halbpension gebucht. Doch das aufgebaute Büfett ist vollkommen abgegrast. Ich frage Machmut, den Oberkellner: «Sagen Sie mal, werden die Schüsseln nicht nachgefüllt? Abendessen ist doch von halb sieben bis halb neun.» Meine Uhr zeigt sieben.

Wahrscheinlich kennt er die Frage, denn sofort sagt er: «Mein Freund, du kommst zu spät, morgen Abend früher kommen, das ist besser für dich. Schüsseln immer einmal voll, danach zu spät.» Also gilt auch in der Türkei: «Wer nicht kommt zur rechten Zeit, der muss sehen, was übrig bleibt.» In diesem Fall ist aber nicht einmal ein Krümelchen Brot übrig geblieben. Ich ziehe mich hungrig auf mein Zimmer zurück.

Bald stelle ich fest: Auch hier fehlt das Toilettenpapier. Ich gehe zur Rezeption und frage: «Können Sie mir bitte etwas Klopapier besorgen?»

«Kommen Sie morgen wieder, da gibt es neues.» Die Antwort des Rezeptionisten ist durchaus überraschend. Natürlich spricht er, wie nicht anders zu erwarten, gut Deutsch. Er hat meine Frage also definitiv verstanden. Aber vielleicht hat der Ramadan ihn ja so geschwächt, dass er die Bestellung neuer Rollen einfach vergaß. Ihm ist verziehen.

Zurück auf meinem Zimmer, lege ich mich müde aufs Bett – aber für nur genau zwei Minuten. Denn die Drahtspitzen und Drahtknoten der Sprungfedern springen gemäß ihrer Natur aus der Matratze heraus und direkt in meinen Rücken hinein. Hatte ich beim Einchecken gesagt, dass ich ein Fakir bin und gern auf einem Nagelbrett schlafe? Nein, hatte ich nicht. Ich versuche es mit Bauch- und Seitenlage, doch auch das ist zwecklos. Ich gebe auf. Mit einem Handtuch steige ich über den Balkon – zum Glück liegt mein Zimmer im Erdgeschoss – und suche mir eine Poolliege aus. Es ist eine warme und stille Nacht, bis auf die kläffenden Straßenköter. Um fünf nach fünf ist es mit der Ruhe aber vorbei. Keine fünfzig Meter hinter dem Hotel steht auf einem staubigen Platz eine prächtige weiße Moschee. Von vielen Minaretten ertönt der Ruf des Muezzins mittlerweile vom Band, hier nicht. Hier gibt er beim ersten Gebet des Tages sein Bestes.

So wirklich stört es mich nicht. Im Gegenteil: Ich höre diese Mischung aus Heulen, Schreien, Klagen und Zetern wirklich gern. Aber dieser Muezzin hat Asthma. Ich hatte als kleiner Junge auch Asthma. Ich kenne die Pein und die Geräusche, wenn ein Asthmakranker die Luft in seine Lunge zieht. Das ist für den Asthmakranken schlimm, aber auch für den, der es hört, besonders, wenn das Keuchen über Mikrophon und Lautsprecher hundertfach verstärkt wird. Erst tut er mir leid, dann macht er mich aggressiv. Und dann ist endlich wieder Ruhe. Aber an Schlaf ist nicht mehr zu denken. Es sticht zwar nicht an allen Ecken und Enden, aber eine echte Alternative zu einem ordentlichen Bett ist die Poolliege nicht. Vielleicht bin ich aber auch nur zu verwöhnt. Es gibt Millionen von Touristen, die täglich acht bis zehn Stunden auf einer solchen Liege in der Sonne braten. Hat sich da schon einer über Rückenschmerzen beschwert? Ich kann mich nicht erinnern. Egal, ich nehme noch einen letzten Seitenwechsel vor und warte auf das Frühstück.

Diesmal bin ich der Erste. Am Kaffeeautomaten hängt ein Schild mit *«out of order»*, aber dafür gibt es ohne Begrenzung Schafskäsebröckchen, Gurkenscheiben und nicht genauer zu definierendes Brot aus einer Schublade unterhalb der Anrichte, auf der alles aufgestellt ist. Eine zweifelhafte Methode, Brot frisch zu halten, denke ich. Nach dem Frühstück wird die Schublade nämlich zugemacht und am nächsten Morgen wieder auf.

«Können Sie mir einen Kaffee machen?», frage ich den Kellner, der gestern Abend Rezeptionist war.

«Morgen ist die Maschine wieder gut, vielleicht», sagt er.

«Ach so, das ist wie mit dem Klopapier.»

«Willst du nun Kaffee oder Klopapier?»

Augenblicklich lasse ich ihn stehen und gehe auf mein Zimmer, um meine Sachen zu packen. Ich habe nichts gegen eine schöne lange Unterhose aus Angora, aber ganz viel gegen das Hotel Angora in Side. Zehn Minuten später stehe ich stocksauer an der Rezeption. Ich zähle alle Mangel auf und werde laut, als der Chef zu mir sagt: «Wie soll ich denn alle Matratzen in meinem Hotel kennen?»

«Einfach nicht in einem Fachgeschäft für Fakire einkaufen, dann lägen auch Matratzen in Ihren Betten und keine Eisengestänge», brülle ich. Brüllen mag er nicht, und für den asthmakranken Muezzin kann er nichts. Also suche ich an der Infotafel des Hotels die Telefonnummer meines verantwortlichen Reiseleiters heraus, rufe ihn an und bestelle ihn zum Rapport.

Der Türke mittleren Alters ist sehr höflich und hört sich meine Geschichte an. Danach zeige ich ihm mein Zimmer, das gerade für den nächsten Gast wieder fertig gemacht wird.

«Das sind doch drei Sterne», sagt er fast entrüstet.

«Wie meinen Sie das?», frage ich.

«Also, das ist ein Zimmer mit einem Fenster und einem separaten Badezimmer, also klar drei Sterne.» Ich zeige ihm den Spiegel vor dem Fenster und die Klobürste, dazu mache ich die Klimaanlage an und lasse ihn Probe liegen. «Okay, ich telefoniere», ist seine nächste Ansage.

Er telefoniert ziemlich genau vier Stunden, ununterbrochen. Dann hat er ein neues Zimmer für mich gefunden. Er fährt mich auch gleich dorthin, es liegt irgendwo im Nirgendwo, wie ich nach einer endlosen Fahrt registriere.

Im Hotelprospekt, den ich an der Rezeption finde, lese ich: «Anzahl Zimmer 65, davon zimmer 2,3,4 betten, mit balkon in der 1 und 2 etage, Alle Raume sind mit klimaanlage ausgestattet, sewie telefon mit satelliten TV, in bad befindet sich ein Fön.» Es gibt doch so viele Deutsch sprechende Türken, warum hat keiner mal über den Prospekt geschaut, das hätte geholfen, denke ich. In und um das Hotel ist alles rosafarben gestrichen, sogar die Zimmermädchen. Nur nicht die Klobürste. Das Bett ist phantastisch. Ich danke meinem Retter, der sich auch selbst hineinlegt, um den Unterschied zu spüren. So liegen wir beide auf meinem neuen Bett. Ihm ist das ein wenig peinlich, ich würde am liebsten liegen bleiben.

Als der Mann wieder weg ist, ziehe ich die rosafarbenen Vorhänge zu, stelle die Klimaanlage auf 14 Grad, hänge das «Bitte-nicht-stören»-Schild an die Tür und tauche unters Betttuch. Ruhe und Wohlsein umgeben mich. Ich träume von Vier-Sterne-Strandhotels mit endlosen Zimmerfluchten und noch endloseren Büfetttischen, natürlich mit Schüsseln, die immer nachgefüllt werden. Überall stehen Bedienstete, die mir ständig Kaffee in die Tasse nachschütten, dort ein Croissant hineintauchen und es mir zum Hineinbeißen direkt vor den Mund halten. Und dann schütten sie auch noch Raki in den Kaffee, mehr und mehr. Ich trinke um mein Leben, verschlucke mich und schrecke hoch, um gleich in den nächsten Albtraum zu gleiten. Ich liege in einem riesigen Zimmer auf einer Matratze, die so dick ist, dass sie bis unter die Decke reicht. Es ist bitterkalt, am Fenster sind Eisblumen, die ständig nachwachsen. Ich will mir eine Decke holen und die Klimaanlage ausschalten, aber ich komme von dieser gewaltigen Matratze nicht herunter. Das Zimmer hat eine hohe Decke, und ich traue mich nicht zu springen. Mir wird immer kälter, mein Zittern ist viel lauter als die Klimaanlage. Aber dann heult der Muezzin und übertönt alles. Schweißgebadet wache ich in meinem rosafarbenen Hotel in der türkischen Einöde auf.

Teneriffa-Süd, wir kommen

Mit dem Charterflieger in die Sonne

Heinz ist fünfundvierzig und nicht übergewichtig, für sein Alter hat er sich gut gehalten. Im Job sieht man ihn in Jeans, Lederweste und Hawaiihemd. Auch bei den Schuhen bevorzugt er die bequeme Variante: Sportsandalen der Marke Ecco. Sein Arbeitsplatz ist das Straßenverkehrsamt in einer westdeutschen Kleinstadt. Es ist Dienstag, exakt eine Minute nach acht. Heinz hat seine große Früchteteetasse in der rechten Hand, *«I love Birgit»* steht da drauf. Im Publikumsraum sitzen schon die, die wissen, wie's geht, Stammkunden von Heinz eben. Sie handeln mit Gebrauchtwagen und müssen täglich zu ihm, um Autos umzumelden, anzumelden und abzumelden. Sie stehen mit ihren billigen Kunstledermappen, in denen sie die Kraftfahrzeugscheine, -briefe und -kennzeichen stecken haben, schon um Viertel vor acht vor der Tür, lesen die *Bild*-Zeitung quer und machen jeden Morgen einen Sport daraus, wer es als Erster schafft, um Punkt acht Uhr die Nummer eins aus dem Kasten an der Wand zu ziehen.

Heinz wird von allen gern gegrüßt, weil er der Mann mit den TÜV-Plaketten ist. Wenn alles mit rechten Dingen zugegangen ist – und das ist in jedem deutschen Straßenverkehrsamt die Ausnahme –, kommt er ins Spiel und sorgt für grenzenlosen Freudentaumel, nicht bei seinen Stammkunden, nein, bei den ganz normalen Bürgern, die es auf eigene Faust versuchen, ihren Pkw umzumelden, und die auch nicht ihre Frau geschickt haben.

Frauen wurden von Heinz früher immer bevorzugt behandelt, nur kamen so selten welche. Heute trauen sich viel mehr Frauen in ein Straßenverkehrsamt, es ist schon lange keine Männerdomäne mehr, aber Heinz hat mittlerweile eine eigene Frau, eben Birgit. Und mit Birgit wird er morgen früh in den wohlverdienten Urlaub fliegen. Also ist heute sein letzter Arbeitstag, und danach stehen ihm drei Wochen ohne TÜV-Plaketten bevor. Ein gutes Gefühl, der Gute-Laune-Früchtetee wäre da gar nicht mehr nötig gewesen. Wobei: Kollegin Schlotterbeck, fünfundvierzig Jahre alt, also eigentlich im besten Alter, aber vom vielen Sitzen in die Breite gegangen, muss seinen Geldbaum gießen und einen Blick auf die Ferrari-Sammlung haben. Drei Wochen ohne Wasser hält auch kein Geldbaum aus, und die Miniatur-Ferraris auf der Fensterbank hinter dem Schreibtisch von Heinz sind Objekte der Begierde, zumindest bei den Autohändlern. Für die Kollegin braucht Heinz aber nicht nur gute Laune, sondern supertolle Laune, weil Frau Schlotterbeck ihren Job hasst, ihre Kunden hasst, die Ferrarisammlung von Heinz hasst, den Geldbaum auch, weil er Staub anzieht, eigentlich auch ihren Mann, ganz sicher aber sich selbst, weil sie ihr Gewicht nicht in den Griff bekommt und immer in wallenden Gewändern durch die Gegend laufen muss. Eine Alternative zu Frau Schlotterbeck gibt es leider nicht, jede andere Sachbearbeiterin hatte schon mal die Ehre bei ihm gehabt, aber Sachen bearbeiten und Blumen gießen sind eben zwei Paar Schuhe – und jedes Jahr einen neuen Geldbaum kaufen ist Heinz zu teuer. Nein! Frau Schlotterbeck ist zwar immer mies drauf, aber sie ist verlässlich mies drauf – und denkt deshalb absolut zuverlässig an alles, was sie hasst. Also: Augen zu und durch, und Heinz schafft es mit seiner supertollen Laune auch, Frau Schlotterbeck die Worte: «Ich wünsche dir einen schönen Urlaub», abzuringen. Anhören tut sich das wie: «Ich bräuchte viel dringender Urlaub als du.»

Um zwanzig nach vier klebt Heinz die letzte Plakette auf, Früchteteetasse ausspülen, Geldbaum noch mal gießen, damit Frau Schlotterbeck nicht sofort ran muss. Wobei Geldbäume in Büros mit geringer Luftfeuchte, weil oft überhitzt, schon so jeden dritten Tag gegossen werden sollten.

Zu Hause spielt Ehefrau Birgit leider Frau Schlotterbeck, und zwar täuschend echt. Sie ist zwar überhaupt nicht dick, eher gutgebaut, aber genauso freudlos. Birgit hat einen krisensicheren Job als Busfahrerin, sie hat keine schreienden Kinder im Haus, sie kann die modischsten Klamotten tragen, und sie hat einen Mann, der sie auf Händen trägt. Wo liegt ihr Problem? Heinz weiß es nicht – und Birgit vermutlich auch nicht. Das Leben ist einfach so schwer. Urlaub ist ja ganz schön, aber weniger schön ist das Packen. Zwanzig Kilo Freigepäck sind für Birgit ein Witz.

«Du weißt genau, dass ich mehr Sachen mitnehmen muss als du. Willst du jetzt, dass ich mich abends chic mache oder nicht?»

«Klar», sagt Heinz, «aber soll ich nackt hinter dir herlaufen?»

«Von nackt hat keiner geredet. Aber du brauchst auch nicht für jedes Outfit die passenden Schuhe. Abgesehen davon, dass du dann nicht so viel zu tragen hast.»

«Als müsste ich deine Kleider nicht auch schleppen», nölt Heinz.

Das hat Birgit aber überhört. Sie packt und wiegt und schafft es auf dreißig Kilo, wenn Heinz ihren schweren Kulturbeutel bei sich unterbringt. «Du kommst doch mit zehn Kilo hin, richtig?», fragt sie sicherheitshalber nach.

Heinz weiß: Seine Frau ist nervlich ungemein belastet. In diesen letzten Stunden muss er jeglichen noch so kleinen Streit vermeiden, sonst wird das kein schöner Urlaub. Also nimmt er Birgits Kulturbeutel in seine Reisetasche und verzichtet schweren Herzens auf die Schwimmflossen.

Nun muss eine nächste Entscheidung getroffen werden. Der Flieger soll um sechs Uhr in der Früh starten. Heinz will anderthalb Stunden vorher da sein, angesichts von Birgits Nervosität besser zwei. Eine Stunde muss er für die Autofahrt rechnen, ohne Stau, und noch einmal zwanzig Minuten einkalkulieren für Parkhaus, Gepäckwagen suchen, zur Abflughalle laufen und Schalter finden.

«Wir müssen um zwanzig vor drei das Haus verlassen, das wird eine kurze Nacht», bereitet Heinz seine Frau vor.

Zwanzig vor drei hört sich grausam an, ist es aber nicht, denn Heinz und Birgit können sowieso nicht schlafen. Von daher wäre ein Abflug um vier Uhr fast noch besser gewesen. Als es Zeit ist, aufzustehen, entscheiden sie, sich für den Flieger bequem anzuziehen, ein paar luftige Sachen kommen ins Handgepäck. Man weiß ja nie.

Übrigens: Die beiden fliegen nach Teneriffa, Teneriffa-Süd, zum fünften Mal. Sie sind somit fast schon Stammgäste, alte Hasen, Vielflieger, Profis, Insider. Seit drei Jahren klatschen Heinz und Birgit auch nicht mehr bei der Landung in die Hände.

Die Fahrt zum Flughafen verläuft reibungslos, aber das Parkhaus ist übervoll. «Wo kommen bloß die ganzen Holländer her, und haben die immer alle Urlaub?» Heinz spart sich die Antwort, weil er all seine Kräfte braucht. Kein Gepäckwagen ist aufzutreiben. 800 Meter vierzig Kilo morgens um vier tragen, dafür hat er im Straßenverkehrsamt nicht trainiert. Klar, moderne Koffer haben Rollen, die von Birgit und Heinz auch, aber westdeutsche Flughäfen haben Gehwege aus noch modernerem Kopfsteinpflaster, und das zerlegt Kofferrollen in Windeseile. Das glaubt zumindest Birgit, deshalb trägt Heinz. Eigentlich hätte er seine Shorts jetzt schon gut gebrauchen können, so kommt er schweißgebadet am Terminal an.

Der Check-in-Schalter ist noch leer. Alles richtig gemacht,

denkt Heinz. Woran er nicht gedacht hat, und das gehört sich eigentlich nicht für einen Proficharterflieger: Es gibt Vorabend-Einchecker, und neuerdings auch immer mehr Menschen, die sich im Internet Sitzplätze reservieren. Und was Heinz komplett verdrängt hatte: Eine kurze Warteschlange bedeutet noch lange nicht, dass es zügig vorangeht. Diese dämliche Familie vor ihm scheut keine Mühen, dass der Urlaub exakt so beginnt, wie Heinz ihn sich nicht vorgestellt hat. Vater, Mutter und die beiden halbstarken Söhne stehen vor dem Schalter, dahinter sitzt eine strenge Eincheckerin in ihrer blauen Uniform. Hitzig wird argumentiert. Und worum geht es? Natürlich: ums Übergepäck. Der Vater schwitzt in seinem Eishockeytrikot, nicht minder seine aufgeregte Frau. Nur die beiden Jungen wirken völlig entspannt, fast gelangweilt. Sie müssen ja auch nicht die Übergepäckgebühr bezahlen, die die Dame in Blau androht. Schließlich macht sie noch ein Angebot zur Güte: «Sie können aber auch ganz schnell ein paar schwere Sachen aus Ihren Koffern in Ihr Handgepäck umladen.» Also werden alle Koffer aufgemacht, und ein wildes Umsortieren beginnt. Heinz und Birgit warten. Sie würden jetzt gern die Schalterschlange wechseln, aber es ist nur ein Schalter offen.

Nach gut fünf Minuten, in denen sich die blau Uniformierte in aller Ruhe die Umpackarbeiten angeschaut hat, sagt sie in einem ziemlich herablassenden Ton: «Jetzt passt Ihr Handgepäck aber definitiv nicht mehr in das Metallgestell, das die Größe von erlaubten Handgepäckstücken regelt. Und Sonnenmilchflaschen dürfen in diesen Mengen sowieso nicht mit an Bord genommen werden.» Das hätte der Typ im Eishockeytrikot eigentlich wissen können, denkt sich Heinz, denkt auch Birgit. Aber wer mit einem Eishockeytrikot nach Teneriffa fliegt ...

Hektisch wird wieder zurückgepackt, dann gezahlt: 136 Euro Übergepäckgebühr. «Warum nicht gleich so.» Heinz kann sich diese Worte nicht verkneifen.

Birgits Waage zu Hause hat korrekt gemessen, entsprechend schnell sind sie am Schalter fertig und bekommen ihre Bordkarten mit zwei Mittelplätzen, hintereinander, versteht sich. In dem Fall ist Bordkarte gleich A... karte.

«Haben Sie keine zwei Plätze nebeneinander?», fragt Birgit.

«Leider nein, da hätten Sie sich vorab im Internet drum kümmern müssen.»

Birgit will Heinz jetzt einen Vorwurf machen, er hätte das von seinem Computer im Straßenverkehrsamt aus ganz leicht erledigen können, aber sie lässt Gnade walten.

Die Handgepäckkontrolle ist jetzt eine leichte Übung, da der Eishockey-Familienvater am Nachbarband für Unterhaltung sorgt. Seine halbstarken Söhne müssen ihre Red-Bull-Dosen auf Ex austrinken, die Ehefrau darf ihre Nagelfeile in die Spendenbox werfen, und der Senior selbst bekommt den Gürtel nicht aus seiner Funktionshose.

Endlich am Gate. Der Flieger nach Teneriffa-Süd ist auch schon da. Puls und Blutdruck kommen aus den roten Zahlen. Das erste Rudel Urlauber hat sich aber schon in der Pole-Position eingefunden. Erneute Unruhe bei Heinz und Birgit. Auch anstellen oder cool bleiben wie die Typen mit den gelben, umgehängten V-Ausschnitt-Pullovern, den rosafarbenen Hemden, den Hosen in Ecru und den weinroten College-Schuhen, deren Begleiterinnen bis auf die Frisur genauso aussehen? Aber die sitzen vielleicht in der Komfortklasse und können deshalb so entspannt sein.

Birgit ist es zu anstrengend, cool zu bleiben. Sie gibt auf und will an die Front. «Heinz, komm, los!»

Betont lässig hängt die Eincheckerin von eben an dem Schalter ab, an dem die Bordkarten abgerissen werden. An ihr müssen alle vorbei, und das weiß sie auch. Sie telefoniert, hat eine Liste in der Hand, öffnet die Glastür, macht sie wieder zu. Sie schaut keinem in die Augen, obwohl sie weiß, dass etwa achtzig Augenpaare auf sie gerichtet sind, die mit waidwunden Blicken fragen: «Wann dürfen wir endlich?» Birgit müsste auf die Toilette, aber dann hätte sich der ganze Anstellstress nicht gelohnt, also anhalten. Da hat sie Übung. Birgit ist schließlich Busfahrerin, da kann man auch nicht so eben mal den Schwenkbus an den Bordstein fahren, ihn kommentarlos verlassen und in die nächste Kneipe rennen. Und mit Kommentar wäre das noch peinlicher.

Es geht los. Mütter mit Kindern und Rollstuhlfahrer zuerst. Aber die müssen erst einmal durch die Schlange durch. Wenn man zur Seite tritt, ist jedoch der schöne Standplatz weg, also heißt es: drängeln und dabei so tun, als hätte man nichts gegen Kinder oder Rollstuhlfahrer. Diese Übung beherrschen aber nur erfahrene Vielflieger perfekt.

Dann erstes Vorrücken auch für Birgit und Heinz. Ausweis nochmals vorzeigen, Bordkarte abreißen lassen und durch die Glastür. An einigen Terminals gibt es moderne Fahrgastbrücken, die aber sind bei Flügen nach Teneriffa-Süd anscheinend unbeliebt, denn es kommen nun Busse zum Einsatz. Und wieder geht ein Kampf los. Birgit und Heinz versuchen es mit der Flucht nach vorne. Mit Händen und Armen vollführen sie wilde Schwimmbewegungen. Taktik und Technik funktionieren, sie kommen als Erste in den Bus.

Seit zwanzig Jahren fährt Birgt für die Stadtwerke Bonn, unfallfrei, auf den unterschiedlichsten Routen. Sie hat ihren Beruf gelernt, das kann man von den meisten Flughafenbusfahrern aber keineswegs behaupten. Sie müssen im Grunde nur geradeaus fahren können, dabei ein paar Mal nach rechts oder nach links abbiegen, immer auf genau festgelegten Routen, die genauestens markiert sind. Doch selbst diesen geringfügigen Herausforderungen sind die Fahrer höchst selten gewachsen. Sie ruckeln mit ihren Schwenkbussen vor und zurück, geben Gas und bremsen abrupt ab, verreißen das Lenkrad und wundern sich dann, dass hinten Handys aus den Händen fliegen, Passagiere mit den Köpfen aneinanderstoßen und sich Handgepäckstücke selbständig machen.

Zurück zu Birgit und Heinz. Die sind zwar als Erste in den Bus gestiegen, kommen aber als Letzte wieder raus. Das hat fatale Folgen. Im Flugzeug ist das Fach mit den Zeitschriften leer, die Handgepäckfächer sind voll und die Mittelarmlehnen mit Panzerfäusten gesichert. Birgit hat Glück. Ihre Nachbarn halten zwar die Armlehnen besetzt, sind aber von Statur aus eher schmächtig. Da besteht mit Siegeswillen, Disziplin und Durchhaltevermögen noch Hoffnung, entsprechendes Terrain zu erobern. Bei Heinz sieht es jedoch düster aus. Bei ihm hängen von beiden Seiten nicht gut riechende, gewaltige Fettpolster in seinen Sitzbereich hinein. Und die bleiben da auch, selbst, als er sich in den Sitz und das Handgepäck zwischen die Füße klemmt. Gar nicht schlimm, dass es keine Illustrierte mehr gibt. Wie hätte er sie auch in den Händen halten sollen. Und auch nicht schlimm, dass er sich nicht zu Birgit umdrehen kann, dass die nervige Kindergartenkröte vor ihm in ihrem Sitz herumtanzt und mit ihrer Rückenlehne seine Kniescheiben traktiert, und auch nicht, dass die Maschine noch immer keine Startfreigabe erhalten hat. Und dass der für diese Uhrzeit verdächtig gutgelaunte Kapitän verkündet, dass «wir noch auf die letzten beiden Fluggäste warten, aber dann kann es gleich losgehen».

Heinz ist in eine Schockstarre gefallen. Er bewegt seinen Körper nicht mehr, er will ihn nicht mal mehr fühlen. Wäre er bloß ein indischer Yogi, dann könnte er über all das nur herzhaft lachen.

Es ist inzwischen acht, zu Hause gäbe es jetzt Früchtetee aus Birgits Tasse und viele freundliche Gesichter, die alle nur das eine wollen: eine Plakette auf ihrem Nummernschild. Es macht schon Sinn, nur einmal im Jahr in Urlaub zu fliegen. Öfter würde er das gar nicht überleben. Wenigstens nicht, solange er kein Yogi ist. Birgit liest *Frau im Spiegel*, diese Zeitschrift hatte sie sich glücklicherweise von zu Hause mitgenommen. Sie ahnt nicht, dass ihr Heinz leidet und von ihrer Tasse träumt.

Mit einfältigem Grinsen im Gesicht kommen irgendwann die beiden letzten Fluggäste in die Kabine, gleiche dicke Wangen, auch gleicher Pullover, nur unterschiedlichen Geschlechts. Aber das bekommt Heinz nicht mehr mit, er ist in einen ohnmächtigen Halbschlaf gefallen. Im Minutentakt schreckt er hoch, weil sein Kopf nach rechts hängt und sein Hals zu brechen droht. Schlafen im Ferienflieger kann tödlich enden, gut, dass Heinz das nicht weiß. Es drohen Thrombose, Genickbruch, sogar ein Schädel-Hirn-Trauma, wenn man Pech hat. Dann, wenn man außen sitzt, der Kopf zu weit in den Gang hängt und eine eher grobmotorisch veranlagte Stewardess mit ihrem Getränkewagen vorbeikommt. Schwere Verbrennungen am Oberkörper und im Genitalbereich müssen hier nicht aufgeführt werden, sie enden selten tödlich. Und auch das muss ehrlich gesagt werden: Der Kaffee in Ferienfliegern schmeckt zwar nicht nach Kaffee, sondern eher nach Muckefuck, aber er ist selten heiß. Also, Entwarnung vor Verbrennungen, zumindest vor denen dritten Grades.

Oben in der Luft macht sich für die Airline so richtig bezahlt, dass die Fluggäste jegliche Anspruchshaltung aufgegeben haben. Demütig, bescheiden und schüchtern genießen sie den schönen Flug. Natürlich bleiben sie aus Sicherheitsgründen angeschnallt sitzen; lieber machen sie in die Hose, anstatt die Bordtoilette aufzusuchen. Natürlich bestellen sie – aus Schaden wird auch der Fluggast klug – keinerlei Extragetränke bei der blondierten Domina in ihrer passgenauen JVA-Uniform. Natürlich freuen sich alle über ihr Puten- oder Käsesandwich, das weder mit Pute noch mit Käse und schon gar nichts mit Sandwich zu tun hat. Und natürlich freuen sich alle auf ihren Urlaub, und natürlich klatschen die Wenigflieger nach der Landung. Heinz, der Vielflieger, ja nicht. Aber das ist diesmal nicht der Grund. Er will klatschen, aus lauter Dankbarkeit, dass der Horror ein Ende hat, aber es geht nicht. Er kann seine Arme nicht mehr bewegen, und seine Hände sind taub und gefühllos.

«Herzlich willkommen auf Teneriffa, wir hoffen, der Flug hat Ihnen gefallen, trotz der kleinen Verspätung. Bitte bleiben Sie noch so lange angeschnallt sitzen, bis ...» Heinz bleibt länger als nötig sitzen, Heinz muss sitzen bleiben. Zum Aufstehen gehört ein Rückgrat, das sich an Strecken und Aufrichten erinnern kann. Das kann das von Heinz nicht. Also Rollstuhl, Spritzen, Schmerzen, Pillen und Schattenliege.

Und Albträume, dass nichts mehr so wird, wie es vor Teneriffa war.

Und Angst. Angst vor dem Rückflug.

REISE TIPPS

Das ultimative und unbedingt zielführende Verhalten beim Essen in All-Inclusive-Hotels, in abgelegenen Landhotels und bei privaten Einladungen zum Dinner in exotischen Ländern

All Inclusive ist en vogue, weltweit. All Inclusive (AI) heißt vor allem, dass Milch und Honig fließen, den ganzen Tag und die ganze Nacht. Das jedenfalls versprechen Reiseveranstalter mit ihren «Alles-ist-drin»-Angeboten. Wer dennoch Sorge hat, nicht satt zu werden, der kann auch ein Hotel mit All-Inclusive-Plus buchen oder Ultra-All-Inclusive – und herausfinden, ob AI tatsächlich noch getoppt werden kann.

All Inclusive sieht jedenfalls in der Wirklichkeit so aus: Essen in Büfett-Form, wobei in turnhallenartigen Räumlichkeiten rund um die Uhr Berge von Speisen aufgetürmt und dann von Hand in Sekundenschnelle abgetragen werden. Besteck wird dabei selten verwendet. Um bei einem Abendessen in einem All-Inclusive-Hotel in vorderster Reihe mitzumischen, hier ein paar handfeste Tipps:

1. Im passenden Outfit rechtzeitig anstellen. Frauen sollten immer Stilettos tragen. So können sie nach erfolgreicher Tischsuche den eroberten Platz dauerhaft verteidigen, indem sie die Beine übereinanderschlagen und mit dem in der Luft hängenden Fuß jeden in die Flucht schlagen, der Anspruch auf ihren Tisch erhebt. Männer benötigen für den Kampf am Büfett festes Schuhwerk, Turnschuhe sind zu empfehlen, wenn sie von stabiler Machart sind. Der Rest der Kleidung ist egal. Sollte am Eingang des Restaurants ein Schild auf angemessene Abendgarderobe hinweisen, ignorieren Sie es einfach. Unangemessener als die Russen können Sie sich nicht an-

ziehen. Russische Männer kommen im Urlaub mit drei Kleidungsstücken aus, einer Badehose für tagsüber und einer Turnhose mit Unterhemd für abends. Russische Frauen sind noch sparsamer, ihnen reicht der Bikini zu jeder Tages- und Nachtzeit, dafür investieren sie mehr in High Heels.

2. Gehen die Türen der Esshalle auf, muss es schnell gehen. Während die Frau sich um den Tisch streitet, stürmt der Mann zur Fischabteilung. Greifen Sie nun so viele Krustentiere wie möglich ab! Nehmen Sie dazu mehrere große Teller, und platzieren Sie diese, ähnlich wie ein guter Kellner, auf dem Unterarm. Danach häufen Sie Langusten und Hummer pyramidenförmig auf. Hierbei kann jetzt der Einsatz des standfesten Schuhwerks gute Dienste leisten. Wenn Sie Sandalen tragen, in denen Sie herumrutschen, sind die Russen im Vorteil.
3. Auf dem Weg zu Ihrem Tisch werden Mitkonkurrenten, die bei dem Meeresgetier leer ausgegangen sind, versuchen, Ihnen ein paar der Köstlichkeiten abzujagen. In dem Fall sollte Ihnen Ihre Frau zu Hilfe eilen und Ihnen beim Tragen helfen. Gehen Sie übrigens nie an Tischen mit russischen Gästen vorbei, die stellen Ihnen gern mal ein Bein. Und sichern Sie sich auch einen Stapel leerer Teller. Es passiert immer wieder, dass Langusten plötzlich nachgelegt werden, aber nichts da ist, worauf man diese legen kann.
4. Gleich zu Beginn der Mahlzeit sollten Sie an der Zapfstation für Ihr Lieblingsgetränk sorgen, möglichst in fünffacher Ausführung. Später spielen dort Kinder herum, die viel Freude daran haben, zu sehen, wie die verschiedenen bunten und sprudelnden Getränke die Zapfstation überfluten. Wenn Kinder diese schon vor Ihrem Kommen als Spielplatz erobert haben, rufen Sie sie nie zur Ordnung, Sie kennen die Eltern nicht, und Sie wollen Ihren Urlaub sicherlich weiter körperlich unversehrt genießen.

5. Jetzt dürfen Sie sich in aller Ruhe über Ihre Krustentiere hermachen, wenn Sie wissen, wie Sie sie essen sollen. Wenn nicht, geben Sie sie einfach Ihren Nachbarn. Hauptsache, Sie sind bei der Jagd erfolgreich gewesen, also beim Fischfang. Immerhin können Sie jetzt entspannt die Theken entlanggehen und sich alles auf einen Teller laden, was es in einem normalen Restaurant in dieser Kombination nicht gibt: Kroketten mit Reis und Erbsen, dazu Schweinebraten, Senfgurken, Karottensalat, Spätzle, Schaschlik und Hähnchenschenkel. Wenn Sie noch eine saubere Ketchup-Flasche finden, nehmen Sie diese mit an Ihren Tisch.
6. Wenn Sie das Bedürfnis haben, Ihrem Body-Mass-Index etwas Gutes tun zu müssen, können Sie bei den folgenden Gängen auch Fritten, Nudeln, Bratwürste und Kalbsmedaillons probieren. «All Inclusive» heißt auch: *«All you can eat.»*
7. Halten Sie sich beim Nachtisch zurück. So können Sie Zeit sparen und sich frühzeitig einen Platz direkt vor der Animationsbühne sichern. Jedes All-Inclusive-Hotel von Rang und Namen bietet seinen Gästen allabendlich eine große Show mit Stars und extrem lustigen Animationsspielen. Und wenn Sie dann in der ersten Reihe sitzen, können Sie berechtigterweise darauf hoffen, über kurz oder lang auf die Bühne gebeten zu werden und ein tragender Teil der großen Show zu werden.

Mein letzter Tipp: Sie können in Ihrem All-Inclusive-Urlaub machen, was Sie wollen. Sie können sich danebenbenehmen, sich sogar russische Freunde suchen, aber verschlampen Sie nur ja nicht Ihr All-Inclusive-Bändchen, das man Ihnen bei der Ankunft ums Handgelenk bindet und das Sie dazu berechtigt, alle Leistungen des Hotels in Anspruch zu nehmen. Ohne Bändchen verlieren Sie augenblicklich Ihre Existenzberechtigung. Und wenn Sie diese Ratschläge auch alle befolgen, steht Ihrem AI-Urlaub nichts mehr im Wege.

Für Individualtouristen bieten sich Landhotels als Urlaubsdomizil an. Es gibt sie überall auf der Welt, wo schöne Landschaften dazu einladen, mehr als einen Tag in dieser Umgebung zu verbringen. Schöne Landschaften sind meist aber abgelegene Landschaften. Und wenn in einer einsamen Gegend ein einsames Hotel steht, ist auch sein Besitzer häufig einsam. Das ist gut für Sie, weil der Hotelier sich dann besonders liebevoll um seine wenigen Gäste kümmert.

Bevor Sie zum Dinner schreiten, schauen Sie zuerst in die Küche hinein, und begrüßen Sie den Chef de Cuisine. Fragen Sie ihn, was er heute Abend empfiehlt. Dann liegen Sie bei der Bestellung zumindest halbwegs richtig. Entweder rät er nämlich zu dem, was dringend wegmuss oder was er gut kann und selbst gern isst.

Ein Candle-Light-Dinner zu zweit können Sie sich in einem abgelegenen Landhotel abschminken, auch wenn das der Grund war, warum Sie sich für die idyllische Einsamkeit entschieden haben. Die Vorspeise werden Sie vielleicht noch als Paar ungestört genießen können, aber spätestens zum Hauptgang wird der Hotelinhaber an Ihren Tisch treten. Er wird Sie fragen, ob es Ihnen mundet, und sich dann ganz beiläufig mit einem Glas Rotwein an Ihren Tisch setzen. Später werden der Koch und der Kellner dazustoßen. Zu dritt werden sie Ihnen sicher tolle Hotelgeschichten erzählen. Vor allem, welche Prominente ihr Haupt schon bei ihnen auf die weichen Kissen gebettet haben. Brad Pitt und Angelina Jolie mit all ihren Kindern sollten schon dabei sein. Lassen Sie sich nicht mit Barack Obama oder Cameron Diaz abspeisen.

Irgendwann wird ein guter Cognac auf dem Tisch stehen. Ob Sie die Flasche ordern oder der Hotelbesitzer, das spielt keine Rolle. Sie wird so oder so auf Ihrer Rechnung erscheinen. Das sollte Sie aber nicht erzürnen, bedenken Sie: Sie hatten nette Gesprächspartner und ein individuelles Ambiente. Sie hätten auch All Inclusive buchen können.

Und nun stellen Sie sich vor, Sie sind nicht als Tourist in einem exotischen und fremden Land, sondern weil sie dort kurzfristig einen Job übernommen haben. In einer solchen Situation ist es sinnvoll, schnell Kontakte zur einheimischen Bevölkerung zu knüpfen. Für uns alltägliche Dinge können dort extrem kompliziert sein. Versuchen Sie mal in Kalkutta ein Bahnticket zu kaufen, in Kathmandu Ihr Auto zu betanken, in Karachi einen vernünftigen Zahnarzt zu finden oder in Kota Kinabalu ein kaltes Bier. Da ist es gut, wenn einem ein neugewonnener Freund zur Seite steht. Und nicht nur das, noch besser ist es, wenn man von ihm eine Einladung in sein Haus erhält, zum Dinner. Da hat man dann endlich den ersehnten hautnahen Kontakt zu Menschen vor Ort. Lernt deren Sitten und Gebräuche kennen und die Schwierigkeiten, mit denen sie zu kämpfen haben und die ja auch für Sie von Belang sein können.

Aber zuerst müssen Sie das richtige Gastgeschenk besorgen. Gut dran ist da jeder, der eine Kuckucksuhr mitbringen kann. Die löst beim Gastgeber allergrößtes Entzücken aus. Da freut sich der Inder genauso wie der Chilene oder Mongole. Gerngenommen werden auch CDs mit klassischer Musik, Bildbände über deutsche Schlösser oder Messersets aus Solingen. Zur Not wird auch ein Gartenzwerg akzeptiert.

Wenn die Einladung für acht Uhr ausgesprochen war, vergessen Sie Ihren deutschen Pünktlichkeitswahn, und erscheinen Sie nicht vor neun. Dies gilt vor allem für Einladungen in Asien. Und auch um neun werden Sie erst einmal höflich vom Gastgeber begrüßt, umgehend ins Wohnzimmer geschoben und dort mit einem Whisky und der TV-Fernbedienung geparkt. Das hat drei Gründe:

1. Man hat keine Zeit für Sie, weil die Essensvorbereitungen noch in ihren Anfängen stecken.
2. Man glaubt, dass wir in Deutschland kein Fernsehen haben, und will Ihnen etwas Gutes tun.
3. Man will Ihnen beweisen, dass das Wohnzimmer keine deutsche Erfindung ist und dass in indischen Wohnzimmern mindestens genauso viel Krimskrams steht.

Damit Sie sich nicht einsam fühlen, setzt Ihnen Ihr Freund seinen zweijährigen Sohn Krishna zu Füßen. Der trägt ein weißes Hemd, eine schwarze Hose und schwarze Lackschuhe. Im Abstand von dreißig Minuten betritt der Hausherr das Wohnzimmer und wird sagen: «Wir sind gleich so weit.» Und weil Sie bislang die Fernbedienung nicht in Gebrauch genommen haben, fügt er hinzu: «Ich mach dir mal den Fernseher an, das Bild ist nicht so scharf, aber da läuft *Rocky 11*.» Und er wird Ihnen das Glas mit Whisky wieder voll machen.

Sie und Krishna können *Rocky 11* nicht so richtig genießen, weil alle paar Minuten der Strom ausfällt. Das ist dann so, als ob bei uns ein Film im Fernsehen fast im Minutentakt von Werbung unterbrochen würde, aber dann könnten Sie wenigstens auf die Toilette gehen oder ein paar Snacks in der Küche besorgen. Aber hier sitzen Sie jetzt komplett orientierungslos in einem indischen Wohnzimmer. Krishna ist ganz still und kann Sie in aller Ruhe aus dem Dunkel heraus betrachten. Wenn der Strom wiederkommt, muss er ja weiter *Rocky 11* gucken.

Gegen halb elf, nach dem dritten Whisky, sitzen Sie immer noch allein mit Krishna im Wohnzimmer, sehen mittlerweile den komplett geistlosen Streifen *Kung Fu Hustle*, haben den Nippes auf den Regalen unzählige Male eingängig betrachtet und auch festgestellt, dass Ihre Kuckucksuhr einen Ehrenplatz in diesem Raum finden wird. Der Hausherr kommt jetzt erneut ins Zimmer, nimmt selbst einen großen Schluck Whisky, füllt Ihr Glas ein weiteres Mal und entschuldigt die kleine, eingetretene Verzögerung: «Wir haben immer mit diesen Stromausfällen zu kämpfen. Deswegen müssen wir flexibel sein, wir haben einen Elektroherd, einen Gasherd und einen Kerosinkocher. Heute wurde aber auch die Gasflasche leer, und der Kerosinkocher hat nur eine Flamme.»

Lassen Sie sich noch einen weiteren Whisky einschenken, versuchen Sie Ihren Freund aber nicht in ein Gespräch zu verwickeln, denn er wird weiter in der Küche gebraucht. Beim Hinausgehen nimmt er Krishna mit.

Gegen elf Uhr steht ein Umzug bevor, vom Wohnzimmer geleitet Sie der Hausherr ins Esszimmer, hier drückt er Sie auf einen Stuhl am ovalen Esstisch. Das ist mittlerweile nötig, weil Sie unter ersten alkoholbedingten Ausfallerscheinungen leiden.

Der Tisch ist für zwei gedeckt, das fällt Ihnen irgendwie auf. Um zehn nach elf erscheint die Frau des Hauses im Türrahmen, stellt eine dampfende Suppe auf den Tisch und stellt sich dann neben ihren Mann. Der sagt: «Das ist meine Frau, beginnen Sie doch bitte schon, ich bin gleich bei Ihnen. Ich muss nur noch eine kleine Zutat für den Hauptgang besorgen.» Sie sind dann wieder allein, der Strom fällt aus, und Sie hören den Hausherrn mit dem Moped davonfahren. Die Suppe tut gut, auch im Dunkeln, und macht wieder etwas nüchtern. Sie hören die Hausfrau in der Küche werkeln. Dann kommt der Hausherr zurück, betritt strahlend das Esszimmer, eine neue Flasche Whisky in der Hand. Es ist jetzt kurz vor Mitternacht, und zum ersten Mal setzt sich Ihr Freund zu Ihnen an den Tisch.

Genießen Sie es, verwickeln Sie ihn aber nicht in ein ernstes Gespräch, sondern betreiben Sie nur Smalltalk. Für ernste Gespräche fehlt bei solchen Essenseinladungen immer die Zeit, deswegen sollte man den Gastgeber auch nicht in Bedrängnis bringen. Er könnte nur Unüberlegtes zum Besten geben. Nach wenigen Minuten wird er die Suppe hinaustragen, und Sie sind wieder allein. Und nicht mal der Fernseher läuft. Gegen Viertel nach zwölf wird dann groß aufgetragen.

Unzählige dampfende Schüsseln mit köstlichen Gerichten werden vor Ihnen aufgebaut. Wenn Sie Glück haben, gibt es dazu auch Wasser zu trinken, anderenfalls weiter Whisky.

Jetzt setzt sich Ihr Freund wieder zu Ihnen, die Hausfrau nimmt Ihnen noch den Suppenteller ab und verschwindet wieder lautlos. Jetzt lassen Sie es sich zu zweit richtig gut schmecken. Geredet wird wenig. Dann kommt die Hausfrau aus der Küche und räumt ab. Diese Chance müssen Sie nutzen. Sofort beginnen Sie, ihre Kochkünste überschwänglich zu loben. Reden Sie ohne Punkt und Komma, denn Ihr Freund ist längst dabei, seine Frau wieder in Richtung Küche zu schieben. Nicht, weil ihm seine Frau vielleicht peinlich wäre, überhaupt nicht. Nein, ihm ist eher peinlich, dass Sie über Ihre Lobeshymnen glatt Ihr Whiskytrinken vernachlässigen. Gegen Viertel vor eins organisiert Ihr Freund ein Taxi und begleitet Sie zur Tür. Die Frau des Hauses erscheint nicht mehr, Sie hören sie auch nicht mehr in der Küche.

Der Abschied fällt herzlich aus, und Sie nehmen sich vor, beim nächsten Mal doch eine Flasche Whisky aus dem Duty Free mit dabeizuhaben, damit Ihr Freund nicht nachts auf seinem Moped Kopf und Kragen riskieren muss, um für Nachschub zu sorgen. Gute Sitten hin oder her.

Sie haben an diesem Dinner-Abend dann zwei Minuten mit Ihrem Freund gesprochen, etwa zehn Minuten diniert, mindestens genauso lang Whisky getrunken, dreißig Minuten im Dunkeln gesessen, drei Stunden mit und ohne Krishna Fernsehen geschaut. Und Sie haben alles richtig gemacht. Ihr Freund hat einen unvergesslichen Abend mit Ihnen verbracht, seine Frau auch, und Sie kennen jetzt die Sitten und Gebräuche bei einem Abendessen mit gutsituierten Freunden zum Beispiel in Indien.

«Is Nebensaison, da wird nicht mehr geputzt»

Auf der Jagd nach miesen Hotels

In einem griechischen Salat in Wipperfürth befinden sich üblicherweise Tomaten aus Holland, Gurken aus Holland, Paprika aus Ungarn, Zwiebeln aus Polen, Schafskäse aus Dänemark, Haare aus Deutschland, Olivenöl aus Spanien und Oliven – o Wunder – aus Griechenland. Es macht also doch Sinn, einen griechischen Salat tatsächlich in Griechenland zu essen, da kommen zumindest die Haare mit größter Sicherheit auch aus Griechenland.

Mein Reiseziel war Kreta, die größte griechische Insel, und dort habe ich täglich griechischen Salat gegessen, vierzehn Tage lang, zu Hause habe ich weitergemacht. Doch durch den Schafskäse aus Dänemark ist mein Cholesterinspiegel erhöht, und ich muss eine Entwöhnungs- und Entgiftungskur machen. Aus diesem Grund befindet sich mein Körper immer noch in einem schrecklichen Zustand. Er schreit geradezu nach griechischem Salat. Aber jetzt muss Schluss damit sein. Ich kann nur jedem Griechenlandurlauber raten: Trinken Sie Ouzo, Raki oder Retsina so viel Sie können, aber lassen Sie die Finger von griechischem Salat. Es sei denn, Sie laufen Stavros in die Arme, im Norden von Kreta, im Hafen am Rand der Altstadt von Rethymnon. Sie werden ihn erkennen, weil nur er seine Gäste rund ums Jahr mit *«Happy New Year and Merry Christmas»* begrüßt. Das macht er seit Ewigkeiten so, es ist sein Markenzeichen. Als ich es das erste Mal hörte, war ich irritiert, beim zweiten Mal erheitert, und danach war an ein Abendessen ohne *«Happy New Year and*

Merry Christmas» nicht mehr zu denken. Gefragt habe ich mich allerdings, wie der gute Stavros seine Gäste an Weihnachten und Neujahr begrüßt. Wahrscheinlich hat da sein Lokal geschlossen. Wie auch immer: Bei ihm und seiner Schwester Maria können Sie ruhigen Gewissens den Salat essen. Er schmeckt perfekt. Der Käse und auch der Rest kommen aus Kreta, und die Mutter von Stavros und Maria hat immer ein Kopftuch umgebunden, wenn sie den Salat zusammenwirft.

Ich kam nach Rethymnon, weil ich dort beruflich zu tun hatte. Ich sollte für eine Fernsehsendung Hotels auf Kreta testen, und meine kleinen Auszeiten verbrachte ich gern bei Stavros und seiner Schwester Maria. Stavros war der Typ griechischer Hallodri in den besten Jahren: Bauchansatz, wuscheliger, grauer Haarschopf, schlecht rasiert und immer ein Grinsen im faltigen Gesicht. Maria, seine ernste, schwarzhaarige und adrette Schwester, musste sich nicht nur um ihre Kinder, sondern auch um Stavros kümmern – und um das Restaurant.

Nun, Hotels testen, das hört sich einfach an, ist es aber nicht. Es sei denn, Sie testen ein sehr gutes Hotel, dessen Manager weiß, dass es ein sehr gutes Hotel ist, und Sie deshalb gern testen lässt. Sie stufen dann das Hotel als «sehr gut» ein, Sie essen im Hotel auch sehr gut, und alle Beteiligten sind sehr zufrieden. So problemlos war meine Situation aber nicht. Ich wollte den Finger in die Wunden klassischer Mittelklassehotels legen, Matratzen untersuchen, Kakerlaken jagen, Schimmel und Dreck aus Badezimmerfugen kratzen und jahrzehntealten Staub von Ablagen wischen. Die Geschäftsführer solcher Hotels wissen sehr genau, dass ihre Absteigen eine Zumutung sind, aber sie bedeuten auch eine hervorragende Geldeinnahmequelle. Und deswegen finden sie Fernsehjournalisten, die ihre Unterkünfte unter die Lupe nehmen wollen, geradezu verabscheuungswürdig. Das beruht natürlich auf Gegenseitigkeit.

Meine Recherchen führten mich nun auch nach Bali. Nun hat Bali auf Kreta mit Bali in Indonesien wenig gemein. Bali in Indonesien ist eine üppige Tropeninsel mit saftig-grünen Reisterrassen, einer bunten hinduistischen Götterwelt und schönen Menschen. Bali auf Kreta ist weder grün noch bunt, und ob die Menschen hier als schön zu bezeichnen sind – das sei jetzt mal dahingestellt. Es liegt unterhalb eines steinigen und düsteren Berghangs, der dem Dorfstrand die Sonne nimmt. Bali ist einfach keine Reise wert, also das kretische Bali. Aber ich war ja auch nicht zum Spaß da, ich wollte mir dort mit meinem Kamerateam ein Hotel anschauen, das im Internet eine Bewertung erhalten hatte, die da lautete: «Schlimmer geht's nimmer.»

Nun kann man in ein Hotel nicht so einfach hineinspazieren, schon gar nicht in so eines, «Guten Morgen» sagen oder *«Kalimera»*, wie es auf Griechisch heißt, anschließend die Fernsehkamera schultern und auf Schimmelsuche und Kakerlakenfang gehen. Doch hier in Bali wäre es fast gegangen. Ganz erstaunlich. Es gab zwar eine Rezeption, aber die war offensichtlich nur stundenweise geöffnet. Denn als wir ankamen, war sie mit Gittern und Schlössern gesichert. Das sollte uns aber nicht abhalten, dieses Hotel zu testen – immerhin konnte es ja sein, dass man uns erwartet hatte. Hotelmanager in dieser Kategorie haben nach meiner Erfahrung einen sicheren Instinkt für unliebsame Gäste entwickelt.

Da wir aber auch einen sicheren Instinkt für misstrauische Hotelmanager hatten, präparierten wir unsere versteckte Kamera. Die, also die Linse, verbarg sich – vollkommen unauffällig – im Nasenbügel einer Sonnenbrille. Ein dünnes Kabel führte aus einem Seitenbügel der Brille in eine kleine Umhängetasche, in der sich die restliche Technik befand. Gesteuert wurde die Kamera durch Kopfbewegungen. Das Brillenmodell sah zwar extrem prollig aus, aber unseren Kameramann Jörg hatte sie richtig geschmückt, sie passte perfekt zu seiner lässigen Baseballkappe, dem Superman-T-Shirt und den auf Halbmast hängenden Shorts. Außerdem freute er sich, dass er bei diesem konspirativen Einsatz auf seine übliche Kamera verzichten konnte, die immerhin zehn Kilo schwer war. Zu unserem Team zählte aber auch noch Tom, der als Düsseldorfer immer sehr viel Wert auf sein korrektes Äußeres legte, für die Organisation unserer Arbeit verantwortlich war und den Teamwagen fuhr. Der Dritte im Bunde war Martin, der kreative und manchmal auch leicht wirre Autor, der dafür sorgen musste, dass einmal ein Film aus unseren Erlebnissen entstand, und eben ich. Der Mann vor der Kamera. Ich war ganz klar der Senior der Truppe, Jörg war sechsundzwanzig, sah aber aus wie sechzehn, Martin und Tom waren Anfang dreißig.

Die geheime Mission begann. Wir wollten die Außenanlage des Hotels checken und Gäste finden, die bereit waren, uns ihr Zimmer zu zeigen. Am Pool lagen zwei Frauen unter verblichenen Langnese-Sonnenschirmen auf Plastikliegen. Im Pool schwamm Laub, an der Stirnseite ragte ein etwa vierzig Zentimeter langes rostiges Rohr knapp unter der Wasseroberfläche in das Becken hinein. Eine Anlage für Liebhaber und sehr treue Stammgäste, dachte ich, die, da fußkrank, schon seit vielen Jahren den steilen Weg zum Strand nicht mehr schaffen.

Die beiden Frauen fanden es offensichtlich spannend, mit welcher Hingabe vier Typen ihre Umgebung inspizierten. Wir sorgten einfach für ein wenig Abwechslung. Vermutlich hätten sie gern mal einem gutgebauten Animateur am Beckenrand zugeschaut oder zumindest mal einen Ouzo auf Eis serviert bekommen, stattdessen mussten sie sich ausschließlich gegenseitig bespaßen. Dafür waren sie aber noch zu jung und selbst zu gut gebaut.

Meine drei Teammitarbeiter schauten mich nun an. Als Mann vor der Kamera musste ich das tun, was von mir verlangt wurde:

die Damen ansprechen. «Entschuldigen Sie, wir testen gerade dieses Hotel und würden uns gern mal Ihr Zimmer anschauen.» Selbstverständlich stellte ich uns mit Namen vor, so, wie es sich gehört, wenn vier klasse aussehende Typen – wenn auch einer mit Proll-Brille – aufs Zimmer mitgenommen werden wollen.

Haben die sie noch alle? Diese Überlegung war unverkennbar in ihren Augen abzulesen. Aber die einmalige Chance von ein wenig Ablenkung vom öden Urlaubstag ließ eine der beiden Frauen antworten: «Ich bin die Sonja aus Passau, und meine Freundin ist die Edeltraut aus Passau. Sie brauchen aber ein dickes Fell, wenn Sie unser Zimmer sehen wollen. Der Dreck und der Gestank waren schon vorher da, der ist nicht von uns, dass Sie es nur wissen!» Sonja war die jüngere Passauerin, auch die attraktivere, aber nicht, weil sie blond war. Ehrenwort.

«Und warum machen Sie hier Urlaub, wenn das Hotel so grauenvoll ist?», fragte ich nach.

«Im Reisekatalog sah es wunderschön aus, viel Grün, nicht so groß, kein Massenbetrieb.»

«Tja, das ist wie mit der Bibel. Da steht auch viel drin, das glauben Sie doch auch nicht alles, oder?»

Sonja schaute mich vorwurfsvoll an. Erst in diesem Moment fiel mir auf, dass ich bei meiner wenig konstruktiven Antwort nicht berücksichtigt hatte, dass Passau in Bayern liegt und dass man dort die Bibel in Frieden lässt. Ich Depp, und so was hatte Geographie studiert. Aber ich war ja nicht als landeskundlicher Gelehrter hier, sondern im Auftrag eines privaten Fernsehsenders.

Das hieß auch: Wir weihten Sonja und Edeltraut in die Geheimnisse unserer Sonnenbrille ein, und da waren sie plötzlich Feuer und Flamme. Augenblicklich waren sie bereit für eine kleine Exkursion auf ihr Zimmer mit Küchenzeile.

Als wir ihr Urlaubsreich betraten, redete ich wenig, ließ

mehr die Bilder auf mich wirken. Kollege Jörg schwenkte mit dem Kopf nach rechts, nach oben und unten. Unentwegt war die Brille eingeschaltet, also die Kamera. Ich hatte menschenunwürdige und -verachtende Zustände in heruntergekommenen Asylantenheimen kennengelernt, Zimmer von alten und verwahrlosten Menschen, aber noch nie hatte ich Derartiges in einem Drei-Sterne-Touristenhotel mitten in Europa gesehen: Im Bad hatte der Schimmel die Herrschaft übernommen, die Armaturen tropften, die Duschkabine war eine Ruine. Im Zimmer stand ein Bett, dessen Matratze ein Mann von der Kölner Stadtreinigung, Abteilung Sperrmüll, nur gegen Trinkgeld angepackt hätte, und Herd und Kühlschrank mussten eine teure Sonderanfertigung gewesen sein. Die Küchenzeile stach durch einen antiken Rost-Look hervor. Hatte ich bei uns in Möbelgeschäften noch nicht entdecken können, aber die Griechen standen ja schon immer auf antik. Dass der Boden mit Brandflecken übersät und der Balkon nicht begehbar war, weil sich dort alte Farbeimer stapelten, sollte der Vollständigkeit halber erwähnt werden. Immerhin war dies der Beweis dafür, dass das Hotel in der Antike einmal frisch gestrichen worden war.

Sonja und Edeltraut beteuerten immer wieder, dass das Chaos nicht von ihnen stamme. Das klang glaubhaft. Genauso wie ihre Versicherung, dass es für Beschwerden keinen Ansprechpartner gäbe, außer einem Bulgaren, der zwar leidlich Deutsch sprechen könne, aber völlig überlastet sei. «Der macht morgens das Frühstück, danach die Zimmer, dann den Pool und den Garten und anschließend das Abendessen», meinte Edeltraut, die bislang geschwiegen hatte. Wenn sie so sprach, richtig lebhaft, gewann die Brünette richtig. Trotz aller Katastrophen verlor ich das Wesentliche im Leben nicht aus dem Blick. Wenn man schon einmal 007 sein konnte ...

«Aber das Hotel hat doch über achtzig Zimmer», hakte ich

nach, wieder ganz der Profi. «Wie soll ein Mann allein das schaffen?» Fast hätte ich noch etwas hinzugefügt. Aber das verkniff ich mir lieber. Die Bibel war schon ein Fauxpas gewesen.

«Deswegen ist der Typ ja nicht mehr ansprechbar.» Sonja war dennoch die Analytischere des Duos. Eindeutig.

Leider konnten wir für die beiden nichts mehr tun, sie wollten am nächsten Morgen abreisen. Aber weitere deutsche Touristen mussten davor gewarnt werden, ihre Füße über die Schwelle dieser Anlage zu setzen, die keine war. Wir gaben unsere Vorsicht auf. Wir wurden mutig. Die versteckte Kamera setzten wir nur ein, wenn wir nicht entdeckt werden wollten, aber wer sollte uns hier enttarnen? Klar, da war der Bulgare, aber mit dem würden wir es allemal aufnehmen können. Wir waren zu viert.

Im Auto überspielte Tom das schon gedrehte Material auf einen Laptop, Jörg schulterte die große TV-Kamera, und gemeinsam machten wir uns auf die Suche nach dem Bulgaren. Weitere Gäste trafen wir nicht an, alle waren anscheinend schon geflohen, aber den Bulgaren. Der wirkte sehr überrascht, dass wir mit einer so teuren Kamera dieses schlichte Hotel betreten hatten und nun auch noch ihn filmen wollten. Er wehrte sich aber nicht, er war überfordert von der Situation.

Als wir ihm auf dem Laptop jedoch die Bilder unserer Brillenkamera zeigten, begann er zu ahnen, woher der Wind wehte und dass es sich vermutlich um Gegenwind handelte. Nun reagiert der Mensch ja wie ein Tier, wenn er in die Enge getrieben wird. Wobei es dabei zwei Verhaltensvarianten gibt: Zähne fletschen und zubeißen oder auf den Rücken legen und mit dem Schwanz wackeln. Der Bulgare entschied sich für Variante zwei.

«Haben Sie denn niemanden, der Ihnen hilft?» Statt mich empört zu geben, empfand ich richtig Mitleid mit ihm. Er sah aber auch aus, als hätte er es nicht leicht, so ausgemergelt, wie er dastand, mit dunklen Augenringen und schütterem Haar. Und auch sein fleckiges Oberhemd und die billige braune Stoffhose passten ins triste Bild. «Nein, ich muss hier alles alleine machen. Das Frühstück geht schnell, ist ja alles verpackt. Da muss ich morgens nur Gurkenscheiben schneiden und den Kaffee kochen. Die Leitungen sind dann dran, die tropfen oft, weil alt. Aber ich bin Klempner, das geht schon. Danach fische ich die Mäuse aus dem Pool. Ja, und zum Schluss des Tages grille ich für das Abendessen. Das klingt viel, aber ich schaffe das!»

«Und warum ist das Hotel dann in so einem furchtbaren Zustand?»

«Weil wir jetzt Herbst haben, und im Herbst werden die Putzfrauen nach Hause geschickt. Is Nebensaison, da wird nicht mehr geputzt.»

«Aber Sie haben noch Gäste. Die haben doch ein Recht auf Service, ob nun Nebensaison ist oder nicht.»

«Die haben kein Recht auf Service, die haben Pech. Der Chef sagt: ‹Im Herbst lohnt das Putzen nicht mehr. Nach dem Herbst kommt der Winter, da können wir dann in Ruhe putzen.›»

Die Antwort des Bulgaren fand ich dann doch ziemlich dreist, und so fuhr ich ihn, mein Mitleid vergessend, an: «Das Hotel sieht nicht so aus, als ob im letzten Winter ordentlich sauber gemacht wurde. Das Hotel ist kein Hotel, es ist eine verkommene Absteige, die dringend einer Abrissbirne bedarf.»

«Absteige» und «Abrissbirne», diese Worte hat er vermutlich nicht so gut verstanden, aber den Rest schon, denn er sagte: «Das stimmt, im letzten Winter war der Chef krank, und ich musste in Bulgarien an meinem Haus arbeiten. Aber diesen Winter machen wir hier wieder alles schön.» Er schaute mich flehend an, eben wie das Tier auf dem Rücken. Er ahnte, dass er sich um Kopf und Kragen reden müsste, wenn ich kein Einsehen mit ihm hätte.

Aber ich konnte mein anfängliches Mitgefühl weiterhin noch ein wenig bändigen. «Ihr Chef will Geld verdienen, ohne auch nur einen Euro zu investieren. Er beutet Sie aus und betrügt Touristen.»

Das sah mein Gegenüber kaum anders: «Genau, und wenn die sich bei ihm beschweren, brüllt er sie so lange an, bis die Frauen weinen und die Männer hilflos danebenstehen. Mein Chef ist ein böser Mann, aber er gibt mir Arbeit. Und das sage ich Ihnen: Seine Frau ist noch böser.»

Wir hatten unsere Bilder, unsere Geschichte und damit unsere Anklage. Die wendete sich mal wieder auch gegen deutsche Reiseveranstalter, die solche abgewrackten Kaschemmen als Drei-Sterne-Hotels anpriesen. Bei Protest redeten sie sich dann mit dem Hinweis auf den günstigen Reisepreis heraus. Und dem gebetsmühlenartig vorgetragenen Satz: «Sie können sich jederzeit bei Ihrer Reiseleitung beschweren.» Aber dafür musste erst einmal jemand gefunden werden, der für die Beschwerde zuständig war, sie auch verstand und zudem noch willens war, sich um das Anliegen zu kümmern.

Der Bulgare schaute uns traurig nach. Jetzt hatte ich doch wieder Mitleid mit ihm.

Sicher verstauten wir die schwere Kamera in unserem Teamwagen. Bali würde bald aus unseren Köpfen sein, in Rethymnon wartete der griechische Salat. Sicher, in Bali hätte es auch einen gegeben, aber nur die internationale Version, nicht die landestypische. Als wir gerade ins Auto einsteigen wollten, wurden wir plötzlich aus unseren Salatträumen gerissen. Der Hotelmanager und seine Ehefrau fuhren vor, im strahlend weißen Mercedes der E-Klasse, selbstverständlich ein Coupé. Das Hemd des Mannes am Steuer war genauso weiß wie das Auto, die Hose schwarz und die Schuhe schwarz glänzend. Letzteres war erkennbar, als er anhielt und ausstieg. Dabei fiel auch noch etwas anderes ins Auge: Er hätte der Zwillingsbruder von Danny DeVito sein können. Seine Frau war genau das Gegenteil, Typ Bohnenstange, mit viel Gold an Hals und Armen. Beide, der Manager und seine Gemahlin, waren von der Spezies Zähne fletschen und zubeißen. Das war jetzt dumm.

«Ich hole Polizei, und dann ist Schluss mit Ihnen», brüllte er. Er hatte mit einem Blick erkannt, im Gegensatz zu seinem bulgarischen Allroundtalent, dass wir Hoteltester waren. Instinkt eben.

«Wann mit mir Schluss ist, entscheiden glücklicherweise nicht Sie. Aber die Polizei können Sie natürlich rufen. Aber was kann die machen?» Als Mann vor der Kamera hatte ich vorzutreten.

«Die machen Schluss mit Ihnen, und Kamera weg.»

Okay, die griechische Polizei konnte, wenn es hart auf hart kam, tatsächlich mit mir Schluss machen. Das sah ich ein. Demnach war jetzt gut zureden angesagt. Immerhin hatten wir in seinem Hotel ohne Genehmigung gedreht, und das war nicht so ganz rechtens. Ihn hätten wir vielleicht sogar noch besänftigen können, aber nicht seine Frau. Auf Griechisch gab sie ihm klare Anweisungen, wie er mit uns zu verfahren hatte. Der kleine Mann nickte mit dem Kopf, fuchtelte mit dem Handy herum und meinte erregt: «Mein bester Freund ist der Polizeichef von Bali, den rufe ich jetzt an. Der wird herausfinden, was Sie mit der Kamera aufgenommen haben.»

Das war ausgesprochen unangenehm. Keineswegs war es unsere Absicht, die Filmkassette herauszurücken, auch hatten wir nicht die geringste Lust, den Rest des Tages mit einem Hotel- und einem Polizeichef zu verbringen – das hätte die Aussichten auf unseren griechischen Salat reduziert. Doch einfach so verschwinden konnten wir auch nicht. Was tun?, dachten wir. Das dachte aber auch das Double von Danny DeVito: «Es ist jetzt ein Uhr, da isst mein Freund, der Polizeichef, zu Mittag. Da können wir auch essen. Ich lade Sie ein, zu Grillfleisch und griechischem Salat.»

Mir fiel keine passende Ausrede ein, schon gar nicht so schnell. Also folgten wir der Bohnenstange und dem kleinen Dicken. In einem abgedunkelten Raum mit Resopalmöbeln, riesigen Plastikblumenbouquets und kitschigen Wandmalereien waren wir die einzigen Gäste. Wir mussten uns setzen, das ungleiche Ehepaar blieb nah an der Tür stehen. Sie trauten uns nicht. Keinesfalls durften wir ihnen entwischen.

Nach einer Weile erschien der Bulgare und mit ihm ein griechischer Salat, an dem nur Holland und Dänemark ihren Anteil hatten. Dazu servierte er kaltes Fleisch.

«Was ist das für Fleisch?» Ich wollte es wissen. In diesem Hotel musste man mit allem rechnen.

«Lamm, von gestern Abend», erwiderte der Bulgare.

«Sind Sie sicher? Das riecht nach altem Hammel.»

«Das ist doch egal, Lamm oder Hammel, jung oder alt, Hauptsache: frisch geschlachtet.»

«Beim Schlachten haben Sie zugeschaut, oder?»

«Nein, aber der beste Freund von meinem Chef ist Metzger, und wenn der sagt, ist frisch, dann ist es frisch.»

Anstandshalber haben wir alle einen Bissen genommen. Aber auch nicht mehr. Zum Essen hatten sich auch der Hotelchef und seine Frau zu uns an den Tisch gesetzt. Aber weil dieses recht schnell vorüber war, fragte ich: «Wo bleibt Ihr bester Freund? Wenn der jetzt einen Mittagsschlaf macht, schlage ich Folgendes vor: Wir holen heute Abend die Kassette aus der Kamera – das ist sehr kompliziert –, und morgen bringen wir sie Ihnen vorbei.»

Anscheinend hatte ihn der Hammel seines Metzgerfreundes etwas milder gestimmt, seine Bohnenstange bestimmt nicht: «Wenn morgen nicht Schluss, dann mit dir am Flughafen Schluss. Alle verhaften, und dann Schluss mit allen.»

Nach dieser klaren Ansage verließen wir zügig das Hotel in Bali. Der Bulgare und Danny DeVito – vielleicht sah er gar nicht so wie der Schauspieler aus, vielleicht war er es sogar leibhaftig, so nett, wie er nun war – winkten uns hinterher. Die Chefin nicht. Sie war überzeugt davon, dass wir nichts Gutes im Schilde führten. Und recht sollte sie haben.

Ein Abendessen bei Maria und Stavros hatten wir uns an diesem Tag wirklich verdient. Nationaler griechischer Salat, dazu Kokoretsi und phantastischer Hauswein. Kokoretsi sind Lamminnereien auf Holzspießen mit Dünndarm umwickelt. Ich gebe zu, das hört sich unappetitlich an. Stavros hat aber auch Fisch.

In den nächsten Tagen testeten wir noch mehrere Mittelklassehotels. Wir machten uns weitere Freunde, die alle sehr gern die eine oder andere Kassette von uns gehabt hätten. Daran erinnerten wir uns, als auf der Fahrt zum Flughafen zu unserer linken Seite das schöne Bali auftauchte. Aber es war uns nicht möglich, Gastgeschenke zu machen, das gedrehte Material gehörte unserem Produzenten in Deutschland.

Der Flughafen Heraklion, der offiziell Nikos Kazantzakis heißt und nach einem griechischen Philosophen benannt ist, gehört glücklicherweise zu den Flughäfen, die selbst im Indien von gestern keine große Existenzberechtigung gehabt hätten. Das Chaos bei gleichzeitiger Ankunft und Abflug mehrerer Charterflugzeuge, man könnte es fast schon zum Weltkulturerbe erklären. Das konnte aber unsere Chance sein. Im allgemeinen Wirrwarr untergehen, unerkannt bleiben, sich aus dem Staub machen, das war unsere perfekt durchdachte James-Bond-Strategie. Mein Kameramann verstaute die Kassetten in einer unauffälligen Jägermeisterplastiktüte. Danach blickten wir nur einfältig in die Gegend, und das konnten wir extrem gut.

Ich kann nicht verhehlen, ein leichter Verfolgungswahn überkam mich schon. Auch in Bali hatten wir uns schon einmal sicher gefühlt, und dann war – wie aus dem Nichts – der Hotelchef aufgetaucht. Wenn das jetzt wieder passieren würde? Mit einem oder gar mehreren Polizisten im Schlepptau? Unsere mühsam erworbenen Arbeitsergebnisse wären wir losgeworden. Und mit uns selbst wäre Schluss gewesen!

Handgepäckkontrolle. Es sah düster für uns aus. Wir wurden in einen separaten Raum gebeten. Da erwartete uns zwar nicht der Hotelchef, aber ein anderer Chef, der vom griechischen Zoll. Und der hatte Kollegen an seiner Seite, die alle nicht freundlich dreinschauten. Jeder nahm sich einen von uns vor. Gesprochen wurde nicht, weil wir kein Griechisch konnten und die Herren vom Zoll kein Englisch. Die Stimmung war eisig. Tom und Jörg mussten die Ärmel hochkrempeln, bei ihnen suchten die Beamten nach Einstichstellen. Bei mir vermuteten sie revolutionäre Schriften, denn sie versuchten meine auf DIN-A4-Blättern ausgedruckten Hotellisten als Propagandamaterial zu enttarnen. Vergeblich. Wir entspannten uns zusehends. Doch dann kam unsere Jägermeistertüte auf den Tisch.

«Was?», fragte der Oberzöllner plötzlich in einem perfekten Deutsch und zeigte auf den Inhalt der Tüte, ohne diesen herauszunehmen.

«Das sind Kassetten», sagte ich leicht herablassend.

«Was?», fragte er nach.

«Kassetten!»

«Was Kassetten?»

«Kassetten sind Kassetten, und die hier sind in einer Tüte.» Ich versuchte es mit einem Ablenkungsmanöver.

Der Oberzöllner leerte nun in aller Gemütsruhe die Tüte auf seinem Schreibtisch aus. Danach griff er in die linke Schublade und zauberte eine große Duty-Free-Tüte heraus. In die packte er die Kassetten. Unsere Plastiktüte steckte er in seine Schublade.

Die Aktion lehrte mich: Reise niemals mit einer Jägermeistertüte nach Griechenland.

REISE TIPPS

Das ultimative und unbedingt zielführende Verhalten in einem großen Basar, in einem kleinen Basar und in einem ganz kleinen Basar

Eine orientalische Stadt ohne einen Basar gibt es nicht. Der Suq ist ihr pulsierendes Herz, ihr kommerzielles, soziales und politisches Zentrum. In dieser Hinsicht unterscheidet sich ein Basar massiv von einem Einkaufszentrum. Ein Einkaufszentrum hat kein Herz, auch nicht in Dubai, es ist per se herzlos, sinnlos, geschmacklos, freudlos und lieblos. Und genau deswegen gehen wir Deutsche im Urlaub so gern auf einen Basar. Die pfiffigen Händler haben sich auf uns Touristen eingestellt. Sie kennen unsere Vorlieben, vor allem aber unsere Schwächen. Und da auf einem großen Basar andere Regeln herrschen als auf einem ganz kleinen Basar und es daher auch nicht lohnt, zunächst auf einem ganz kleinen Basar das richtige Verhalten für den Besuch auf einem großen Basar zu üben, folgen hier zuerst die wichtigsten Regeln für den erfolgreichen Besuch auf einem großen Basar.

Marrakesch hat zum Beispiel einen großen Basar. Wenn Sie dort vom zentralen Platz Djamaa el-Fna starten, sollten Sie absolut Herr/Frau Ihrer Sinne sein. Auch sollten Sie über einen Orientierungssinn verfügen, der durch das Leben mit einem Navi-Gerät noch keinen Schaden erlitten hat. Nach fünfzig Metern sieht nämlich alles gleich aus, die Läden, die Waren und die Menschen. In vielen großen Basaren ist es so, dass es zwar unterschiedliche Viertel gibt, in denen aber immer die gleichen Produkte angeboten werden. In Marrakesch existieren das Textilviertel, das Teppichviertel, das Wollfärberviertel, das Kupferschmiedeviertel, das Töpferviertel, das Holzschnitzerviertel, das Eisenschmiedeviertel, das Lederviertel, das Schmuckviertel, das

Gewürzviertel, das Quacksalberviertel und nicht zu vergessen: das Korbflechterviertel. Um nicht die Orientierung zu verlieren, ist es möglicherweise hilfreich, wenn Sie an jeder Ecke ein Foto mit Ihrem Handy machen. Allerdings nur, wenn Sie ausschließlich Orientierungsbilder knipsen, dann können Sie sich auf dem Rückweg von Foto zu Foto hangeln und so dem Basargewirr unbeschadet entkommen. Mischen Sie Erinnerungsaufnahmen darunter, funktioniert das System nicht mehr. Mit dieser Strategie im Kopf können Sie sich ins Gedränge stürzen. Aber wissen Sie eigentlich, was Sie dort wollen?

- Nur bummeln und vielleicht ein Schnäppchen machen? Vergessen Sie es. Ein großer Basar ist nicht zum Bummeln da, und als Neuling auf diesem Gebiet ein Schnäppchen machen zu wollen würde bedeuten, dass die Händler ihren Job nicht verstehen. Und ich verrate Ihnen ein Geheimnis: Sie verstehen ihn!
- Nur handeln, aber nichts kaufen? Das klingt schon besser. Doch dies wird auch nicht gelingen, es sei denn, Sie haben selbst einen passenden Migrationshintergrund – sind also im Idealfall Marokkaner(in) oder zumindest Halb-Marokkaner(in) – und werden von den Basaris ernst genommen.
- Nur kaufen, aber jegliches Handeln kategorisch ablehnen, weil Sie das kindisch und wenig zielorientiert finden? Das wird bestens funktionieren. Sie bekommen herrlichen Plunder angedreht, und der ganze Basar lacht sich tot.
- Ihre blonde Frau oder Freundin eintauschen, vielleicht gegen einen teuren Berberteppich? Wird auch gut klappen, aber die Preise für deutsche blonde Frauen sind drastisch eingebrochen, seitdem auch russische Blondinen auf dem Markt sind.
- Nur schauen und handeln und Tee trinken und vielleicht kaufen? Wenn das Ihr Plan ist, dann ist er hervorragend und – bei richtiger Umsetzung – auch vielversprechend.

Nun zur richtigen Umsetzung: Die ersten fünfzig Meter schlendern Sie durch den Basar. Sie blicken freundlich und hilflos und lassen sich von jedem Händler anreden, auf Deutsch natürlich. So zu tun, als seien Sie keine Deutsche oder kein Deutscher, macht keinen Sinn. Alles an Ihnen sieht deutsch aus, vom Haarschnitt über Ihre Nase bis hin zu Ihrer Hüfttasche und Ihren Sportsandalen. In Windeseile wird sich in den schummrigen Gassen herumsprechen, dass gerade ein unbedarfter deutscher Tourist den Basar betreten hat. Das ist gut so. Je dümmlicher Sie wirken, desto mehr wird man Sie unterschätzen und in die Schublade «leichte Beute» packen. Lassen Sie sich nun nach und nach in verschiedene Läden zerren, und verhandeln Sie stundenlang über Waren, die Sie nie im Leben Ihr Eigen nennen möchten. Suchen Sie sich zum Beispiel eine völlig geschmacklose und undichte Kupferkanne aus, zeigen Sie sich äußerst interessiert, und fragen Sie, was diese kostet. Der Händler wird Ihnen einen Phantasiepreis nennen, zum Beispiel 1000 Marokkanische Dirham, das sind umgerechnet ungefähr 100 Euro. Sie denken nach, schauen sich das Objekt der Begierde genau an. Nach gefühlten dreißig Minuten blicken Sie den Händler mit Ihrem entwaffnendsten Lächeln an und sagen: «Mein Freund, diese Kanne ist wunderschön und garantiert antik, so, wie Sie gesagt haben, und sie passt perfekt auf meinen Kaminsims. Deswegen biete ich Ihnen einen Preis, den Sie unmöglich ablehnen können. Ich gebe Ihnen 30 Dirham – das ist mein letztes Wort!»

Der Schnurrbart des Händlers wird in Sekundenschnelle grau. Sein Gesichtsausdruck wird in diesem Moment dafür sorgen, dass der gesamte Suq in Sekundenschnelle weiß: «Der deutsche Tourist ist nicht für dumm zu verkaufen. Der ist verrückt, denn er will den Spieß umdrehen und uns übers Ohr hauen, Achtung!»

Jetzt wird der Basari natürlich jammern und zetern und klagen: «Bitte, bitte, kommen Sie mir im Preis etwas entgegen, Sie sind heute mein erster Kunde.» Erwidern Sie daraufhin: «Das tut mir wahnsinnig leid, dass Ihre Geschäfte augenblicklich nicht gut laufen, aber 30 Dirham ist die Kanne wert, mehr nicht.» Dabei schauen Sie auf Ihre Uhr und verabschieden sich höflich. Wenn der Händler jetzt hinter Ihnen herläuft und brüllt: «Okay, 30 Dirham, hier ist die Kanne», haben Sie wohl einen Fehler gemacht. Sie kommen nun nicht umhin, die Kanne zu kaufen. Lässt er Sie in Ruhe, hat dieses Verkaufsgespräch auf jeden Fall Ihr Selbstbewusstsein gestärkt.

Nach weiteren fünfzehn Scheingeschäften sollten Sie zum Basarprofi mutiert sein. Doch wenn Sie danach tatsächlich etwas entdecken, was Sie schön finden, zum Beispiel handgefertigte Ledersandalen, müssen Sie Ihre Taktik ändern. Vollkommen unbeteiligt nehmen Sie dann die Schuhe in die Hand, riechen daran, verziehen die Nase, schenken dem Händler einen griesgrämigen Blick und verlassen wortlos den Laden. Jetzt wird er definitiv hinter Ihnen herrennen und betteln: «Wie viel sind Sie bereit zu bezahlen?» An diesem Punkt sollte das Verkaufsgespräch wie folgt ablaufen. Sie sagen: «Nennen Sie mir Ihren besten Preis.» Er antwortet: «Mein bester Preis sind 150 Dirham.» Sie klopfen ihm nun jovial auf die Schulter, nicht ohne einen abgedroschenen Spruch auf den Lippen: «Ich will nicht Ihren Laden kaufen, nur die Latschen! Ich biete Ihnen 10 Dirham.»

Der Basari wird aufheulen und ein Gesicht ziehen, als wäre er nahe daran, Selbstmord zu begehen. Sie kommen ihm entgegen und sagen: «Gut, 15 Dirham sind mein letztes Wort.» Meist gehen Sie aus solchen Situationen als Sieger heraus und werden neuer Besitzer handgefertigter marokkanischer Ledersandalen. Lässt sich der Händler partout nicht erweichen, wissen Sie immerhin, dass Sie beim zweiten Kaufversuch mit dem Preis ein wenig höher gehen müssen. Das Wunderbare an großen Basaren ist ja, dass es die angebotenen Waren in Dutzenden von Läden gibt. Beim nächsten Handel setzen Sie den Preis einfach um fünf Dirham höher.

Vermutlich hat der Deal insgesamt drei Stunden gedauert. Sollten Sie jetzt denken: «Das ist ja lächerlich, für ein paar Euro habe ich drei Stunden meiner kostbaren Zeit vergeudet», dann haben Sie auf einem Basar nichts verloren, dann gehören Sie in ein deutsches Einkaufszentrum. Handeln ist ein sportlicher Wettbewerb. Sie befinden sich in einer denkbar schlechten Ausgangssituation. Es ist für Sie ein Auswärtsspiel. Sie kennen die Spielregeln nur ungenügend, Sie konnten Ihren Gegner niemals zuvor mit Hilfe einer Videoanalyse studieren, seine Taktik ist Ihnen völlig fremd, und er versucht Sie mit süßem Pfefferminztee zu betäuben. Wenn Sie es dennoch schaffen, auf dem Platz des Gegners mit unorthodoxen Methoden und mit einem für Europäer ungewöhnlich hohen Zeitaufwand Ihr Gegenüber zu verwirren und zu erschüttern, haben Sie eine erwartete Niederlage in einen Sieg verwandelt – und Sie haben ein paar Händler glücklich gemacht. Von morgens bis abends Touristen übers Ohr zu hauen ist nämlich langweilig.

Auf einem kleinen Basar, zum Beispiel in Luxor am Nil, gelten grundsätzlich ähnliche Regeln wie auf einem großen Basar. Großer Unterschied: Die Warenauswahl ist beschränkter, und die Händler stürzen sich mit größter Energie auf ihre Opfer. Nach der Sichtung eines deutschen Touristen folgt der sofortige Angriff. Geht es in einem großen Basar um einen sportlichen Wettbewerb, so wird daraus in einem kleinen Basar schnell mal ein Überlebenskampf. Wenn Sie jedem Basari Folge leisten, seinen Laden betreten und mit ihm Tee trinken, haben Sie am Abend eine ausgewachsene Diabetes und keinen Cent mehr. Und wenn es ganz schlecht gelaufen ist, haben Sie Ihre Armbanduhr gegen einen Teppich eingetauscht, der aus nicht mehr als fünfzehn Knoten besteht.

Meine bewährte Taktik in kleinen Basaren lautet wie folgt: Sie betreten keinen einzigen Laden, sondern agieren davor mit einer vollkommen unsinnigen, aber zugleich variablen Floskel, und zwar auf Englisch: *«No need and no like.»* Oder: *«Much need, but no like.»* Oder: *«No need, but much like.»* Sagt zum Beispiel ein Händler zu Ihnen auf Deutsch: «Ich habe phantastische Elefanten aus Elfenbein», antworten Sie: *«Yes, much like, but very sorry, no need.»* Oder strenger: *«No need, no like!»* Oder höflicher: *«No like, but very much need.»*

Ihre Ansage wird Ihr Gegenüber im besten Fall verwirren, im schlimmsten Fall reichlich verstören, in jedem Fall aber auf Distanz halten. Mit einem solchen Touristen will sich kein Basari abgeben, das würde seinem Ruf schaden. Wenn Ihnen jetzt doch mal ein Gegenstand entgegengehalten wird, den Sie käuflich erwerben möchten, wenden Sie zuerst die Floskel-Methode an, danach gehen Sie so vor, wie ich es Ihnen geraten habe, sollten Sie einen großen Basar betreten. Achten Sie auch darauf, immer die passende Landeswährung in der Tasche zu haben. Mit Euro oder Dollar zu bezahlen ist ein Ding der Unmöglichkeit, es sei denn, der Händler plant eine Europareise. Dann bestimmen Sie aber den Umtauschkurs!

Kommen wir zu einem ganz kleinen Basar, zum Beispiel in einem verlorenen Kaff im Jemen, am Rand der Großen Arabischen Wüste. Dort müssen Sie fast alles, was Sie auf großen und kleinen Basaren gelernt und gewinnbringend umgesetzt haben, außer Acht lassen. In einen ganz kleinen Basar kommt manchmal wochenlang kein Tourist. Die Händler sind entsprechend ausgehungert und vereinsamt und sehnen sich nach Zuneigung, Fürsorge und einem Miteinander. Folgen Sie also immer dem Lockruf des Basari. Trinken Sie in seinem Laden Tee, essen Sie Datteln, schauen Sie sich die Fotos seiner Kinder an, besprechen Sie mit ihm die politische Großwetterlag und fragen Sie ganz nebenbei nach dem Preis für den einen oder anderen Schatz in seinem Geschäft. Begehen Sie aber niemals den Fehler, ihm Ihre Mobilfunknummer zu geben. Denn dann wird er Sie noch monatelang nachts aus dem Schlaf klingeln, nur, um Ihre Stimme zu hören und um Ihnen zu sagen, dass er sehr einsam ist und sich nach Ihnen sehnt.

Zurück zum Business: Nach Stunden des Zusammenseins müssen Sie eine Entscheidung treffen. Erhandeln Sie nach allen Regeln der Kunst einen preiswerten Gegenstand (siehe dazu großer Basar und kleiner Basar), und machen Sie mit seinem Handy ein Bild von Ihnen beiden, das er sich später ausdrucken und übers Bett hängen kann. Danach verabschieden Sie sich wort- und gestenreich.

Wenn es Ihre Zeit erlaubt und Sie ihm im großen Stil helfen wollen, fordern Sie den Händler auf, seine schönsten Stücke zusammenzupacken und Ihnen zu folgen. Machen Sie ihm klar, dass Sie 25 Prozent seines möglichen Gewinns als Provision einstreichen werden. Dann suchen Sie mit ihm Ihre Reisegruppe auf, und stellen Sie der den Burschen als ultimativen Basari Ihres Vertrauens vor. Da die meisten Ihrer Mitreisenden ja nicht über Ihre Fachkenntnisse im Umgang mit Händlern verfügen, sind sie entsprechend glücklich über Ihren Vorstoß.

Ihr Mann wird das Geschäft seines Lebens machen, Sie werden zum Star Ihrer Reisegruppe. Und wenn Sie zum Abschied großzügig auf Ihre Provision verzichten, haben Sie einen Freund fürs Leben gefunden (geben Sie ihm trotzdem auf gar keinen Fall Ihre Mobilfunknummer), der sich fortan nicht mehr gen Osten verneigt, sondern gen Nordwesten, dorthin, wo Neckarsulm liegt – falls Sie aus diesem Ort stammen.

Von Tussen und Tölen

Urlaub um die Ecke

Der deutsche Dichter Matthias Claudius schrieb 1787 das schöne Gedicht «Urians Reise um die Welt». Es beginnt mit den Worten: «Wenn jemand eine Reise tut / So kann er was erzählen.» Das haben wir Deutsche uns zu Herzen genommen. Wir wollen keine Langweiler sein, wir wollen was berichten. Ein simpler Tapetenwechsel reicht uns nicht, zumal unsere Tapeten heutzutage auch nicht mehr so schlimm sind. Nein, wir wollen richtig was erleben, und das schaffen wir sogar im eigenen Land. Die meisten Reisen, die wir unternehmen, führen uns nicht an die Costa Brava, nicht nach Barbados oder an den Ballermann. Das ist nämlich nichts gegen Rügen, Sylt und Oberammergau. Besonders dann, wenn man auch noch die richtige Perspektive einnehmen kann.

Entscheidend ist, dass man bei der geringsten Überwindung von Entfernungen fremdartige Eindrücke auch wirklich als solche erkennt. Automatisch kann das nicht jeder Mensch. Japaner beispielsweise fotografieren auf Reisen sicherheitshalber erst einmal alles. Sie sehen den Kölner Dom nicht, sie fotografieren ihn. Und wenn sie sich später das Foto nicht ansehen oder nicht mehr wissen, wo sie es gemacht haben, können sie kaum ein katholisches Bauwerk von einem hinduistischen Tempel unterscheiden. Da hätten sie auch zu Hause bleiben können. Man muss aber gar nicht so weit in die Ferne schweifen. Unsere Nachbarn zum Beispiel, die Holländer, sie tun nur so, als ob sie reisen würden. Sie nehmen lediglich einen Ortswechsel, nicht einmal einen Tapetenwechsel vor. Sie weigern sich kategorisch, neue Eindrücke zu sammeln. Nicht einmal ihre Wohnwagen lüften sie, damit sie auch während ihres Ortswechsels nur ja nicht auf ihre typische, güllegeschwängerte Luft verzichten müssen. Oder die Norweger: Die reisen mitunter auch ohne Wohnmobil durch die Landschaften, sie sind dafür aber pausenlos betrunken. Alle Schweden, Finnen, Russen und Polen übrigens auch. Doch wie soll man sehen können, wenn man permanent unter Drogen steht?

Wir machen es richtig. Mit einem Reiseführer in der Hand bereist der gute Deutsche in geschlossenen Reisegruppen Deutschland und die Welt, sammelt Unmengen an Eindrücken und stellt sie später unter holiday-check.de ins Netz:

«An der Rezeption sprach niemand Deutsch.»

«Der Kellner ließ uns links liegen.»

«Die Handtücher waren grau und nicht weiß.»

«Die Zimmer wurden nur gereinigt, wenn wir Trinkgeld hingelegt haben.»

«Ich habe mir den Urlaub anders vorgestellt.»

Das ist natürlich das Risiko, wenn man richtig reist. Einem Holländer bleiben solche Erfahrungen erspart, so auch dem Norweger oder Japaner. Da ich ein Deutscher bin und viel und gern reise, weiß ich wiederum viel zu «erzählen».

Heute will ich mal wieder eine Kurzreise starten, man könnte auch Tagesausflug dazu sagen. Das läuft in der Anfangsphase vollkommen problemlos ab: Badehose einpacken, Badelatschen anziehen und losfahren. Direkt bei mir um die Ecke befindet sich eine kleine Talsperre, da hätte man sehr gut *Der Schatz im Silbersee* drehen können. Ein dunkler Wald, eine kleine Lichtung und dahinter ein Dorf, in dem man die Statisten bekommen hätte. Der Rahmen für Winnetou und Old Shatterhand und ihre Schatzsuche im Wilden Westen wäre prächtig gewesen. Aber man hatte sich für die Plitvicer Seen im heutigen Kroatien entschieden, deswegen stehen an der Talsperre bei mir in der Nähe heute keine Läden mit Schatzkarten, Lederbändern und Federschmuck, auch keine Imbissbuden. Nur ein Schild, auf dem zu lesen ist: «Baden verboten, Campen verboten, Feuer machen verboten, Hunde verboten, Kinder verboten, Atmen verboten. Willkommen im Naherholungsgebiet Voreifel.»

Von einem kleinen Parkplatz führt ein steiniger Pfad fünfzig Meter durch den Wald hinab zum See. Statt Staumauer gibt es hier eine große, aufgeschüttete Wiese. Leider wird der Einstieg ins Wasser erschwert durch messerscharfe Steine, Felsklötze und eine widerliche Eisenstange, deren Spitze je nach Wasserstand knapp über oder unterhalb der Wasseroberfläche liegt. Eine gemeine Idee von der Gemeinde, um fremde Schwimmer, also Deutsche aus Ostfriesland oder Mecklenburg-Vorpommern, fernzuhalten. Mittlerweile werden die aber von den Einheimischen gewarnt. Die Gemeinde sollte also dringend wieder eine Ratssitzung einberufen und sich etwas Neues überlegen. Die Bundeswehr muss sparen, vielleicht ist bei denen Nato-Draht im Angebot.

Ich liebe es, morgens gegen zehn meine Bahnen im See zu ziehen. Ein leichter Nebel wabert über dem Wasser, die Tannen stehen still und stumm, Kröten und Krähen klagen im Schilf, und auf der kleinen Lichtung am Südufer liegen fast immer ein paar Jugendliche in ihren Schlafsäcken, die der neue helle Tag garantiert auf dem falschen Bein erwischt.

Auch heute stimmt die Szenerie, alles wie gehabt. Ich steige aus dem Wasser, fluche über die spitzen Steine, gehe über die Wiese zu meinem Handtuch und will mir das Nass aus dem Gesicht wischen. Aber mein Handtuch ist schon nass, nahezu klatschnass, und es stinkt ekelerregend nach Hund. Genauer gesagt, nach nassem Hundefell und Hundeurin. Ich fluche und brülle «Scheiß Köter!» und suche den Schuldigen.

Der ist nicht weit. Auf der Wiese haben sich während meiner Schwimmübungen etwa zwölf Sonnenanbeter eingefunden, die aber nicht nur die Sonne anbeten, sondern auch ihre Tölen. Jetzt liegen sie scheinheilig auf ihren Decken und Strandmatten, eingeschmiert mit Öl, und die Vierbeiner daneben, nass glänzend. Ein eindeutiges Zeichen dafür, dass sie schon ihr Bad genossen haben. Jeder von den Hundebesitzern weiß, dass sich ihre haarigen Freunde auf meinem Handtuch zum lustigen Abstrullen getroffen haben. Doch keiner gibt's zu. Schon ein leicht gehauchtes *«Sorry»* hätte mir gutgetan. Aber Hundefreunde halten wie Pech und Schwefel zusammen, vor allem wenn es gegen Nicht-Hundehalter geht. Sie warten regelrecht darauf, dass ich ausflippe, aber den Gefallen tue ich ihnen nicht. Ich trage mein Handtuch demonstrativ zur nächsten Mülltonne und entsorge es. Danach setze ich mich auf meine Badelatschen und lese den *Spiegel*. Den «Hohlspiegel» habe ich gerade geschafft, da bricht plötzlich Krieg aus. Hundekrieg.

Eine schwarz-weiße Promenadenmischung reizt einen degenerierten Königspudel, der wiederum Unterstützung von einem angriffslustigen Schäferhund bekommt. Das animiert auch die anderen Möchtegern-Helden. In Sekundenschnelle haben sich zwölf Kriegerbestien bei ihren Herrchen und Frauchen abgemeldet und hetzen wie besinnungslos über die Wiese. In das wilde Gekläffe mischen sich die ersten Unmutsäußerungen der Hundebesitzer.

«Susi! Komm zurück auf die Decke.»

«Bodo! Hab ich dir nicht gesagt, du sollst bei der Hitze nicht so rumrennen?»

«Leo! Es wird nicht gebissen, ist das klar?»

Als sich das Köter-Knäuel auf mich zu bewegt, setzt sich die

Halterin eines solch haarigen Kämpfers, eine Tusse, die zwanzig Meter neben mir auf ihrer Strandmatte liegt und der Freikörperkultur frönt, in den Schneidersitz und will mich beruhigen: «Die wollen nur spielen.» Kurz überlege ich, ob ich mein Handtuch aus dem Mülleimer holen und es ihr unter die Nase reiben soll, selbstverständlich mit einem coolen Spruch auf den Lippen: «Ich möchte auch ein wenig spielen.» Aber gegen zwölf Hunde und deren Halter kann ich nicht gewinnen. Ich kann zwar schnell schwimmen und schnell laufen, aber überhaupt nicht schnell schlagen.

Mittlerweile kämpft auf der Wiese jeder gegen jeden, und die Streitlust geht langsam auch auf die Hundebesitzer über. Das freut mich, und ich bleibe sitzen. Wenn sich hier schon nicht Lex Barker und Pierre Brice um ihr Leben schlagen müssen, dann wenigstens dieses Schauspiel: Ein Dackel mit rauen Haaren hat bei einem Labrador den Dicken gemimt und holt sich seine verdiente Tracht Prügel ab. Das nervt Frauchen, welches prompt den Labradorbesitzer anfaucht: «Nimm deinen Hund an die Leine, meine Lena kollabiert bei Hitze und Aufregung!» Das will der Labradorbesitzer auch sofort in die Tat umsetzen, aber ein fixer Pinscher durchkreuzt seine Pläne. Der kommt fast angeflogen und verbeißt sich in das linke Hinterbein des Labradors. Das wiederum findet eine französische Bulldogge extrem lustig. Sie greift den Labrador von vorne an. Bulldoggen haben ja völlig zu Recht einen schlechten Ruf. Früher waren sie reine Kampfmaschinen, heute wollen Züchter aus ihnen kinderfreundliche Familienhunde machen, das klappt eben nicht immer. Königspudel und Schäferhund stehen nun am Rand der Schlacht und kläffen aus vollen Hälsen. Kein Wunder: Der Dackel verliert ganze Büschel an rauen Haaren und liegt plötzlich ganz ruhig auf dem Rücken.

Eine stille Freude kann auch eine sehr große Freude sein! Ich weiß, das ist fies und gemein, und jeder könnte denken, ich sei ein Hundehasser. Dem ist keineswegs so! Lange Zeit habe ich als Schüler einen blinden und laufbehinderten Hund selbstlos Gassi geführt. Ips war ein schwarzer Cockerspaniel, er gehörte einer alten Tabakfabrikantin mit roten Haaren, die in einer alten Villa im ersten Stock residierte. Diesen verließ sie während der letzten Jahre ihres Lebens nicht mehr. Ich sah immer nur ihr Gesicht, wenn sie am Monatsende kurz ein Fenster öffnete und mir 50 Mark und eine Zigarettenpackung der Marke «Equator Golden Virgina» auf den weißen Kies unterhalb ihres Fensters warf. Ich war damals dreizehn, hatte Angst vor den roten Haaren, brauchte aber das Geld und die Zigaretten. Außerdem tat mir Ips leid, weil er allein im Gärtnerhaus wohnte. Ich stellte ihn zweimal am Tag an einem Baum im Park des Anwesens ab, gab ihm eine Zigarettenlänge Zeit für seine Geschäfte und trug ihn anschließend wieder in seine große Hütte.

Später hatte ich einen eigenen Hund, vierzehn Jahre lang, Yeti hieß er. Ein schlauer Rüde, Marke Promenadenmischung. Yeti konnte jede läufige Hündin zwischen Köln und Koblenz gegen den Wind riechen, ich irgendwann auch, weil ich viele Nächte im Auto auf der Suche nach ihm verbracht habe. Mitunter musste ich wochenlang nach ihm fahnden, bis ich ihn irgendwann in einem Tierheim wiederfand. Wenn ich auf Reisen war, kam Yeti zu einer Gastfamilie. Hier wurde er mit Leberwurstbroten gemästet, die ihn innerhalb weniger Wochen zu einem unförmigen Monster machten. Menschen mit Übergewicht hätten an Yeti den Jojo-Effekt eingehend studieren können. War Yeti wieder unter meiner Obacht, wurde er ganz schnell wieder ganz dünn. Er musste mit mir laufen oder hinter meinem Fahrrad herrennen, und wenn ich es eilig hatte, auch hinter meinem alten VW-Käfer. Yeti, in seiner dünnen Phase, fürchtete sich besonders vor einer Bestrafung. Hatte ich ihn mal wieder von einem tagelangen Ausflug eingesammelt, stellte ich ihn, versifft, wie er war, unter die Dusche. Mit nassem Fell schrumpfte er zu einer lächerlichen Kreatur zusammen – und das fiel selbst ihm auf und machte ihn fertig. Yeti war eben durch und durch ein Macho.

Also, von wegen Hundehasser. Das lasse ich mir nicht nachsagen.

Der gar nicht mehr so raue Dackel auf der Sonnenwiese am See tut mir wirklich leid, nicht aber sein Frauchen, denn die kann nicht mehr länger in der Sonne brutzeln, Kaffee trinken und *Psychologie Heute* lesen. Sie muss tätig werden. Fell einsammeln, Herrchen des Labradors anschreien, armen Dackel trösten. Der wirft sich auch gleich heulend und winselnd auf ihre Decke, schmeißt den Kaffeebecher um und lässt sich genüsslich den Bauch massieren. Die anderen Viecher tun so, als sei nichts gewesen, streunen lässig herum und pinkeln mit Wonne an zwei Mountainbikes, deren Fahrer gerade im See baden und nichts Böses ahnen.

Das Herrchen vom goldfarbenen Labrador will das Gezeter von Dackels Frauchen nicht widerspruchslos hinnehmen. Er versucht sich als Hundehalterflüsterer: «Ich denke, du solltest mit deinem Tier vielleicht mal in eine Hundeschule gehen. Die bringen ihm bei, wie Rangordnungen funktionieren. Ich finde, das bist du ihm schuldig. Am Ende hat dein Dackel noch Glück gehabt. Denn ich geh da niemals dazwischen. Hunde müssen das untereinander ausmachen. Sie müssen lernen, was sie zu leisten imstande sind und was nicht.»

Die zuvor sich resolut gebende Dackelbesitzern fängt auf einmal zu weinen an. Damit niemand ihre Tränen sieht, geht sie mit ihrem Liebling ins Wasser. Mit Hunden schwimmen ist fast so wie mit Delfinen schwimmen. Die therapeutische Wirkung ist beeindruckend. Möglicherweise ist das eine gute Geschäftsidee. Statt sich einen teuren Delfin zu kaufen und ständig Ärger mit den Tierschützern zu haben und im Zweifelsfall kein ausreichend großes Freibad zu finden, in dem man das Business aufziehen könnte, wäre es doch viel einfacher, sich ein paar Tölen aus dem Tierheim zu besorgen – und ab an den nächsten See. Da Handzettel verteilen, und: Ich bin mir sicher, die Gelddruckmaschine würde anlaufen. Mit Delfinen geht das so: Fünf Minuten schwimmen ohne Anfassen und Küssen kosten 50 Euro, mit Anfassen und Küssen 80 Euro, mit Foto 100 Euro und mit T-Shirt 120 Euro. Wenn man das Schwimmen mit Hunden für die Hälfte anbieten würde, kämen an einem sonnigen Acht-Stunden-Tag immer noch 5760 Euro zusammen, schwarz natürlich. Bei nur einem Hund – ohne Mittagspause allerdings.

Der Dackel ist ein guter Schwimmer, die anderen Vierbeiner müssen alle auf das Kommando «Bei Fuß» hören, und der Labrador wird ins Gebet genommen: «Musste das sein? Ich kann mit dir nicht mehr hierherkommen, wenn du dich so benimmst. Platz! Du gehst heute Abend ohne Fressen ins Bett.» Ich kann den ganzen Blödsinn hören, weil minutenlang nahezu Totenstille herrscht. Bis die Biker aus dem Wasser kommen und verdächtige gelbe Spuren an ihren Rädern entdecken. Augenblicklich sind sie außer sich vor Wut. Das muss man verstehen: Biker lieben ihre Räder, und Hundeurin ist garantiert nicht gut für den Lack. Aber auch sie fordern keine Reaktion bei den Haltern der Täter heraus. Sie stehen vor einer Mauer des Schweigens.

Manchmal wäre ich schon gern Hund, überlege ich. Was haben die für eine Lobby! Ärger gibt's erst, wenn ein Vierbeiner ein Kind totbeißt. Vorher ist alles rechtens. Stellen Sie sich mal als Mensch irgendwo in Deutschland auf eine belebte Straße oder an einen Badesee, und schreien Sie vierzig Minuten aus vollem Hals, wobei Sie noch in aller Ruhe Ihre Notdurft verrichten, möglichst noch an vorbeikommenden Passanten oder Nacktbadern. Das werden Sie nicht schaffen. Ich behaupte: Vor Ablauf der vierzig Minuten stecken Sie in einer Zwangsjacke.

Ohne Hunde und deren Besitzer wäre dieser Morgen am See ein schöner Morgen. Mit ihnen ist hier gar nichts schön. Ich habe kein Handtuch mehr, ich habe keine Lust aufs Wasser mehr. Die Vierbeiner haben die Macht übernommen, und gegen ihr Terrorregime ist kein Kraut gewachsen. Es sei denn, ich lege beim nächsten Mal Rattengift aus. Aber ich mag Hunde – und Hundebesitzer fressen kein Rattengift.

Ich steige den schmalen Weg zu meinem Auto hoch und denke: Bei allem aufgestauten Ärger hast du aber etwas erlebt und kannst erzählen, dass Hunde auch nur Menschen sind.

Bei Cleopatra zu Hause

Sonne tanken am Roten Meer

Die letzten Winter haben uns zurückgeworfen. Die Klimaforscher und die Kölner gleichermaßen. Wir waren am Rhein doch fast über den Berg, Schnee war Schnee von gestern, wer hätte denn noch nach Hurghada am Roten Meer gemusst? Eifelbauern aus Kalterherberg vielleicht, aber doch nicht wir Rheinländer. Kinder, die mit dem Dom aufgewachsen waren, kannten überhaupt keinen Schnee mehr, und es hätte sicher gereicht, wenn man mit ihnen vor der Einschulung mal in die Skihalle nach Neuss gefahren wäre. Der Rhein war wärmer und fischreicher als das Rote Meer, und die Anzahl von qualmenden Wasserpfeifen pro Quadratmeter ist schon seit vielen Jahren rund um Köln deutlich höher als in Hurghada. Aber wenn die globale Erwärmung uns im Stich lässt und die Sonne im Rheinland kalt bleibt oder gar nicht erst scheint, müssen wir ihr wieder dahin folgen, wo sie noch ihren Job vernünftig erledigt.

Das dachte sich auch Familie Unkelbach aus Pulheim. Lieber Salz auf der Haut als Salz auf der Straße, lieber Badehose als lange Unterhose, lieber im Sand liegen als mit Sand streuen. Da darf jetzt auch eine kleine Revolution nicht stören. Der Tahrir-Platz, der Platz der Befreiung, ist weit weg, und die Ägypter brauchen Touristen. Es ist aber auch ein guter Deal: Wir Deutsche bringen unser Geld zu den Ägyptern, und die Ägypter geben uns Deutschen dafür die Sonne.

Peter und Ramona Unkelbach reisen zum ersten Mal in ein arabisches Land, deswegen haben sie sich für AI (All Inclusive) entschieden. So können sie sich langsam und behutsam an die fremde Welt gewöhnen. Peter ist fünfzig, arbeitet in einer Bankfiliale bei Bonn und freut sich schon langsam auf die Rente. Ramona ist zwei Jahre jünger, Hausfrau mit Leib und Seele. Erst hat sie die beiden Söhne Markus und Stefan großgezogen, und seitdem die aus dem Haus sind und ihr eigenes Leben führen, kümmert sie sich nur noch um ihren Peter. Das ist immer noch ein Fulltime-Job, wenn man ihn gewissenhaft macht, also mit täglich Lüften und Bettzeug über den Balkon in die frische Luft hängen, jeden Morgen saugen, Staub wischen, mittags für Peter kochen, abends leckere Schnittchen vorbereiten und, und, und. Sie ist zufrieden mit ihrem Leben, zumal sie seit drei Jahren zweimal die Woche zum Frauenturnen geht. Jetzt hat sie ihr Gewicht wieder im Griff und kann jede Woche sehen, dass andere Frauen in ihrem Alter das lange nicht so gut hinbekommen. Das lässt sie sich auch von Peter sehr regelmäßig bestätigen.

Von Köln-Bonn fliegen sie in gut vier Stunden direkt nach Hurghada. Ramona überlässt Peter immer den Fensterplatz im Flieger, er erzählt ihr im fairen Gegenzug, was unter ihnen zu sehen ist: Die Alpen, das Mittelmeer, sogar die Pyramiden von Gizeh kann er trotz der Höhe klar erkennen. Kurz danach glitzert das Rote Meer in der Sonne auf, drum herum nur Wüste, und dann geht die Maschine auch schon runter und landet. Peter und Ramona sind aufgeregt, mit dem Bus werden sie zur Ankunftshalle gefahren, fast zeitgleich mit fünfzehn anderen Gelenkbussen von gerade gelandeten Fliegern aus deutschen Städten. Unvermittelt bricht die Hölle los, denn Dutzende von wild schreienden Männern – Vertreter diverser Reiseveranstalter – sammeln verwirrte Touristen um sich. Unglücklicherweise werden in diesem Moment auch noch zwei Flugzeugladungen mit Touristen aus den ehemaligen Sowjetrepubliken zum Terminal gefahren. Das sorgt für ein kosmopolitisches Ambiente und heizt die Stimmung so richtig an. Die Ankunftshalle ist jetzt voller als jedes Fußballstadion.

Die Vertreter verteilen etwas, das wie große Briefmarken aussieht, aber Einreisevisa sein sollen. Ramona schwitzt und bekommt große rote Flecken am Hals, denn diese Situation ist nicht mit Staubsaugen oder Frauenturnen zu vergleichen. Aber schließlich hat sie es geschafft und hält ihre beiden Pässe mit eingeklebten Visamarken in Händen. Peter und sie drängen nun in Richtung Passkontrolle. 500 Menschen stehen ihnen da aber im Weg.

In diesem Moment würde Ramona gern wieder zurückfliegen. Sie zischt ihrem Mann zu: «Du wolltest nach Ägypten, ich wollte nach Teneriffa.» Doch Peter weiß sich zu helfen und zischt zurück: «Aber du wolltest Sonnengarantie, und die gibt's nur hier.»

Der Hals von Peter Unkelbach wird dicker und dicker. Er will Flagge zeigen und legt sich mit zwei Ukrainern in schwarzen Trainingshosen an. Wäre er schon einmal in der Ukraine gewesen, hätte er das gelassen. So muss er Lehrgeld zahlen. Ein Hieb einer ukrainischen Faust auf seinen kleinen Rucksack – und der liegt auf dem Boden. Beim Aufheben steht aber immer ein Trainingshosenbein mit einem Kunstlederschuh im Weg. Die Ukrainer haben Spaß, und Peter Unkelbach würde jetzt auch gern wieder nach Hause fliegen.

Wenn man vor den Passkontrollstellen steht – von denen es zwanzig gibt, aber nur sechs geöffnete –, am Ende einer fünfzig Meter langen Menschenschlange, sieht sie einer echten Schlange tatsächlich sehr ähnlich. Aber bei dreißig Metern vor dem Ziel muss man sie sich schon schönreden. Wobei: Wenn eine Schlange zum Beispiel ein Schaf hinunterschlucken will und das Schaf ein wenig stecken bleibt, dann trifft es wieder das Schlangenbild, das Ramona und Peter vor sich haben. Beträgt der Abstand jedoch nur fünf Meter, müsste die Schlange schon einen Möbelwagen querschlucken, aber das macht glücklicherweise keine normale und gesunde Schlange. So geschieht es aber, dass aus Peter Unkelbach, nachdem er nur noch diese fünf Meter zu bewältigen hat, ad hoc eine halbe Ukrainerin wird. Der Luftraum hat sich derart verkleinert, dass seine Nase in die blondierten Haare einer Ukrainerin vor ihm ein- und ausatmen muss. Auch weiß er nicht mehr, ob die weißen Leggings mit den goldenen Hintertaschen oder doch die Trevirahose mit Dehnbund sein Beinkleid darstellen.

Gut achtzig Zentimeter vor dem Ziel erlebt das Ehepaar Unkelbach eine böse Überraschung: Die Passkontrollstelle, die sie angesteuert haben, wird geschlossen. Ramona versteinert fast zur Salzsäule, Peter jammert, weil er nicht weiß, was zu tun ist: stehen bleiben und hoffen, dass der Passbeamte nicht erst nach Stunden wiederkommt, oder in die Nachbarschlange wechseln, die auch schon lange ein quergestellter Möbelwagen ist? Die Unkelbachs entscheiden sich schließlich für die Zwei-Fronten-Methode. Ramona verlegt ihren Oberkörperschwerpunkt nach links, was lediglich zur Folge hat, dass ein Ukrainer in der Nachbarschlange eine Oberkörperschwerpunktverlagerung nach rechts vornimmt. Das Ende vom Lied: Sie wird zum Outlaw. Die eine Schicksalsgemeinschaft hat sie ausgestoßen, die andere verweigert die Aufnahme. Peter hat auf Kontinuität gesetzt, was belohnt wird.

Der Passbeamte kehrt erstaunlich schnell zurück, und Frau Unkelbach findet gnädige Aufnahme in ihrer alten Schlange beziehungsweise in ihrem alten Möbelwagen. Nach weiteren neunzig Minuten stehen sie an der magischen gelben Linie. Vor ihnen befindet sich nur noch die blondierte Ukrainerin, und die hat sich für den Passbeamten etwas sehr Schönes einfallen lassen. Sie trägt einen flauschigen Pullover mit V-Ausschnitt, wobei das V ein ukrainisches V sein muss. Wir haben nicht so große

Vs. Dem Passmann gefällt das ukrainische V sehr gut, weshalb er mehrere Fragen stellen muss: «Ferien? Mit Mann? Ägypten erstes Mal?» Nach den Fragen verlegt er sich auf aussagekräftige Bemerkungen: «Herrlich ist es hier in Ägypten. Und Svetlana, das ist übrigens ein hübscher Name. Ich heiße Abdullah, das ist auch ein hübscher Name», um abschließend festzustellen: «Du bist sehr schön, und auch sehr jung.» Svetlana zieht das V noch ein wenig straffer nach unten und zeigt Abdullah ihr schönstes und kältestes Lächeln. Wenn man aus der Kälte kommt, muss auch das Lächeln erst einmal warm werden.

Bei Ramona und Peter geht es schneller, sie sind eben weder schön noch jung. Und einen V-Pullover tragen sie auch nicht, nicht einmal Frau Unkelbach.

Dann endlich sind die Gepäckbänder in Sicht.

Das Gepäck wird in Hurghada vom Band direkt auf große Haufen geworfen. Das vergrößert das Chaos und bringt den Gepäckträgern, die sich hier verständlicherweise als Gepäcksucher bezeichnen, ein schönes Trinkgeld ein. Aber Peter verzichtet auf eine suchende, also rettende Hand, bis er sich nicht mehr zu helfen weiß und sich helfen lässt. Dafür muss er seine knappbemessene Reisekasse anbrechen, er hatte ja mit AI gerechnet.

Draußen, vor dem Flughafengebäude, werden Ramona und Peter von einer strahlenden Sonne empfangen, aber auch von einem starken Wind, viel Staub, umherfliegenden Plastiktüten und vielen bunten Flaggen, um den Weizen von der Spreu zu trennen. Aber was ist Weizen, und was ist Spreu? Neckermann oder alltours?

Nach einigem erneuten Suchen finden Ramona und Peter ihren Bus, lassen ihr Gepäck verstauen, gegen Trinkgeld, und setzen sich in die letzte Reihe. Eine halbe Stunde später ist der Bus voll, der Reiseleiter steigt ein und hält eine kleine Rede:

«Herzlich willkommen in unsere schöne Land, jetzt fahren

wir in Ihre schöne Hotel mit schöne Esse. Und keine Angst vor Revolution, keine Revolution hier!»

Hurghada bleibt am Wegesrand liegen, gut so.

Hurghada ist nämlich keine Stadt, Hurghada ist die größte Baustelle Afrikas. Allerdings muss laut Definition auf einer Baustelle auch irgendeine Bautätigkeit stattfinden. Das ist aber auf den hunderttausend Baustellen in und um Hurghada nicht der Fall, also muss man hier doch eher von Ruinen sprechen. Ruinen hat Ägypten zwar schon genug, allerdings nur am Nil. Und da haben sich die Tourismusmanager, die das Rote Meer verwalten, wohl gedacht, dass man den Gästen mehr als Sonne und Meer bieten sollte, Ruinen eben. Ruinen, die den alten von Luxor richtig Konkurrenz machen. Der Plan ist auch aufgegangen. Vor lauter Ruinen sieht man die Wüste nicht mehr, leider aber auch nicht mehr das Rote Meer. Ob das riesige Ruinenfeld von Hurghada zum Weltkulturerbe ernannt wird, bleibt abzuwarten; ich würde es den Ägyptern gönnen. Es war einfach eine Menge Arbeit, die Wüste so umzugestalten.

Dort, wo das Ruinenfeld von Hurghada seine größten Attraktionen bereithält, liegt auch die südliche Hotelzone dieser einmaligen Gegend, und genau zu ihr fährt jetzt der Bus mit Peter und Ramona Unkelbach.

Das Feriendomizil der beiden sieht großartig aus. Aber viele Gebäude sehen fast automatisch großartig aus, wenn sie in der Wüste stehen. Das hat nichts mit einer Fata Morgana zu tun, eher damit, dass eine Wüste an sich öde ist. Vor dem Hotel der Unkelbachs steht sogar eine Pyramide, und davor wiederum verläuft eine vierspurige Straße mit etlichen Geschäftszeilen. Und damit deutsche Gäste sich gleich wie zu Hause fühlen, hängen vor unzähligen Geschäften, ob sie nun Wasserpfeifen, Teppiche oder Bauchtanzensembles verkaufen, Reklameschilder mit Aufdrucken wie «Spar», «Lidl» oder «Aldi».

«Schau mal, Ramona», ruft Peter freudig aus. «Hier ist es richtig schön, ich glaube, wir haben Glück!»

Ramona weiß nicht so recht, was sie antworten soll, deshalb sagt sie lieber nichts. Eine gewisse Skepsis, die sich ihrer seit der Passkontrolle bemächtigt hat, ist noch nicht von ihr gewichen.

An der Rezeption des Hotels füllen beide eine Anmeldekarte aus und bekommen anschließend ein weißes Bändchen um das Armgelenk gebunden, mit dem Rat: «Niemals verlieren! Wenn Sie verlieren, müssen Sie 50 Euro Strafe zahlen. Auch Handtuchkarte nie verlieren, sonst zahlen. Viel Spaß in unserem schöne Hotel, aber nichts verlieren, sonst zahlen.»

Peter schaut Ramona an, und Ramona schaut Peter an, gesprochen wird nicht.

Ein Kofferträger hat das Gepäck schon auf seinen Handkarren geladen. «Ich heiße Walid und bringe zum Zimmer.»

Die drei gehen durch Gänge, queren Fahrwege, kommen an Pools vorbei, an Containern mit Bauschutt, an Baracken mit Arbeitern. Nach fünfzehn Minuten durch die wüstenhaft große Hotelanlage steuert Walid einen Zementblock an, in dem das Zimmer der Unkelbachs liegt. Hier gib es eine zweite Einweisung, diesmal durch Walid: «Das ist das Bett, und dort ist das Badezimmer: Wasser gibt es, eine Klimaanlage und ...» Peter ahnt, wie er Walid zum Schweigen bringen kann. «Hier, für dich, danke.» Walid nimmt den Fünf-Euro-Schein und zieht die Zimmertür hinter sich zu.

Das Ehepaar Unkelbach lässt alles stehen und liegen, denn vielleicht gibt es noch eine Chance, das Mittagsbüfett zu stürmen; im Flieger hatte es nur ein pappiges Sandwich gegeben. Und tatsächlich, ein paar russische Großfamilien sitzen noch in nassen Badeoutfits im klimatisierten und abgedunkelten Speisesaal. Auch deshalb, weil es noch etwas gibt: etwas Seltsames, das wie Reisbrei aussieht, irritierend gelbe Hühnerschenkel, einige Reste, die man als Pommes frites identifizieren könnte, und verschiedene Ketchup-Flaschen. Der Getränkespender spendet nichts mehr, weil zugeklebt. Und die Salatbar sieht aus, als ob das Hotel ihren kleinen Gästen auch anbieten würde, ihre Stallhasen mitzubringen. Aber da es sowieso kein Geschirr und kein Besteck mehr gibt, gerät das Ehepaar Unkelbach auch nicht in Versuchung, davon zu essen.

Das Restaurant mit dem schönen Namen «Orangerie» hat einen Außenbereich, in dem ein Kellner die Essensreste auf den Tellern in eine Tonne wirft. Daneben sitzen ein paar offensichtlich deutsche Touristen, die das mit einer Videokamera aufnehmen. Ramona, neugierig geworden, fragt die Gruppe: «Entschuldigung, aber was ist so interessant an diesem Kellner?» Die Antwort einer der Filmemacher fällt knapp aus: «Sieh doch mal genau hin!»

Und da sieht Ramona genau hin – und kreischt los: «Peter, da wimmelt es von Mäusen, direkt zwischen den Beinen des Kellners!»

Peter zählt zwölf Mäuse und ist nur froh, dass die nicht auf dem Büfett herumtanzen. Auf dem Rückweg ins Hotelzimmer fragt sich Ramona insgeheim, ob eine Frühstückspension im Allgäu oder auf Rügen nicht doch die bessere Alternative gewesen wäre, auch ohne Sonne. Und auch, was auf den ersten Blick im Zimmer gut war, weil Walid die ganze Aufmerksamkeit auf sich gezogen hatte, entpuppt sich jetzt als nicht mehr so gut. Im Bad finden sich gebrauchte Ohrreiniger, Reste von Fingernägeln und Haarbüschel, das Bettlaken ist eindeutig secondhand. Das geht Ramona gegen den Strich.

Keine zwei Minuten später hat sie den zuständigen Zimmerboy aufgetrieben. Jetzt steht er mit seinem Putzwagen bei den Unkelbachs im Raum.

«Schauen Sie sich das an!» Ramona weist auf die diversen

Problemregionen. «Hier haben Sie doch niemals sauber gemacht!»

«Ist schön sauber, besser geht nicht. Ich war eine Stunde in dem Zimmer», erklärt der Boy.

«Dann müssen Sie noch eine Stunde dranhängen.» Ramona hat die Hände in die Hüften gestemmt. Ihr kann keiner was vormachen, im Putzen kennt sie sich aus.

Der Zimmerjunge greift zu einem Allzwecktuch und verschwindet im Bad. Nach einer Weile kehrt er zu Ramona und Peter zurück.

«Aller Dreck ist weg», sagt er zufrieden.

«Und was ist mit dem Betttuch?»

Erschrocken läuft der Zimmerjunge weg, nachdem er die Benutzungsspuren gesehen hat, und bringt nach einer Weile ein frisches. Er hält es Ramona hin: «Können Sie machen? Ich nicht können.»

Frau Unkelbach macht das Bett, Herr Unkelbach gibt dem Boy seinen letzten Fünf-Euro-Schein. AI ist für die Arbeitnehmer vor Ort doch kein schlechtes Modell.

Nun sind Ramona und Peter nicht zum Beziehen der Betten nach Hurghada gekommen. Sie packen die Strandtasche aus und machen sich auf in Richtung Meer. War der Weg von der Rezeption bis zum Zimmer schon endlos lang, so dauert es bis zum Wasser über eine halbe Stunde. Sie müssen durch Ödland, streifen einen unbewohnten und halb zerstörten Hotelkomplex, lassen ein freies Feld hinter sich, auf dem ein einsames Kamel unter einer genauso einsamen Palme döst. Noch weitere 600 Meter, dann ist es geschafft: Sie sind am Strand angelangt. Eigentlich hätte dort auch das Meer sein sollen, aber wegen Ebbe ist es einen halben Kilometer weiter draußen.

Zwischen und auf den maroden Strandliegen, mit dem Roten Meer am Horizont, sonnen sich knapp 4000 Menschen aus

Wladiwostok, Omsk, Nowosibirsk, Minsk, Kiew und Köln. Da ist kein Platz mehr für Peter und Ramona aus Pulheim.

«Kannst du mir mal sagen, woher die ganzen Menschen kommen?», fragt Ramona.

Peter weiß die Antwort: «Im Hotelprospekt steht, dass der ganze Komplex aus fünf Gebäuden besteht mit über 2000 Zimmern. Jeder will heutzutage Sonne, besonders die Menschen, die in kälteren Regionen als rund um Pulheim leben.»

«Und sieh doch! Überall liegt Dreck herum!»

«Na, da muss man einfach mal ein Auge zudrücken.»

«Ich müsste da schon zwei Augen zudrücken, aber dann bin ich blind.»

Ramona erkennt ihren Peter nicht mehr wieder. Zu Hause legt er so viel Wert auf ihre Sauberkeit, und hier gibt er sich in diesen Dingen ganz entspannt. Na warte, das zahl ich dir heim, denkt sie. Doch im selben Moment weiß sie, dass sie es sowieso nicht schaffen wird, ihr Heim auch nur kurzfristig, für eine kleine Racheaktion, in ein ägyptisches Vier-Sterne Hotel zu verwandeln.

Der Pool ist die letzte Rettung, wenn im Meer schon kein Wasser ist. In dem Becken scheinen die Schwimmer zu stehen, so überfüllt ist es. Aber auch um ihn herum haben sich viele gutgelaunte und gut laute Feriengäste aus den ehemaligen Sowjetrepubliken versammelt.

Leere Plastikbecher liegen am Beckenrand oder schwimmen im Wasser, Pappteller mit Fritten stehen mitten in der Sonne, aus den Boxen der Poolbar dröhnt Musik.

«Ist das Gejaule ägyptische Musik?», fragt Ramona.

«Nein, das ist Habibi-Musik.» Peter weiß es wieder besser.

«Bist du sicher? Hör doch mal hin, die singen immer nur Habibi.»

«Das ist Habibi-Musik.»

Wütend macht sich Ramona auf zur Poolbar und fragt den Mann hinter dem Tresen: «Entschuldigung, ist das ägyptische Musik, oder ist das Habibi-Musik?»

«Das ist ägyptische Musik. Habibi heißt nichts anderes als ‹mein Schatz› oder ‹mein Liebling›.»

Zurück bei Peter, erzählt Ramona ihm brühwarm, was sie eben erfahren hat.

«Siehst du, mein Schatz», feixt Peter. «Ägyptische Musik ist eben immer auch Habibi-Musik.» Er selbst gönnt sich mittlerweile ein Bier im Plastikbecher, obwohl die Sonne noch nicht untergegangen ist.

Aber Ramona macht Druck. «Komm, gehen wir aufs Zimmer und ziehen uns fürs Abendessen um. Ich habe Hunger.»

Nach einem schnellen Standbad im Pool – ganz umsonst soll die lange Tour ja nicht gewesen sein –, sind sie wieder auf ihrem Zimmer. Ramona will sich richtig chic machen. Nach fast zwei Stunden steht sie mit ihren frisch gefönten halblangen, blonden Haaren, ordentlich Lipgloss auf den Lippen, weißer Seidenbluse, schwarzem Rock und schwarzen Pumps vor Peter. Der Absatz ist nicht sehr hoch, das ist extra so ausgesucht, weil beide gleich groß sind und Peter es nicht mag, wenn er zu ihr aufschauen muss. Peter sieht mit seiner grauen Bundfaltenhose und einem blauen Kurzarmhemd, das er über der Hose trägt, im Vergleich zu seiner Frau ein wenig spießig aus.

Auf der Terrasse vor dem Hauptrestaurant lassen sie sich einen Cocktail bringen, im Plastikbecher. Peter würde sich gern bei Ramona ein wenig revanchieren, wegen ihrer Top-Aufmachung. Aber was soll er ihr hier bieten?

Ramona scheint ähnliche Gedanken zu haben, denn sie sagt: «Weißt du, Peter, es war einfach ein Fehler, ‹All Inclusive› zu buchen. Aber du wolltest das ja, bei deiner ewigen Angst, nicht satt zu werden.»

Das findet Peter jetzt fies. Er hasst dieses «Nachtreten» bei Ramona. Als ob sie nicht auch gern am Büfett zuschlagen würde.

Vor dem Essen will das Ehepaar Unkelbach noch einen kleinen Abstecher zur Rezeption machen. Ausflüge studieren, vielleicht ein paar nette Gäste kennenlernen, die zur Abwechslung Deutsch sprechen. An der Infotafel, an der die Veranstalter ihre Tourprogramme aushängen, treffen sie auch tatsächlich auf eine Familie aus Bayern, Vater, Mutter und Tochter. Ramona ergreift die Initiative:

«Hallo, ich bin Ramona, und das ist mein Mann Peter. Machen Sie hier etwa auch Urlaub?»

«Ja, leider. Ich heiße Judith Strobel, das sind mein Mann Frank und unsere Tochter Svenja.»

Judith kann gerade ihre Vorstellung beenden, da sprudelt es förmlich aus Frank heraus: «Hier im Hotel gibt es einen Arzt, der steckt mit dem Küchenchef unter einer Decke. Jeden Morgen ist das Wartezimmer brechend voll, und alle klagen über Übelkeit und Durchfall. Wir waren mit Svenja da, wir haben es mit eigenen Augen gesehen. Der Arzt hört gar nicht zu, wenn man ihm was erzählt. Der holt aus einer Schublade eine Packung mit billigen Kohletabletten, verlangt dafür 45 Euro und erklärt, dass die Tabletten immer helfen. Ich hab ihn gefragt, warum er da so sicher ist. Und wisst ihr, was er gesagt hat? ‹Ich bin seit einem Jahr hier, alle Gäste bekommen diese Tabletten, das heißt, sie sind tausendfach erprobt.›»

Ramona und Peter erfahren noch, dass es Svenja wieder besser geht, dank des guterprobten Medikaments. Danach suchen sie gemeinsam das Restaurant auf. Strobels und Unkelbachs finden sogar einen Tisch im Außenbereich (nicht da, wo die Mäuse tanzen). So können sie in der frischen Luft sitzen. In den stickigen Innenbereich müssen sie nur, wenn sie sich etwas zu essen holen wollen. Wobei es mehr ums Finden geht. Russen scheinen schon viele Schlachten am Büfett erfolgreich geschlagen zu haben, denn ihre Taktik ist erstaunenswert: Sie füllen keine Teller, sondern nehmen sich gleich die Schüsseln mit an ihren Tisch.

Das Personal sorgt nur sehr punktuell für Nachschub und belässt alles so, wie es die Gäste verlassen haben: Berge von Geschirr mit Essensresten stapeln sich auf den Tischen. Ramona spürt den Lippenherpes kommen, Frank Strobel macht Fotos für eine Klage gegen den Reiseveranstalter. Judith und er haben sich schon bei der deutschen Guest-Relation-Managerin beschwert, aber die hat nur gesagt: «Ich weiß, ich weiß. Ich selbst esse schon lange nicht mehr in diesem Hotel, und wenn ich Ihnen Aufnahmen aus der Küche zeige, werden Sie meinem Beispiel folgen.»

Vor lauter Hunger essen sie ein paar Fritten und kalte Nudeln, dann muss Ramona aufs Zimmer, um ihren explodierenden Herpes zu behandeln. Und auch der Rest der Gruppe hat keine Lust mehr auf das Animationsprogramm: «Orientalische Nacht mit russischer Bauchtänzerin».

Am nächsten Morgen blüht der Herpes bei Ramona, und Peter geht mit 45 Euro zum Arzt. Da ihr Mann nicht wiederkommt, unternimmt Ramona eine kleine Erkundungstour. Das Hotel wird von allen Seiten schwer bewacht. Sicherheitskräfte, Schranken, Verbotsschilder und Bändchenkontrolle. Vor dem Eingang zum Nachbarhotel wird Ramona sofort von einem Aufpasser in schwarzer Uniform angebellt. «Hier wohnen? Nein? Dann weg, sofort. Nur reingehen, wenn auch wohnen.»

Völlig verschüchtert geht sie weiter, entlang der vierspurigen Straße, vorbei an Bauruinen, Abfallbergen, Schutthügeln und Wüste. Sie hat genug gesehen und kehrt um. An der Rezeption wartet sie auf Peter. Als sie ihn entdeckt, hebt er die Röhre mit den Kohletabletten hoch und sagt: «Sie sind wirklich erprobt, es geht schon wieder.»

«Wenigstens das. Und ich weiß jetzt, dass wir nicht in einem Hotel sind, sondern im Knast, und zwar ohne Freigang. Wenn wir raus wollen, können wir nur in die Wüste oder in einen Aldi-Laden. Es gibt auch keine Besuchserlaubnis, kein Fremder darf in unser Hotel, so, wie wir auch in kein anderes Hotel dürfen. Innendrin werden wir von der Russen-Gang drangsaliert. Das Besteck ist aus Plastik, damit wir uns nicht gegenseitig abstechen, und Essen gibt's nur, wenn die Gang uns was übrig lässt. Ich will wegen guter Führung entlassen werden!»

Ramona weint jetzt, und Peter erkennt den Ernst der Lage. Vom Zimmer aus ruft er Familie Strobel an. «Wir ziehen augenblicklich aus, das Geld ist uns egal. Wir fahren nach El Gouna, dort soll es schön sein und richtige Hotels geben. Im Taxi dauert die Fahrt keine halbe Stunde. Kommt ihr mit?»

Familie Strobel diskutiert, das hört Peter durch den Hörer, und dann kommt die Ansage von Frank: «In zwanzig Minuten am Ausgang, bis gleich.»

Schnell wird gepackt, und an der Rezeption lassen sich alle die Handschellen abschneiden, geben ihre Handtuchkarten zurück – und fühlen sich unendlich frei.

Der Rezeptionist ist verdutzt und fragt: «Sie haben doch noch sechs Tage mit Essen und Trinken und Animation! Wollen Sie das nicht mehr nutzen?»

«Nein», sagt Ramona. «Wir wollen Urlaub machen, das schaffen wir in Ihrem Hotel nicht.»

Das versteht der Mann nun überhaupt nicht. Es ist ihm aber auch egal, weil in diesem Moment eine Busladung aus Moskau eintrifft. Fünfzig weiße Handschellen müssen neu angelegt werden, das erfordert jetzt seine ganze Aufmerksamkeit.

Peter und Ramona Unkelbach suchen und finden vor dem

Hotel einen Taxifahrer, der sie mit einem dreißig Jahre alten Peugeot 504 Kombi für 20 Euro in die Freiheit bringen will, da wird nicht einmal mehr gehandelt.

40 Kilometer sind es von Hurghada Richtung Norden bis El Gouna. Der steinreiche Ägypter Samih Sawiris hatte schon als Kind gern im Sandkasten Kanäle gebuddelt und Wasser hineingeschüttet. Und als er vor gut zwanzig Jahren gemütlich auf seiner Yacht lag und einen Ankerplatz suchte, landete er vor El Gouna. Hier gefiel es ihm so gut, dass er die ganze Region kaufte und wieder anfing, Kanäle zu buddeln, diesmal mit Baggern. Auf diese Weise entstand eine künstliche Lagunenstadt mit Hotels, Golfplätzen, Yachthäfen, internationalen Restaurants und kleinen Supermärkten, an denen kein «Aldi»-Schild angebracht ist. El Gouna hat mit Ägypten so viel zu tun wie das Oktoberfest mit Oberbayern.

Die Strobel'sche und Unkelbach'sche Schicksalsgemeinschaft entdeckt ein kleines, sauberes Hotel an der Uferpromenade. Übernachtung mit Frühstück, über All Inclusive wird nicht weiter diskutiert. Vor dem Hotel können sie in der Sonne sitzen und aus Gläsern trinken, und der Kellner lacht nicht seinen Kollegen an, sondern die Gäste. Da kommt bei allen ein Gefühl auf, von ganz unten, es war tief verschüttet: Es riecht nach Urlaub. Nicht nach Urlaub in Ägypten, aber das ist egal. Und Ramonas Herpes trocknet in der Sonne aus.

REISE TIPPS

Das ultimative und unbedingt zielführende Verhalten beim Buchen einer Pauschalreise, beim Lesen eines Reisekatalogs und bei der Beschwerde am Urlaubsziel

Eine Pauschalreise, die Flug, Transfer und Unterbringung beinhaltet, buchen wir immer noch gern im Reisebüro. Da liegen all die schönen Kataloge, und da sitzen Fachkräfte, die mit überwältigenden Zielgebietskenntnissen aufwarten. Könnte man meinen, ist aber oftmals nicht so. Wie aber können Sie feststellen, ob das Reisebüro Ihres Vertrauens auch wirklich Ihr Vertrauen verdient. Dafür müssen Sie den Reisebüromitarbeiter oder die Reisebüromitarbeiterin einem aussagekräftigen Test unterziehen.

Legen Sie dazu der Fachkraft eine selbstentworfene stumme Karte vor. Eine solche kennen Sie noch von früher aus dem Erdkundeunterricht, ja, das ist eine Karte ohne Beschriftung, auf der nur die wichtigsten Umrisse eingezeichnet sind. Sie nehmen sich für dieses Vorhaben ein klassisches Reiseziel vor, zum Beispiel Mallorca. Im Reisebüro lassen Sie sich von der Fachkraft den Ballermann, die Kathedrale der heiligen Maria in der Hauptstadt Palma, den höchsten Berg, den Puig Major, und noch zwei Orte der Baleareninsel, zum Beispiel Alcúdia im Nordosten und Andratx im Südwesten, einzeichnen. Bei dieser Aufgabe wird sich schnell die Spreu vom Weizen trennen, spätestens bei der Lokalisation des Puig Major. Belassen Sie es aber nicht bei diesem Test, eine Schwalbe macht noch keinen Sommer. Unterziehen Sie die Fachkraft noch einer weiteren Prüfung, halten Sie ihr noch eine zweite stumme Karte unter die Nase, etwa mit den Umrissen von Ägypten. Geben Sie folgende Eintragungswünsche bekannt: Hurghada am Roten Meer, die

Pyramiden von Gizeh, Luxor am Nil und den Assuan-Staudamm. Die Person, die auch das halbwegs schafft, der können Sie vertrauen.

Diese Aktion kann natürlich für Verwunderung sorgen. Aber wer Reisen verkaufen will, muss wissen, wohin die Reise geht. Wenn Ihnen dieser Nachweis aber doch zu brachial erscheint, schlage ich Ihnen eine andere Möglichkeit vor. Um festzustellen, wie kompetent die Fachkraft ist, müssen Sie sie in ein kleines Gespräch verwickeln, das Sie wie folgt beginnen können:

«Letztes Jahr war ich in Indien und hab mir dieses wunderschöne Grabmal in Agra angeschaut. Ach, wie heißt das noch mal?»

Ohne zu zögern, müsste die Fachkraft jetzt sagen: «Sie meinen das Taj Mahal, richtig?»

Muss sie jedoch passen, vergessen Sie sie. Weiß sie die Antwort, fahren Sie fort: «Genau, und davor flog ich nach Rio, sonnte mich an den tollen Stränden und hab mir die Christusstatue auf diesem Berg über der Stadt angeschaut. Wie dumm, aber auch hier fallen mir die Namen nicht mehr ein.»

Jetzt müsste die Fachkraft sofort lossprudeln: «Sie meinen sicher die Copacabana und den Strand von Ipanema, und die Figur steht auf dem Corcovado.»

Ist sie genauso hilflos wie Sie, sollten Sie Abstand von dieser Person nehmen. Zeigt sie sich kundig, setzen Sie zur finalen Runde an: «Sie kennen sich wirklich gut aus. Aber das waren alles mehr oder weniger Kulturreisen, diesmal möchte ich im Urlaub einfach nur relaxen, so wie vor drei Jahren. Da war ich in Australien, in der Nähe von Brisbane, genauer gesagt, südlich von Brisbane, an einer wunderschönen Küste. Mmmh, entweder war das die Gold Coast oder die Sunshine Coast ...?»

Die Entscheidung naht. Schleudert man Ihnen jetzt Gold Coast entgegen, nennt die Person sich zu Recht Fachkraft, die

Sunshine Coast liegt nämlich nördlich von Brisbane. Guten Gewissens können Sie Ihre Reise bei ihr buchen.

Hierzu sollten Sie detailliert beschreiben, was genau Sie von Ihrer Reise erwarten. Geben Sie als Stichworte nur «Sonne», «Baden» und «Meer» an, können Sie auch im Gaza-Streifen, auf Haiti oder im Jemen landen. Schwärmen Sie allgemein vom Wandern in der Natur, von Einsamkeit, ist die Chance groß, dass Sie sich im Urlaub auf den Falklandinseln, in den Wäldern um das Atomkraftwerk Tschernobyl oder im Norden Afghanistans wiederfinden. Wünschen Sie sich «Exotik», eine «fremde Kultur», kann es Sie nach Nordkorea, in den Iran oder nach Somalia verschlagen. Je klarer Ihre Vorstellungen sind, desto sicherer findet die Fachkraft Ihr Traumreiseland.

Ist Ihnen eine Entscheidung im Reisebüro noch nicht möglich, nehmen Sie sich die Kataloge mit nach Hause. Wollen Sie sich diese in Ruhe ansehen, denken Sie aber daran: Reisekataloge sind nie in Deutsch geschrieben. Die Reisekatalog-Sprache ist eine eigene Sprache – so wie Holländisch –, die in Deutschland nur von ein paar tausend Reisebürofachkräften und ein paar Dutzend Reisekatalogautoren beherrscht wird (und natürlich von Mitarbeitern der deutschen Reiseveranstalter). Das bedeutet: Sie müssen eine im Reisekatalog gedruckte Hotelbeschreibung übersetzen. Das ist nicht einfach, ich weiß das aus Erfahrung. Aber gern gebe ich meine Erkenntnisse an Sie weiter:

Heißt es im Katalog zur Lage: «Ihr Hotel liegt in einem touristisch guterschlossenen Ort, direkt am Meer und an der Uferpromenade», können Sie es übersetzen mit: «In der Nähe Ihres Hotels geht richtig die Post ab; vierundzwanzig Stunden Remmidemmi sind garantiert. Davor verläuft eine vierspurige Straße, dahinter liegt zwar das Meer, aber kein Strand, sondern rechnen Sie mit vermüllten Klippen.»

Lesen Sie im Katalog über die Unterbringung: «Die Zimmer

sind hell, freundlich und landestypisch eingerichtet, klimatisierbar und zur Meerseite ausgerichtet», müssen Sie sich das so eindeutschen: «Die Zimmer sind nüchtern, kahl und ohne jeden Komfort eingerichtet. Sie haben theoretisch eine Klimaanlage, praktisch aber nicht. Das mit der Meerseite stimmt zwar, jedoch sieht man das Wasser nicht, weil dazwischen mehrere Betonklötze stehen.»

Nun zum Hotel selbst. Steht im Katalog: «Das Hotel besitzt eine legere und ungezwungene Atmosphäre mit internationalem Publikum, es wurde im letzten Jahr neu renoviert», lautet der Klartext: «Im Hotel steigen Proleten aus aller Herren Länder ab, die sich hier rund um die Uhr hemmungslos betrinken. Die von Erbrochenem verschmutzten Hotelwände wurden im letzten Jahr frisch gestrichen.»

Gern wird auch die Küche charakterisiert. Heißt es da: «Das Restaurant bietet internationale Küche», dann sage ich Ihnen, was wirklich gemeint ist: «Im Restaurant wird geschmackloser Mischmasch angeboten.»

Und bei der Ausstattung kennen Sie sicher diese Formulierung: «Die Anlage verfügt über drei temperierte Pools, Liegen nach Verfügbarkeit.» Das ist zu übersetzen mit: «Die Schwimmbecken werden allein von der Sonne erwärmt werden. Wünschen Sie eine Liege am Pool, sollten Sie diese spätestens gegen fünf Uhr morgens reservieren. Schlimmstenfalls sind alle Liegen aber auch schon um diese Uhrzeit belegt, von den Komatrinkern, die sie als Ruhe- und Ausnüchterungsstätte aufsuchen, wenn sie nachts den Weg ins Zimmer nicht mehr finden.»

Der Service ist für jeden Reisenden wichtig. Sie lesen: «Ein unaufdringlicher Service kümmert sich um Ihr Wohl, das hauseigene Animationsteam sorgt für Unterhaltung, es gibt regelmäßige Folkloreabende. Zudem verfügt das Hotel über einen Fitnessraum und eine Open-Air-Disco», was nichts anderes heißt als: «Service ist in diesem Hotel ein Fremdwort. Es gibt keinen. Die Animation ist stümperhaft und nervend, selbiges gilt für die Folkloreabende. Der Fitnessraum ist ein Holzschuppen, in dem eine Laufmaschine vor sich hin rostet und zwei Hanteln liegen. Die Open-Air-Disco ist eine garantierte mitternächtliche Lärmquelle.»

Immer wieder werden in Reisekatalogen auch einzelne bekannte Begriffe verwendet, doch in einer seltsam ungewöhnlichen Deutung. Zu diesem Thema ebenfalls eine kleine Hilfestellung:

Sauber und zweckmäßig = **null Komfort**
Landestypische Bauweise = **extrem hellhörig, Pappwände**
Verkehrsgünstige Lage = **sehr günstig für den Verkehr**
Neueröffnetes Hotel = **hier funktioniert noch gar nichts**
Bei Stammgästen sehr beliebt = **die Stammgäste sind die Letzten, die aus Mitleid weiterhin kommen**
Hat sich seine Ursprünglichkeit bewahrt = **das Hotel wurde nur noch nicht abgerissen, weil der Hotelbesitzer die Abrissbirne nicht bezahlen kann**

Mit den kleinen Übersetzungshilfen sollten Sie die Hotelbeschreibung in einem Reisekatalog ganz gut verstehen. Wenn Sie sich aber doch mal vertan haben und erst beim Einchecken realisieren, dass Sie in einer Kaschemme gelandet sind, dann ist guter Rat wirklich vonnöten. Melden Sie sich umgehend bei Ihrer Reiseleitung, und tragen Sie der Ihre Klagen vor. Um Sie für diesen Gang zu wappnen, führe ich hier einige repräsentative Aussagen auf, die Sie von Ihrer Reiseleitung zu hören bekommen können, wenn Sie sich über das Hotel beschweren. Im Anschluss daran erfolgen meine Antwortvorschläge:

Reiseleitung: «Meine Mutter wohnt immer in diesem Hotel, wenn sie mich besuchen kommt.»

Ihre Antwort: «Nichts gegen Ihre Mutter, aber ich bin nicht Ihre Mutter.»

Reiseleitung: «Über dieses Hotel habe ich noch nie irgendwelche Klagen gehört.»

Ihre Antwort: «Weil Sie auf Durchzug stellen, wenn es Probleme gibt.»

Reiseleitung: «Dieses Hotel ist unser absoluter Verkaufsschlager.»

Ihre Antwort: «Dann wird es Ihnen ja nicht schwerfallen, mir ein Ersatzhotel zu besorgen und mein jetziges Zimmer neu zu vermieten.»

Reiseleitung: «Sie haben kein Sechs-Sterne-Hotel gebucht, sondern lediglich ein Vier-Sterne-Hotel.»

Ihre Antwort: «Da gebe ich Ihnen absolut recht. Aber auch in einem Vier-Sterne-Hotelzimmer sollte ein Bett stehen, in dem nicht schon ein Streichelzoo untergebracht ist, und im Badezimmer sollten keine Pilze gezüchtet werden.»

Reiseleitung: «Was soll ich denn Ihrer Meinung nach jetzt machen?»

Ihre Antwort: «Mir in einem tatsächlichen Vier-Sterne-Hotel ein ordentliches Zimmer besorgen.»

Reiseleitung: «Dann rufen Sie mich morgen an, ich sehe, was sich machen lässt.»

Ihre Antwort: «Sie rufen mich an, und nicht umgekehrt. Und das nicht morgen, sondern in zwei Stunden.»

Reiseleitung: «So können Sie mich nicht unter Druck setzen.»

Ihre Antwort: «Passen Sie auf: Wenn Sie nichts machen wollen, starte ich am Hotelpool eine kleine Umfrage unter den deutschen Gästen. Ich bin mir sehr sicher, dass danach weitere dreißig Gäste bei Ihnen auftauchen, denen Sie neue Zimmer besorgen dürfen. Da können Sie dann mal so richtig zeigen, was Sie draufhaben.»

Reiseleitung: «Das ist Erpressung!»

Ihre Antwort: «Ganz falsch, ich möchte lediglich eine Leistung einfordern, für die ich bereits bezahlt habe. Und da Sie sich damit so schwertun, gebe ich Ihnen einfach nur eine kleine Entscheidungshilfe an die Hand.»

Reiseleitung: «Warten Sie hier.»

Ihre Antwort: «Gerne.»

Ist dieser Punkt erreicht, ist klar, wie die Geschichte weitergeht. Die Reiseleitung wird Ihnen ein Alternativhotel anbieten. Das schauen Sie sich, bevor Sie auschecken, aber genau an. Erst wenn sich herausgestellt hat, dass dort alles in Ordnung ist, ziehen Sie um. Die Reiseleiter vor Ort sind geschult im Umgang mit renitenten Gästen, die nicht alles widerspruchslos hinnehmen. Sie hassen diese, weil sie Arbeit machen, Nerven kosten und sich leider fast immer zu Recht beklagen. Sie selbst sollten die Übung sportlich nehmen, so geht Ihre gute Laune nicht verloren. Und überlegen Sie vielleicht einmal, Ihren nächsten Urlaub auf einem Campingplatz zu verbringen. In diesem Fall können Sie Ihr eigenes Zelt mitnehmen, nach Ihrem Geschmack einrichten und auch selbst kochen. Nur: Das internationale Publikum kann Ihnen da natürlich auch begegnen.

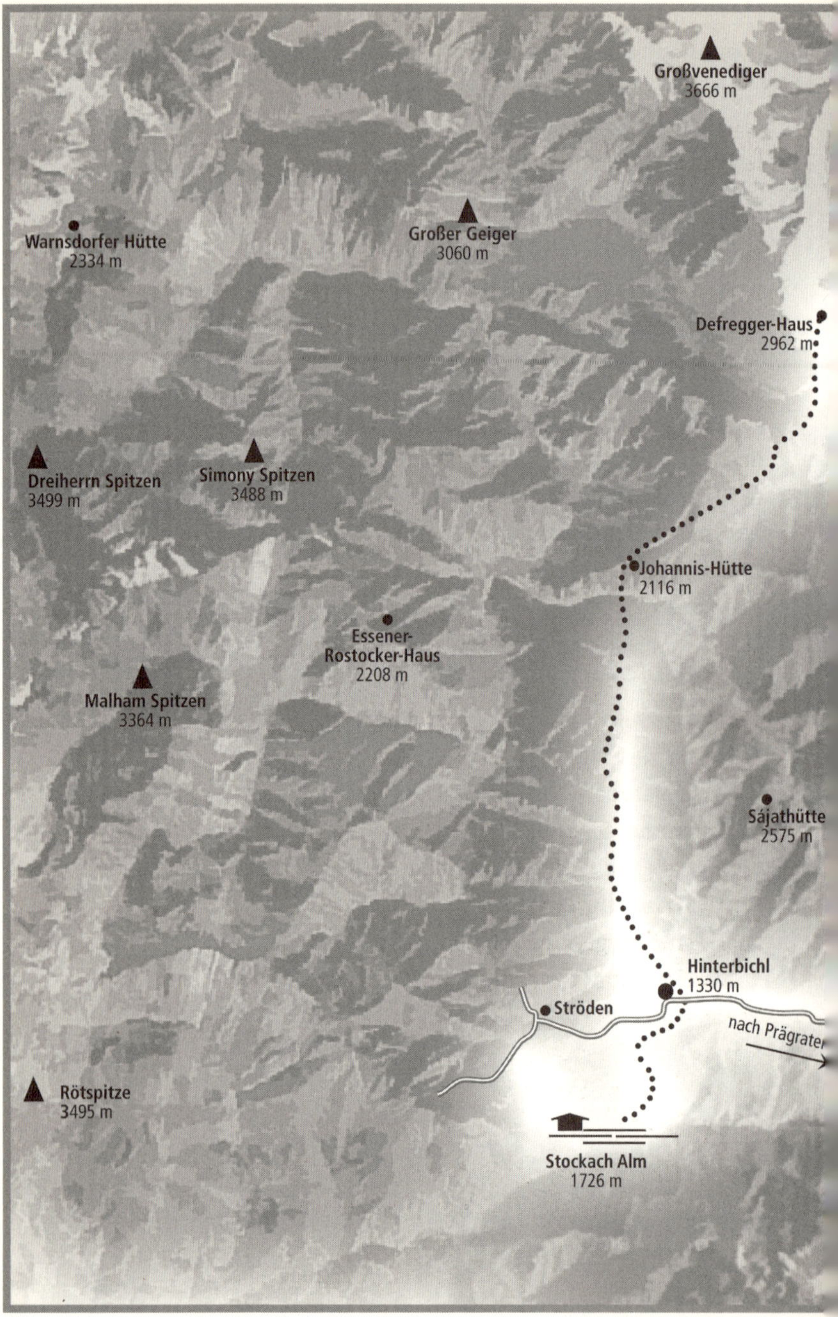
Großvenediger
3666 m
Warnsdorfer Hütte
2334 m
Großer Geiger
3060 m
Defregger-Haus
2962 m
Dreiherrn Spitzen
3499 m
Simony Spitzen
3488 m
Johannis-Hütte
2116 m
Essener-
Rostocker-Haus
2208 m
Malham Spitzen
3364 m
Sájathütte
2575 m
Hinterbichl
1330 m
Ströden
nach Prägraten
Rötspitze
3495 m
Stockach Alm
1726 m

Gipfelstürmer stinken
Hüttenzauber in den Alpen

Wenn ich mich nachts ins Auto setze und ordentlich Gas gebe, dann sehe ich am Morgen nicht die Hohe Acht, sondern den Großvenediger. Für alle Nicht-Rheinländer und Nicht-Tiroler sei hier angemerkt, dass die Hohe Acht mit 747 Metern über dem Meeresspiegel der höchste Berg der Eifel ist und der Großvenediger mit 3666 Metern über dem Meeresspiegel immerhin der vierthöchste Berg Österreichs. Er ist ein Berg, sogar mit großem Gletscher, während die Hohe Acht kein wirklicher Berg ist, eher eine Geländeerhebung. Im Prinzip ist gegen die Hohe Acht nichts einzuwenden. Sie ist immerhin höher als die anderen Geländeerhebungen in der Eifel, und wenn man oben steht, könnte man sogar auf Kitzbühel, das sich ja mitten in Tirol befindet, hinunterschauen, das liegt nämlich niedriger. Es ist nicht die Höhe der Hohen Acht, die den Gedanken an einen Berg nicht zulässt, es ist ihr Aussehen. Sie ragt nicht in den Himmel, sie liegt einfach nur da, unendlich langweilig. Da haben unsere Nachbarn, die Österreicher, mehr zu bieten. Ihre Berge sind auch echte Berge. Und ich liebe Berge.

Zweimal im Jahr muss ich hohe Berge sehen – und Paula. Paula ist 89 Jahre alt. Sie wohnt in Osttirol, im Virgental, zu Füßen des Großvenedigers. Bei ihr und ihren vier Kindern habe ich als Junge meine Schulferien verbracht. Sie hat unsere Rucksäcke gepackt, wenn wir Gipfel erstürmen wollten, sie hat unseren Fußball aus dem wilden Bergbach gefischt, wenn wir ihn hineingeschossen hatten, sie hat uns mit dem Stock jeden Sonntagmorgen in die Frühmesse gescheucht, bei ihr bekam ich zu Weihnachten, genau wie ihre vier Kinder, dicke Wollsocken geschenkt. Und sie hat uns heiße Ziegelsteine ins eiskalte Winterbett gelegt, das wir uns zu zweit teilen mussten. Für Paula war die erste bemannte Mondlandung 1969 Teufelswerk; dem Heiland hat der Mensch nicht ins Handwerk zu pfuschen, das war und ist ihre feste Meinung. Nie habe ich Paula ohne Schürze und Kopftuch gesehen, auch sonntags nicht. Da holte sie lediglich die gute Schürze und das gute Kopftuch hervor, das macht sie noch heute so. Ihr Mann war der Chef des örtlichen Fremdenverkehrsamts, der als Erster dafür sorgte, dass Touristen das obere Virgental als Sommerfrische nutzten. Er war, im Gegensatz zu Paula, ein stiller Mensch. Die Liebe zu den Bergen wurde mir als Rheinländer in die Wiege gelegt, ohne Paula und ihren Mann hätte sie meine vielen Jahre im Flachland vermutlich nicht überdauert.

Nach durchfahrener Nacht fällt beim Anblick der ersten Alpenriesen alle Müdigkeit von mir ab. Die letzten Kilometer ins Virgental hinein steht vermutlich die pure Glückseligkeit in meinem Gesicht. Ich fahre bis zur letzten Siedlung, Hinterbichl, parke meinen Wagen neben einem kleinen Forstweg, und dann muss es schnell gehen, obwohl ich doch eigentlich alle Zeit der Welt habe. Ich ziehe kurze Hosen, T-Shirt und geländegängige Laufschuhe an, hänge mir ein Handtuch um den Hals, packe meinen Rucksack mit Proviant und warmen Zusatzklamotten – und los geht's. Ein steiler Pfad windet sich in Serpentinen durch den Bergwald. Fast 400 Höhenmeter liegen vor mir, ich treffe keine anderen Wanderer, der Schweiß läuft ins Hemd und Handtuch. Die zehn Kilo auf dem Rücken spüre ich nicht, viel zu groß ist meine Freude, mich endlich wieder austoben zu können. Nach vierzig Minuten führt der Pfad aus dem Wald auf eine kleine Almwiese, und da liegt meine kleine Hütte. Früher wohnten hier im Sommer die Hirten und ihre Kühe, heute wohne ich hier. Ein Bauer im Tal vermietet mir das Juwel in den Bergen wochenweise. Alles ist aus schwarzem, verwittertem Holz, kleine Fenster lassen nur schummriges Licht in die große Küche, die gleichzeitig Wohn- und Schlafraum ist.

Ich werfe meinen Rucksack auf die kleine Holzterrasse, hänge die durchgeschwitzten Sachen in die Sonne und wasche mich an der hölzernen Viehtränke, die unweit neben der Hütte steht und in die eiskaltes Quellwasser fließt. Danach lege ich die mitgebrachten Getränke ins Wasser – ein idealer natürlicher Kühlschrank. Auch meine nächsten Arbeitsgänge erledige ich wie im Schlaf: Holz in den Küchenofen packen und mit kleinen Spänen für ein ordentliches Feuer sorgen, einen Topf Wasser auf die große Ofenplatte wuchten, frische Blumen auf der Alm pflücken und in ein Glas auf den Küchentisch und unters Kreuz an der Stirnwand der Hütte stellen. Danach Bettdecken zum Lüften auf das niedrige Schindeldach in die Sonne legen und den Rucksack auspacken. Schließlich mindestens dreißig Minuten den Großvenediger anschauen. Auf der anderen Talseite glänzen seine schneeweißen Gletscher in der Nachmittagssonne.

Am nächsten Morgen schaue ich zum wiederholten Mal zum Großvenediger, diesmal mit Fernglas. Was macht das Wetter am Berg? Es sieht alles bestens aus, und nichts hält mich mehr.

Die ersten Wanderer kommen vorbei, fast immer mit Stöcken. Wanderer sehen sehr selten glücklich aus, vor allem, wenn es Mann und Frau sind. Woran das liegt? Ganz klar: Wandern ist ja kein Spaß, sondern harte Arbeit, und bei harter Arbeit lacht man nicht und grüßt auch nur zur Not. Und warum wirkt speziell die Kombination Mann und Frau so freudlos? Auch klar: weil immer einer von beiden lieber einen Strandurlaub gemacht hätte und diese Bergtour nur aus Liebe zum Partner mitmacht. Laut und fröhlich sage ich wenigstens «Grüß Gott». Irgendeiner muss ja Vorbild sein.

Am späten Vormittag schaue ich in einer Hütte im nächsten Seitental vorbei. Sie liegt an einem herrlichen, leider viel zu kalten Bergsee. Hier herrscht der Wirt Alois, den ich seit Kindertagen kenne. Alois hat einen mächtigen Schädel und mittlerweile auch einen mächtigen Bauch und nicht mehr alle Finger an den Händen. Beim Holzsägen hat er ein paarmal nicht gut aufgepasst. Viele Hütten, die Wanderer verpflegen und Schlafplätze bieten, verfügen über eine Lastenseilbahn oder einen Fahrweg, Alois muss ohne all das auskommen. Nur ein schmaler Steig, der Wanderern schon alles abverlangt, führt zu seinem Arbeitsplatz in den Bergen. Früher hat er ein vollgepacktes Maultier über den Steig getrieben, aber als das für Tier und Mensch zu mühsam wurde, sattelte er auf eine Crossmaschine um. An der hat er alles abmontiert, was zum Fahren nicht unbedingt nötig ist, stattdessen vorne und hinten Gepäckträger angeschweißt. Die werden unten im Tal beladen, mit dem, was er täglich an Verpflegung für seine Gäste braucht. Hat er alles verstaut und festgezurrt, rast er durchs Dorf zu seiner Bergpiste. Von weit her hört man das Röhren seiner Maschine, die er mit schlafwandlerischer Sicherheit über Stock und Stein treibt.

Alois redet nicht, wenn es nichts zu reden gibt. Aber wenn es was gibt, dann redet er schon. Und zwar genau das, was er denkt. Das kann unangenehm sein. Jetzt humpelt er mir schwerfällig entgegen, als ich seine Terrasse am See betrete, und raunzt ein «Grüß dich» in meine Richtung. Das hatte auch schon mal besser geklungen.

«Warum gehst du so komisch?», frage ich.

«Dämliche Frage!»

«Jetzt sag, was ist passiert?» Ich merke, so richtig lustig findet er sein Humpeln nicht. Und dann sprudelt es richtiggehend aus ihm heraus:

«Ich war mit meinen beiden Jungs in Erding. Das liegt bei München, und da gibt es ein großes Spaßbad.»

«Und du bist von einer Rutsche gefallen, oder was?», hake ich nach.

«Bist du deppert? Ich steig mit meinen Burschen die Treppen zu den Röhren hoch, die Becken können wir nicht sehen. Oben gibt es Ampeln wie an einer Straßenkreuzung. Wenn die auf Grün springen, darf man lossausen. Die Ampel für meine große Rutsche springt auf Grün. Ich setz mich in meine Röhre, ab geht's. Schließlich flieg ich aus dem Tunnel ins Becken, doch da ist kein Wasser drin.»

Das glaube ich nicht. Dieser Bergklotz fährt seit Jahr und Tag mit seiner Crossmaschine über Alpenkämme, ohne sich den Hals zu brechen, kommt dann aber auf einer Wasserrutsche fast zu Tode? «Du nimmst mich auf den Arm, mein Lieber», sag ich.

«Das hab ich oft genug getan, aber du kannst mir glauben, ich hab zehn Kilo Eisen im Bein, und für schlechte Scherze tun mir die Knochen zu weh.»

Wir trinken einen gelben Enzian zusammen. Der schmeckt scheußlich, ist aber wahrscheinlich gut für die Heilung der Knochen.

Früher gehörten die Tiroler Berge dem Rheinland und dem Ruhrgebiet. Das kann man noch an den Namen der Hütten erkennen: Essen-Rostocker-Hütte, Bochumer-Hütte oder Bonn-Matreier-Hütte. Letztere wurde vor knapp hundert Jahren von der Bonner Alpenvereinssektion und der Tiroler Sektion aus Matrei gemeinsam errichtet. Aber wie lange behalten diese Hütten ihre Namen noch? Die Bonner, Essener, Bochumer und Matreier sterben aus, und die Holländer, von denen weiterhin sehr viele in die Alpen fahren, ignorieren die Hütten, da sie auch hier nicht auf ihr Wohnmobil verzichten. Wenn die Holländer nicht ständig an ihren Deichen bauen müssten, damit sie die globale Erwärmung überleben, hätten sie vermutlich längst ein paar hohe Berge bei sich aufs platte Land gesetzt, mit Gletschern und allem Drum und Dran. Allein Tschechen und Polen machen den Hüttenwirten Freude. Die hauen so richtig rein und spülen nicht nur mit Ski-Wasser nach. Manchmal fallen sie auf dem Rückweg um. Das kann an manch einer Wegstelle lebensgefährlich sein. Aber die Bergwacht funktioniert bestens rund um den Großvenediger, und die Männer, die für sie arbeiten, wissen aus eigener Erfahrung, welche Erstversorgung bei alkoholbedingten Abstürzen im Hochgebirge zu leisten ist. Im oberen Virgental wächst die Vogelbeere, und aus ihr machen die örtlichen Schnapsbrenner einen ganz feinen und starken Tropfen, der auf keinem guten Stammtisch fehlen darf.

Der Vollständigkeit halber: In noch früheren Zeiten gingen aber selbst die Einheimischen eher selten auf die Berge. Das Leben auf den Sommeralmen war vielen zu hart und entbehrungsreich. Milch und Butter und Sahne und Käse und fertig. Wenn der Senner seine Sennerin nicht dabeihatte, ging auch zwischenmenschlich ganz wenig. Heute ist das alles viel schöner. Hüttenwirtinnen sind stark im Kommen. Vielleicht können sie Essen, Bochum, Bonn und Matrei retten.

Täglich wandere ich von einer Hütte zur anderen, aber irgendwann muss auch ich ins Tal, um meine Vorräte aufzufüllen und um «Grüß Gott» zu sagen. Man kennt mich, aber warum ich, der sich schon überall auf dem Globus herumgetrieben hat, immer wieder im engen Virgental auftauche, ist vielen wahrscheinlich ein Rätsel.

Mein erster Gang im Dorf führt mich zu einem kleinen Supermarkt. Da sitzt immer der Simon an der Kasse. Wir haben als

Buben zusammen gespielt, und dann war er von einem auf das andere Jahr an der Kasse dieses Spar-Ladens. Er hat die Tochter vom Chef geheiratet.

«Alles klar, Simon?», frage ich.

«Passt schon. Bist wieder da, wohnst auf der Hütte?»

«Wie immer. Und wie wird das Wetter?»

«Passt schon.»

Danach trennen sich unsere Wege bis zum nächsten Jahr. Ich glaube, der Simon wird noch an der Kasse vom Spar sitzen, wenn die Alpen schon längst zum Mittelgebirge erodiert sind. Wenn der Satz «In der Ruhe liegt die Kraft» nicht von Konfuzius stammen würde, könnte ihn Simon gesagt haben.

Ich gehe zum Friedhof, da liegt Paulas Mann begraben. Das Kreuz auf seinem Grab schmückt ein Foto von ihm. Das macht es leichter, an ihn zu denken. Doch nun ist Paula an der Reihe. Sie wohnt immer noch in dem alten Holzhaus, in dem sie ihre Kinder großgezogen hat und an das ich so viele Erinnerungen habe.

Paula ist eine wunderbare Frau, die ihren Mann viel zu früh verloren hat. Mit ihm konnte sie stundenlang Händchen halten. Die beiden haben sich geliebt. Das ist auch in den Bergen nicht selbstverständlich.

Die Haustür ist offen. Ich komme in die Küche, Paula sitzt am Tisch.

«Der Bub, da ist er ja wieder.» Herzlich begrüßt sie mich, danach nimmt sie die Hände wie im Gebet vor den Bauch.

«Wohin ging deine letzte Reise, erzähl!», fordert mich Paula auf.

«In Algerien war ich. Vier Tage fuhr ich zusammen mit einem Tuareg durch die Sahara. Die Tuaregs sind ein Berbervolk und leben in der Wüste. Vier Tage haben wir kein Grün gesehen und keinen Tropfen Wasser, außer in unseren Kanistern.»

«Warum sind da denn überhaupt Menschen? Ein Leben ohne Wasser und ohne Pflanzen, das geht doch gar nicht?»

«Na ja, sie haben ihre Wohnungen oder Zelte in Oasen, da gibt's schon Wasser und Palmen, aber drumherum ist eben nur Wüste, Hunderte von Kilometern.»

«Und was hattest du da zu suchen?»

«Es gibt dort uralte Felsmalereien.»

«Für alte Malereien auf Steinen fährst du tagelang durch die Wüste?»

«Manchmal mache ich eben so verrückte Reisen. Sie sind genauso verrückt wie meine Touren zu euch in die Berge.»

«Aber hier ist alles grün! Hier ist es schön!»

Ich springe in meinen Erzählungen von der Sahara nach Venedig, das kennt Paula, und das findet sie auch schön, aber: «Da gibt es auch kein Grün.»

Lange bin ich bei Paula geblieben, das merke ich erst, als ich nach draußen trete und sehe, dass es schon dämmert. Im Dunkeln komme ich in meiner Hütte an. Ich fühle mich in jeder Hinsicht gestärkt, deshalb entscheide ich, morgen den Großvenediger in Angriff zu nehmen. Das Wetter wird schon passen, hat Simon gesagt, und ich möchte den atemberaubenden Rundblick vom Gipfel genießen. Aber auch der Aufstieg über den Gletscher wird ein Erlebnis sein. Schon mit Paulas Kindern habe ich dort in kurzen Lederhosen im Juli Schneeballschlachten veranstaltet.

Ich starte um fünf in der Früh. Gute zwanzig Minuten steil meinen Hausberg hinunter, dann den schmalen Talgrund queren und wieder bergaufwärts Richtung Johannishütte. Ich muss einem langweiligen Fahrweg folgen. Der wurde angelegt, um den wertvollen Serpentinstein abzutransportieren, der in diesem Tal in zwei Steinbrüchen abgebaut wird. Hinter der Johannishütte erreiche ich wieder eine verkehrsfreie Zone. Stetig geht es bergan. Oberhalb von 2300 Metern sind die Steine mit einer dünnen Eisschicht überzogen, über Nacht hat es gefroren. Nach gut vier Stunden sehe ich das Defreggerhaus, eine Alpenvereinshütte, die den Bergsteigern als Verpflegungs- und Übernachtungsstätte vor dem Gipfelsturm dient. Die Hütte ist ein schmuckloser Bruchsteinbau und steht in einer vegetationslosen, grauen Geröllandschaft, noch entdecke ich keinen anderen Bergsteiger.

Die Luft wird dünner, ich merke es in den Lungen. Ich steige noch 100 Meter höher, bis an den Gletschereinstieg. Von hier aus hat man freie Sicht auf die riesige Eisfläche und den Gipfel des Großvenedigers. Ich suche mir einen windgeschützten Sonnenplatz und schaue stundenlang in die wilde Landschaft. Zwischendurch esse ich ein paar Semmeln mit Tiroler Schinken und die Tafel Schokolade, die mir Paula zum Abschied zugesteckt hatte. Das hatte sie schon damals getan, als ich noch «ihr Ferienkind» war.

Am späten Mittag schlafe ich tief und fest auf einer glatten Felsplatte, bis die schräge Sonne mir in die Augen scheint. Ich begebe mich zurück zum Defreggerhaus, hier herrscht mittlerweile Hochbetrieb. Wenn das Wetter gut ist, und das ist es, Simon hat bis jetzt recht behalten, drängen viele Reinhold Messners in das graue Gemäuer, denen der Mount Everest dann doch zu hoch erscheint.

Wie alle Gipfelstürmer muss ich in der Hütte übernachten, da der Aufstieg ganz früh morgens erfolgen muss, wenn die Sicht gut und der Schnee noch firnig ist. Im Gastraum sitzen – draußen ist es in dieser Höhe selbst an Sommerabenden zu kalt – rund achtzig Bergkameraden aus den verschiedensten Ländern vor dampfenden Tellern, es herrscht Hochstimmung an den Tischen. So gegen neun Uhr kommt der spannende Moment. Welche Nation packt zuerst die Gitarre aus? Es sind die

Polen. Das ist gut für den Wirt, aber schlecht für die anderen Nationen. Polnische Berglieder sind für uns Nicht-Polen schwer mitzusingen.

Schließlich ist es Zeit fürs Matratzenlager. Ich verweigere diesen Ort, eine frühkindliche Schädigung. Die Geräusche und Gerüche, die ich da als Junge erlebte, wenn wir diese Tour unternahmen ...

Dutzende von Bergsteigern und Bergsteigerinnen lagen in Trainingshosen und Jacken mit Socken an den Füßen unter kratzigen Wolldecken, eng an eng, und ich mittendrin. Zu Beginn der Nacht herrschte noch halbwegs Ruhe, wegen der Tiefschlafphase, aber so gegen Mitternacht wurde aus dem Matratzenlager ein Krankenlager und wenig später ein Arbeitslager. Husten, Röcheln, Stöhnen, Schniefen, Herumwälzen, Schlipfkrapfenverdauen und Schnarchen (ein paar glückliche Schläfer gab es immer) wurden gegen drei Uhr morgens abgelöst von Weckerklingeln, Rucksack durchwühlen und umpacken, Adiletten mit Taschenlampe suchen und auf die Toilette stolpern, Wasser aus Aluflasche trinken und Aspirin einnehmen und Nachbarn fragen: «Siehst du, ob der Mond scheint?»

Wie oft habe ich da gedacht: Hoffentlich ruft der Berg sie alle zu sich, und wenn nicht der Berg, dann wenigstens eine tiefe Gletscherspalte.

Zum Übernachten lege ich mich im Gastraum auf eine Bank. Da stinkt es zwar auch, aber anders, und da bin ich irgendwann allein. Wenn Polen eine Gitarre in der Hand haben, dauert das natürlich. Das ist mir egal, so sprachunbegabt bin ich ja nun wieder auch nicht.

Im Morgengrauen und mit schmerzenden Hüftknochen werfe ich sofort einen Blick aus dem Fenster und auf das Thermometer am Rahmen. Und da muss ich nicht Jörg Kachelmann heißen – will ich auch nicht –, um feststellen zu können: dicke

Suppe, strammer Nordwind, nasse Schneeschauer und erbärmliche drei Grad unter null. Wenn das Matratzenlager das mitbekommt, gibt's Krieg zwischen Polen und Holländern und Deutschen. Denn nichts macht Gipfelstürmer so fertig wie eine falsche Wetterprognose. Das wird Simon mir büßen müssen, denke ich.

Um nicht zwischen die Fronten zu geraten, packe ich meinen Rucksack, zahle meine Rechnung beim Wirt und stapfe hinaus in Nebel und Schnee. Ein Schlechtwettertag im Sommer auf einer Berghütte im Schnee, auf der sich frustrierte Bergsteiger stapeln, kann einfach kein guter Tag werden. Zumal noch mit Gipfelstürmer-Nachschub zu rechnen ist. Ich steige den Weg hinunter, den ich gestern früh hochgekommen bin.

Je tiefer ich gelange, umso mehr verwandelt sich der Schnee in Regen mit Flockeneinlage, und aus meinen Schuhen werden klatschnasse Klumpen. Ich sehe nichts, ich rieche nichts, ich höre nichts. Es war keine gute Idee gewesen, auf den Großvenediger zu wollen. Ich hätte ihn mir so schön von meiner Hütte aus anschauen können. Ich weiß doch, wie es da oben aussieht, ich war oft genug auf dem Gipfel. Ich sinniere vor mich hin, vergesse den Weg und meine Umgebung.

Warum wollen heutzutage so viele Menschen auf Berge steigen? Ich weiß natürlich: Das liegt an den fehlenden Abenteuern und sportlichen Herausforderungen in unserem modernen Alltag. Aber ist es das allein? Meine Frau zum Beispiel muss in ihrem Alltag auch nicht ständig große Abenteuer bestehen, wenn man vom Zusammenleben mit mir mal absieht. Aber sie hat trotzdem nie den Wunsch gehabt, auf Berge zu steigen. Ganz im Gegenteil. Sie kommt aus Norddeutschland, und für sie beginnt ein Berg beim Maulwurfshügel. Sie wandert gern, aber jeder Weg muss vorher mit der Wasserwaage auf seine Ebenheit überprüft worden sein. Wenn wir also wandern gehen, laufe ich die

Nacht zuvor mit Höhenmesser und Wasserwaage die geplante Strecke ab und baue die Route so zusammen, dass keinerlei Höhendifferenzen zu bewältigen sind. Und wenn ich dann im Dunkeln doch mal eine kleine Geländeerhöhung übersehen habe, also zum Beispiel einen Maulwurfshügel, dann stoppt sie dort am nächsten Tag. Tränen treten in ihre Augen, und sie sagt: «Du hast mir versprochen, dass es keine großen Anstiege gibt. Immer wieder falle ich auf deine Routenvorschläge rein.»

Gegen Mittag bin ich wieder da, wo ich hingehöre. Ich koche mir einen Topf Nudeln und liege am späten Nachmittag im Bett. Zwischendurch stehe ich auf, um den Ofen in Gang zu halten. Irgendwann geht er aus, und ich schlafe bis zum nächsten Morgen. Da sehe ich ihn dann wieder, frisch verschneit und mit einer dicken Nebelschicht um seinen Fuß: den Großvenediger.

Zwei Tage bleibe ich noch, besuche Alois und trinke mit ihm zur weiteren Heilung erneut einen Enzian. Ins Tal will ich auch noch. In den Spar-Laden. Simon sitzt selbstverständlich an der Kasse, ziemlich vorwurfsvoll sage ich:

«Das war nichts mit dem Wetter.»

Er sagt: «Du warst einen Tag zu früh oder zu spät, halt Pech gehabt.»

Nun will ich noch zu Paula. Wieder hat sie ihre Hände vorm Bauch. Zum Abschied steckt sie mir eine Tafel Schokolade zu, für die lange Fahrt. «Vergelt's Gott» und «Pfiati» ruft sie hinter mir her, und ich sage: «Tschüss.»

Eine viel zu lange Reise

Tod auf Bali

Wir zitterten um die Wette und standen doch ganz nah am Äquator. Wir, das waren zehn Reiselustige aus Deutschland und Österreich, die mit mir als Reiseleiter Indonesien erkunden wollten. Meine Gruppe brannte nicht nur darauf, die berühmte Götterinsel Bali zu besuchen, sie wollte den ganzen indonesischen Archipel entdecken. Nicht umsonst hatten sie die große Indonesien-Rundreise mit dem geplanten Besuch von acht Inseln gebucht: Sumatra, Nias, Java, Bali, Lombok, Celebes, Kalimantan und Irian Jaya. Das in dreiundzwanzig Tagen und mit insgesamt sechzehn Inlandflügen. Das überstand man nur, wenn Kulturhunger und Abenteuerlust die Triebfedern waren. Sumatra und Nias hatten wir bereits heimgesucht, jetzt befanden wir uns auf unserer nächsten Station Java. Und trotz unserer vielen Besichtigungsstationen war bislang alles vollkommen reibungslos abgelaufen. Wir lagen also perfekt im Zeitplan.

Es war stockdunkel, es regnete, und es war für indonesische Verhältnisse extrem kalt. In knapp 2000 Metern Höhe hilft der nahe Äquator wenig. Die Höhe bringt die Kälte. Noch mitten in der Nacht waren wir aufgestanden und mit einem Minibus bis in den Ort Ngadisari gefahren. In einer kleinen Hütte hatten wir Tee getrunken, danach gab es keinen Aufschub mehr. Unser Ziel war der Vulkan Bromo, dazu mussten wir aber erst in völliger Finsternis ein paar Kilometer in Richtung Bromo wandern. Jetzt graute der Morgen, und endlich standen wir am Rand einer riesigen Caldera, die vor Millionen von Jahren durch eine gewaltige

Explosion entstanden ist. In diesem Urkrater hatte es dann in der Vergangenheit zwei neue Vulkanausbrüche gegeben, wodurch die Teenager Bromo und Batok entstanden. Der Bromo ist gut 2300 Meter hoch und immer noch extrem aktiv, wie es sich für einen jugendlichen Vulkan gehört.

Wir wanderten weiter durch die Caldera, die die Einheimischen «Sand Sea» nennen. Besser hätte man es nicht sagen können. Es ist eine Landschaft, die man im tropischen und immer grünen Indonesien niemals erwartet. So waren wir auf einmal umgeben von vegetationslosen Sandflächen in unterschiedlichen Farbschattierungen, mal schwarz, mal rot, mal gelb. Klingt fast wie die Fahne der Bundesrepublik Deutschland, wobei meine Vorstellung eher in Richtung Mondlandschaft ging.

Ich blieb in der Nähe von Susanne und Karl, die beiden Österreicher waren langsamer als der Rest der Gruppe. Das lag besonders an Karl. Er war Anfang sechzig, ein hagerer Mann mit schütterem, grau-blondem Haar. Eigentlich sah er viel älter aus, fast schon gebrechlich. Susanne, seine Frau, war eindeutig jünger, Anfang vierzig. Eine dynamische, gutaussehende Person, auch wenn sie ein paar Kilos zu viel mit sich herumschleppte. Sie lebten in Salzburg, wie sie mir erzählt hatten, Karl arbeitete als Anwalt, Susanne als Chefsekretärin bei einer großen Möbelspedition.

Eine schier endlose Steintreppe mit vielen hundert Stufen führte aus der Caldera hinauf bis an den Kraterrand des Bromo. Beißender und stinkender Schwefeldampf empfing uns. Der Regen hatte aufgehört, aber Nebel hüllte die kahle Landschaft in ein kaltes Licht. Aus dem Schlund des Kraters stieg in Sekundenabständen mal dunkler, mal gelblicher Dampf empor, der sich über uns mit den Wolken und Nebelfetzen vereinigte. Wir standen am schmalen Rand und sahen direkt in die Hölle. Auch wenn ich den Anblick von früheren Touren her kannte, faszinierte und beängstigte er mich auch jetzt wieder – zu gleichen Anteilen.

Auf den Sonnenaufgang über dem Sandmeer zu warten war sinnlos. Das hätte schön sein können, aber die Suppe aus Wolken, Nebel und Dampf war viel zu dick. So traten wir den Rückweg an, immerhin lag noch ein Fußmarsch von zwei Stunden vor uns. Doch auf einmal machte Karl schlapp. Susanne hatte mir am Vorabend gebeichtet, ihr Mann hätte von seinem Hausarzt nur grünes Licht für diese Reise bekommen, weil er hoch und heilig versprochen hatte, sich möglichst zu schonen und vor allem nicht zu rauchen. Er hätte ein schwaches Herz und eine angeschlagene Lunge. Ich hatte zugehört und mich geärgert, dass ich mit Karl schon die eine oder andere Zigarette geraucht hatte. Susanne hatte uns nicht davon abgehalten, wahrscheinlich konnte sie ihrem Mann einfach nichts verbieten. Die beiden waren überhaupt ein ungewöhnliches Paar, ständig hielten sie sich an der Hand, eng aneinandergeschmiegt, tauschten Küsse aus. Die anderen Gruppenteilnehmer fanden das befremdlich und zogen die beiden immer wieder mit ihrer «Kuschelei» auf. Dabei verband die zwei nur eine ziemlich große Liebe, und die zeigten sie auch.

Jetzt aber keuchte Karl vor sich hin, schaffte kaum die Steintreppe in die Caldera hinunter. Immer wieder musste er haltmachen und nach Luft ringen. Der Schwefeldampf hatte ganz offensichtlich eine Asthmaattacke bei ihm ausgelöst. Während die anderen vorausgingen, blieb ich auch jetzt bei Karl und Susanne. Nach der langen Treppe mussten wir durch tiefen Sand gehen, für den Anfang Sechzigjährigen war das offensichtlich eine Qual. Alle fünf Meter musste er stehenbleiben und nach Luft ringen. Wir kamen nur unendlich langsam voran. Es war fraglich, ob er so den Bus erreichte, der in Ngadisari auf uns wartete. Als ein einheimischer Bergführer uns mit seiner Gruppe überholte, sah ich, dass er ein Maultier hinter sich herzog. Es diente wohl als Gepäckaufbewahrung vor dem Aufstieg zum Bromo, jetzt jedenfalls schritt es ohne Lasten voran, und die Rucksäcke befanden sich dort, wo sie hingehörten – auf den Rücken der Vulkanbesucher.

«Kann ich das Tier ausleihen?», fragte ich den Bergführer auf Englisch. «Einer aus meiner Gruppe hat Atemnot.»

Der Mann hatte uns wohl schon beobachtet, wie schwerfällig und mühsam wir nur durch den Sand kamen, denn er willigte sofort ein.

Zusammen hievten wir Karl auf das Maultier – es war geradezu ein biblisches Bild, wie wir zusammen gleichsam in einer Karawane durchs Sandmeer zogen.

In Ngadisari warteten die anderen schon auf uns. Es kam diesmal aber kein Spott über die Lippen, als Susanne und Karl, sich enghaltend, den Minibus bestiegen. Wir fuhren nun etwa zwei Stunden bis zum Höhenluftkurort Tretes, in dem reiche Indonesier auf 800 Metern Meereshöhe Sommerurlaub machen.

Auf der Fahrt nahm ich mir Karl vor: «Du musst eine Entscheidung treffen. Willst du sofort zurückfliegen, damit du in Salzburg gut versorgt werden kannst, oder willst du weiter mitfahren? Du musst wissen: Auf dieser Tour ist Schonung nur bedingt möglich. Wir haben noch zweieinhalb Wochen vor uns, mit mehr als zehn Inlandflügen. Wenn das alles nur eine Qual für dich wird, sollten wir jetzt die Reißleine ziehen.»

Es gehörte zu meinem Job, auch immer wieder die Aufgaben eines Krankenpflegers zu übernehmen. Hier ein verstauchter Fuß, für den ich eine Bandage besorgen musste, dort ein ruinierter Magen, den man einzig mit Haferschleim beruhigen konnte. Von den Durchfallerkrankungen will ich gar nicht reden. Das war alles normal. Doch bei Karl hatte ich die Sorge, dass meine begrenzten medizinischen Kenntnisse nicht ausreichten.

«Ich weiß, dass ich wieder auf die Beine komme», gab mir

Karl zur Antwort. «Mir ging's schon mal viel schlechter. Diese Rundreise ist mein Lebenstraum, seit vielen Jahren. Ich habe Dutzende Bücher über die Völker auf den verschiedenen Inseln gelesen, jetzt will ich auch dahin!»

«Dann suchen wir aber in Tretes einen Arzt auf und lassen dich checken», warf Susanne ein.

Karl nickte. Fürs Erste war ich beruhigt.

Tretes ist ein Ort mit luxuriösen Villen, blühenden Gärten und kleinen Alleen, in einer solchen Umgebung war es nicht schwierig, einen Mediziner zu finden. Der hörte Karl ab, prüfte Puls und Blutdruck, sah sich sein Asthmaspray an und verordnete dem Patienten am Ende Ruhe. Eine sofortige Rückreise hielt er aber nicht für erforderlich.

Karl war total erleichtert. «Mikka, ich habe dir ja gesagt, ich schaffe das. In zwei Tagen bin ich wieder fit, ich werde es dir zeigen!» Ich habe mich mit Karl über die Diagnose des Arztes gefreut. Sein Wohlergehen lag mir am Herzen, aber wichtig war für mich auch, dass die Tour planmäßig weiterlaufen konnte.

So organisierte ich nun den Transport zum Flughafen Surabaya an der Nordküste Javas, und gemeinsam flog meine Truppe am frühen Nachmittag nach Denpasar, eine Stadt im Süden der Insel Bali. Unser Hotel war das Grand Bali Beach Hotel in Sanur, etwa zwanzig Kilometer vom Flughafen entfernt. Hier konnte Karl zu Kräften kommen.

Das Paar aus Salzburg bekam ein Zimmer im Haupthaus, im siebten Stock. Ein Deutsch sprechender Arzt kümmerte sich nun um Karl, und Susanne erklärte ich, dass ich am nächsten Morgen mit den anderen für zwei Tage auf die Nachbarinsel Lombok fahren würde. «So hat Karl Zeit, sich zu erholen. Und wenn er wieder auf dem Damm ist, sind wir beim nächsten Inselhopping nach Celebes wieder komplett», fügte ich hinzu. Auf Susannes Gesicht war Erleichterung zu erkennen.

Am Abend besprach ich mit dem Rest der Gruppe das Programm für den nächsten Tag, Susanne und Karl sahen wir nicht mehr.

Am nächsten Morgen fuhren wir in den Osten von Bali. In Padangbai bestiegen wir die Fähre nach Lombok und überquerten die berühmte «Wallace-Linie», die die Tier- und Pflanzenwelten von Asien und Australien trennt. Der britische Naturforscher Alfred Russell Wallace hatte in den sechziger Jahren des 19. Jahrhunderts die indonesische Inselwelt erforscht und herausgefunden, dass kein Tier, das in Asien heimisch war, jemals die Wasserstraße zwischen Bali und Lombok überquert hatte. Genauso hatte es nie ein Lebewesen aus dem australischen Raum geschafft, von Lombok aus weiter nach Westen vorzudringen. Was traurig war, denn der mittlerweile ausgestorbene Bali-Tiger hatte es nie geschafft, bis nach Lombok zu kommen, und für die australischen Beuteltiere war auf ihrem Weg nach Westen auch dort Schluss gewesen.

Lombok ist weitaus weniger touristisch als Bali. Wir badeten an der paradiesisch anmutenden Senggigi Beach, besuchten die Dörfer der einheimischen Sasak und erkundeten den einsamen Inselsüden bis zum strahlend weißen Strand von Kuta. An Karl dachte ich nicht mehr, ich war wieder der routinierte Reiseleiter, der allen die schönsten Stellen der indonesischen Inselwelt zeigen wollte. Und alle, das waren Andreas und Heidrun, Ärzte aus Reutlingen, Sabine und Michael, Lehrer in Lübeck, sowie Rolf und Heidi, Chef und Sekretärin aus Wuppertal. Und dann gab es da noch die Singles Renate und Heidrun, beide waren Inhaberinnen einer Apotheke, Renate in Tutzing am Starnberger See, Heidrun in Rosenheim. Sie waren gute Freundinnen und reisten schon seit vielen Jahren gemeinsam kreuz und quer durch die Welt. Die Gruppe passte gut zusammen, es gab keinen Störenfried.

Die zwei Tage auf Lombok vergingen wie im Flug, für den Rückweg nach Bali nahmen wir das Flugzeug. Kaum waren wir wieder im Grand Bali Beach Hotel angekommen, rief ich Susanne schon aus der Lobby in ihrem Zimmer an. Sie klang seltsam ruhig:

«Es geht ihm nicht gut, er braucht Sauerstoff. Er ist ganz schwach und schafft es nicht mal bis zur Toilette. Ich hab Angst.»

«Ich komme hoch», antwortete ich.

Karl lag auf dicken Kissen, noch bleicher als sonst. Die vielen Raucherjahre hatten seine Haut fahl und kleinfaltig werden lassen, jetzt war sämtliche Farbe aus seinem Gesicht gewichen. Dafür redete er erstaunlich wach.

«Ich will auf keinen Fall zurückfliegen, jetzt noch nicht. Der Sauerstoff tut gut. Ich komm wieder hoch, Susanne weiß das.»

Aber richtig zuversichtlich sah Susanne nicht aus. Ich war hilflos. Konnte ich über die Köpfe der beiden hinweg Karl ausfliegen? Würde ich auf die Schnelle einen ADAC-Rettungsflug organisieren können? Würde eine Linienmaschine Karl in seinem Zustand überhaupt mitnehmen? Und wenn ja, wäre dann eine ärztliche Betreuung an Bord gewährleistet? Während mir all das durch den Kopf ging, stand ich neben Karls Bett. Er muss mir meine Sorgen angesehen haben, denn er sagte:

«Jetzt schau nicht so. Ich werde euch kein Klotz am Bein sein. Gib mir noch bis morgen Zeit, bitte.»

«Es ist egal, wie lange du brauchst, Hauptsache, du wirst wieder fit», entgegnete ich matt. Danach verabschiedete ich mich, Karl lachte mich nur an, während er wieder zur Sauerstoffflasche griff.

Susanne zog ich auf den Flur hinaus. «Ich glaube, es ist das Beste, wenn ich euch jetzt sofort einen Rückflug buche. Kommt im nächsten Jahr wieder und genießt die Reise dann richtig. So geht das nicht. Wie willst du Karl fit machen? Wir müssen fliegen, im Jeep durch den Urwald fahren, bei Einheimischen in ihren Langhäusern wohnen, keine Klimaanlage, Mücken, Dreck. Das überlebt dein Mann nicht!»

Susanne war sofort einverstanden.

Am Abend hatte ich für die beiden einen Direktflug nach Frankfurt buchen können, am nächsten Tag sollte die Maschine um 15 Uhr starten. An der Poolbar besprach ich mit den anderen den morgigen Ablauf: «Ich schicke euch morgen mit einem einheimischen Reiseleiter auf Besichtigungstour. Made spricht sehr gut Deutsch und kennt sich wahrscheinlich viel besser aus als ich. Er ist auf Bali geboren. Ich möchte mich um Susanne und Karl kümmern.» Es gab keinen Widerspruch, aber auch keine große Betroffenheit. Jeder war so mit sich selbst beschäftigt, auch durch die Reiseanstrengungen mit den ständigen Hotelwechseln, dass für Anteilnahme wenig Raum blieb. Zum Schluss rief ich noch den Hotelarzt an und erzählte ihm von dem Rückflug der beiden Österreicher. Er hielt meine Entscheidung für Panikmache, aber das war mir egal. Ich war mir absolut sicher, dass Karl nach Hause musste, um die richtige Behandlung zu erhalten.

Um Mitternacht fiel ich in meinem Zimmer unters Moskitonetz, und genau zwölf Minuten später kam der Anruf von Susanne.

«Karl stirbt.» Mehr sagte sie nicht.

Ich sprang in die Hose, schnell ein T-Shirt an, danach rannte ich aus meinem Bungalow zum Haupthaus. Drei Minuten später stand ich vor der Zimmertür. Sie war angelehnt. Ich drückte sie auf – und sah Karl auf dem Bett liegen, vollkommen regungslos. Ich schaute zu Susanne. Sie weinte und sagte leise, kaum hörbar: «Er ist gerade gestorben, er hat keine Luft mehr bekommen, und ihm war ganz kalt. Er hat noch gesagt, dass ich mich neben ihn legen soll. Das habe ich gemacht. Wir haben zusammengelegen, und ich habe ihn gewärmt. Er war vollkommen ruhig. Und dann hat er plötzlich aufgehört zu atmen.»

Ich war im ersten Moment überfordert, tausend Fragen rasten mir durch den Kopf. Sollte ich die gesamte Tour abbrechen? Wen musste ich als Erstes informieren? Hätte ich Karl schon von Java aus nach Hause fliegen lassen müssen? Warum hatte der Hotelarzt den Ernst der Lage nicht erkannt? Was sollte ich jetzt bloß mit Susanne machen? Ich war ihr unendlich dankbar, dass sie in dieser für sie so schlimmen Situation nicht zusammenbrach. Ich ging zu ihr und nahm sie in den Arm. Dann setzten wir uns auf die Bettkante, neben uns der tote Karl. Susanne hatte ihm schon vor meinem Kommen die Augen geschlossen. Die Stille in dem Raum war schrecklich.

Schließlich ließ ich Susanne im Zimmer zurück und sagte, dass ich das Hotel benachrichtigen müsse. An der Rezeption brach Chaos aus, als ich den Tod in Zimmer Nr. 7013 bekannt gab.

«Woher wissen Sie, dass der Herr tot ist?», fragte der Rezeptionist.

«Ich war gerade in seinem Zimmer und habe ihn gesehen und mit seiner Frau gesprochen, die dabei war, als er verstarb», entgegnete ich.

«Wer sind Sie denn überhaupt?»

«Ich bin ... ich war der Reiseleiter des Toten.»

«Dann möchte ich Sie bitten, die Zimmerrechnung des Herrn zu begleichen.»

«Die Zimmerrechnung werde ich frühestens begleichen, wenn ich persönlich das Hotel verlasse. Ich hoffe, wir verstehen uns.» Unglaublich: kein Beileid, keine Anteilnahme. Stattdessen wollte man mir die Zimmerrechnung für 7013 präsentieren.

Hinter der Rezeption hatte sich inzwischen die halbe Nachtschicht des Hotels versammelt. Der diensthabende Front Office

Manager musste sich einige böse Worte von mir anhören, dann ließ ich den Generalmanager aus dem Bett klingeln und ihm auftragen, einen Bestatter zu organisieren. Das funktionierte schnell und reibungslos. In einem Urlaubshotel auf Bali ist ein toter Tourist einfach keine gute Werbung. Man wollte ganz offensichtlich die Leiche aus dem Hotel bringen, solange noch Nachtruhe herrschte.

Susanne hatte sich in der Zwischenzeit von Karl verabschiedet, denn als ich mit dem Bestatter und seinen Gehilfen ins Zimmer trat, wirkte sie gefasst, aber auch betäubt und abwesend. Karl wurde auf eine Bahre gelegt und durch die Lobby ins Auto getragen. Es war mittlerweile zwei Uhr morgens. Der Bestatter gab mir seine Visitenkarte, und der Hotelmanager sicherte mir zu, dass die Zimmerrechnung kein Problem mehr darstellen würde.

Zusammen ging ich nun mit Susanne an den Hotelpool. Sie hatte sich angezogen, als müsste sie sofort die Rückreise antreten. Schwarzer Rock, weiße Leinenjacke, elegante schwarze Pumps, so saß sie vor mir. Viele Minuten sagten wir nichts, dann brach sie das Schweigen. «Weißt du, ich wusste ja, wie krank Karl war. Und mir war klar, dass er eigentlich gar nicht hätte fliegen dürfen. Aber er wollte diese Tour auf jeden Fall machen. Als hätte er geahnt, dass es seine letzte Reise sein würde.»

Was sollte ich sagen? Mir tat Susanne unendlich leid. Immer wieder musste ich mit den Tränen kämpfen, wenn sie von ihrem Mann erzählte. Als der Morgen dämmerte, traute ich mich, die entscheidende Frage zu stellen: «Susanne, was machen wir mit Karl? Was soll ich unternehmen?»

Ich bekam eine klare Antwort: «Den gebuchten Flieger heute Nachmittag nach Frankfurt will ich auf gar keinen Fall stornieren, und ich möchte Karl hier vor Ort einäschern lassen und ihn in einer Urne mit nach Hause nehmen.»

Von anderen Reiseleitern wusste ich, wie schwierig es war, einem solchen Wunsch nachzukommen. Oftmals dauerte es Wochen, bis die offiziellen Stellen eine Leiche freigaben. Aber aus eigener Erfahrung war mir auch bekannt, dass man immer nachhelfen konnte: mit Bargeld.

Mit meiner Reisekasse und Susannes Barvermögen machte ich mich um acht Uhr daran, ihren Wunsch zu erfüllen. Nebst vielen anderen Telefonaten musste ich vor allem die Österreichische Botschaft in Jakarta kontaktieren. Ich brauchte ja eine offizielle Freigabe der Leiche und eine Genehmigung für die Einäscherung.

Parallel überlegte ich: Wo finde ich innerhalb der nächsten Stunden einen Leichenverbrenner? Gab es auf Bali überhaupt einen solchen Menschen? Ja, es gab ihn. Der Bestatter, der Karl abgeholt und mir seine Visitenkarte hinterlassen hatte, nannte mir am Telefon einen Kollegen, der die offizielle Erlaubnis besaß, Ausländer, die auf der Insel starben, einzuäschern. Er rief ihn sofort in meinem Namen an und bestellte ihn zu mir. Ich kam sofort zur Sache, als wir uns um halb neun im Hotel trafen: «Ich brauche von Ihnen einen Sarg und ein paar Blumen. Dann müssen Sie die Leiche zur Verbrennungsstätte bringen, das Verbrennen der Leiche organisieren und eine Urne bereitstellen. Schaffen Sie das bis zum Mittag?»

«Wenn die Papiere da sind – klar», erwiderte der smarte Typ, der kaum älter als vierzig war. «Aber das wird nicht billig. 1000 US-Dollar müssen Sie mir dafür geben. In bar. Ich habe Extrakosten, weil es so schnell gehen soll.» Das war eine Anspielung auf Bestechungsgelder. Ich gab ihm die geforderten 1000 Dollar.

Punkt neun erreichte ich das Österreichische Konsulat. Ich erklärte kurz, worum es ging. Man war erstaunlich kooperativ, wohl deshalb, weil bei einer schnellen Lösung auch die Botschaft weniger Probleme haben würde. Und weil ich vermutlich den Eindruck vermittelte, Herr der Situation zu sein. Der verantwortliche Konsul sagte nur: «Ich gehe davon aus, dass die Witwe das alles genauso will.» Ich bestätigte ihm das. Zum Schluss gab er mir noch zu verstehen, dass ich von den lokalen Behörden noch eine Sterbeurkunde bräuchte, mit ihr könnte ich dann den offiziellen Totenschein erhalten.

Mit dem Hotelarzt fuhr ich nun zur Leichenhalle. Er entschuldigte sich vielmals, meinte, er hätte wohl Karls Zustand falsch eingeschätzt. Immerhin war er durch sein schlechtes Gewissen sehr kooperativ. Nachdem er die Leiche untersucht hatte, stellte er die Sterbeurkunde aus, die der örtliche Polizeichef noch beglaubigen musste. Diese Angelegenheit kostete 500 Dollar, ohne Beleg, versteht sich. Zurück im Hotel, faxte ich das Papier nach Jakarta, zur Österreichischen Botschaft. Unverzüglich erhielt ich es zurück, mit der Freigabe der Leiche. Um zehn Uhr stand ich mit dem Totenschein vor Susanne. Sie hatte sich ins Halbdunkel unter einen Bambusbusch gesetzt, ihre Sachen fertig gepackt. Am Pool war es ihr zu laut geworden, der normale Badebetrieb war losgegangen. Sie wollte nur weg von der Insel – und ihren Karl mitnehmen.

Die vorherrschende Religion auf Bali ist der Hinduismus. Totenverbrennungen sind auf der Insel normalerweise ein großes Fest, zu dem das ganze Dorf eingeladen wird und bei dem auch Touristen willkommen sind. Nur darf ein Toter frühestens nach zweiundvierzig Tagen verbrannt werden. Oftmals werden Leichen jahrelang in der Erde zwischengelagert, bis die Familie das Geld für eine standesgemäße Verbrennung zusammen hat, mit prunkvollen Wagen, die an die Prinzenwagen im Kölner Karneval erinnern. Tränen sieht man bei einer solchen Feier nicht, das Feuer erlöst die Seele und lässt sie ihre Reise in himmlische Gefilde oder wohin auch immer antreten – und das ist eben nicht traurig, sondern schön. Nun sollte unsere Totenverbrennung innerhalb von zwölf Stunden erfolgen, ohne Fest, ohne Freunde, ohne Familie.

Um elf fuhr ich mit Susanne zum Bestatter. Wir holten Karl aus der Kühlkammer. Damit war für den Bestatter sein Job erledigt. Wir warteten auf den Leichenverbrenner. Er kam mit einem Minibus und zwei Kränzen aus Papierblumen. Die nächste Station war der Verbrennungsplatz, der mehr wie eine Mülldeponie aussah. Ich handelte wie in Trance und setzte Susanne unter einen Baum auf den Boden. Viel bekam sie nicht mit.

Zwanzig Meter entfernt stand ein weiterer Baum. Er sah abgestorben aus, und in seiner müden Krone hing ein rostiges Kerosinfass. Aus diesem liefen zwei dünne Schläuche in zwei kleine Brenner, die an den Kopfseiten eines Eisengestells am Boden angebracht waren. Dann ging alles ganz schnell. Herr Parenrengi, der Leichenverbrenner, und ich stellten den Sarg auf das Gestell, die Papierkränze legten wir obendrauf. Danach warf er die Brenner an, und ich setzte mich zu Susanne.

Gesprochen haben wir nicht, die Szenerie war einfach zu irreal. Um uns herum waren spielende und schreiende Kinder, einige verlauste Straßenköter. Die Leiche brannte nun lichterloh.

Es wurde ein Uhr, die Zeit lief uns davon. Susanne saß wie in Stein gemeißelt auf ihrer Baumwurzel und starrte ins Leere, Tränen liefen ihr übers Gesicht. Ins Feuer hat sie nie geschaut. Schließlich legte ich den Arm um sie und sagte: «Du musst jetzt zum Flughafen. Das Taxi steht bereit.» Ich war wieder der Reiseleiter, der diese wahnsinnige Aktion erfolgreich abschließen musste, der wollte, dass Susanne nicht mehr länger an diesem Ort blieb. «Ich komme nach, mit der Urne, ganz sicher. Du musst los, bitte!» Sie sah mich an und flüsterte: «Ich habe Angst, Karls Vater die Wahrheit zu sagen. Er wird das nicht überleben.»

Ich blieb am Feuer zurück, und Herr Parenrengi und ich stellten die Brenner hoch. Es war mehr als makaber, aber wir mussten den Leichnam schneller verbrennen. Was für ein abnormer Wettlauf mit der Zeit! Um Viertel vor zwei verlor ich die Nerven, als wir die Brenner stoppten und die Urne mit heißer Asche füllten. Der Schweiß lief uns in Strömen übers Gesicht, Hemd und Hose waren klatschnass. Wir schütteten ein wenig Wasser in die Urne, dann verschlossen wir sie. Ohne einen Blick zurückzuwerfen, fuhr ich mit einem zweiten – natürlich vorher bestellten – Taxi zum Flughafen.

Ich wurde schon erwartet. Ein Mann von der Fluggesellschaft lotste mich ohne jede Kontrolle bis zum Gate. Dort saß Susanne. Alle anderen Fluggäste waren schon an Bord. Ich übergab ihr eine Plastiktüte, in der sich die Urne befand. Sie umarmte mich, sagte Danke, dann bestieg sie in Begleitung einer Stewardess das Flugzeug. Man hatte ihr ein Upgrade in die Business Class verschafft, so konnte Susanne zumindest etwas komfortabler ihren traurigen Rückflug antreten.

Zurück im Hotel, setzte ich mich an den Pool, trank Bintang-Bier und rauchte einheimische Kretek-Zigaretten. Ich hatte in Rekordzeit eine Leichenverbrennung organisiert – und war jetzt selbst restlos ausgebrannt.

Am nächsten Morgen traf ich die Gruppe. Wir flogen am Nachmittag weiter nach Balikpapan auf Kalimantan und machten eine viertägige Flussfahrt auf dem Mahakam. Unser Ziel waren die seltenen und berühmten schwarzen Orchideen bei Melak und der dort lebende Stamm der Dajak. Über Karl und Susanne wurde auf der Reise nicht mehr gesprochen. Ich tat meinen Job, so gut es ging. Nach knapp zwei Wochen war ich wieder zu Hause. Im Briefkasten lag die Todesanzeige von Karl und seinem Vater. Susanne hatte recht behalten.

REISE TIPPS

Das ultimative und unbedingt zielführende Verhalten in einer katholischen Kirche, einem buddhistischen Kloster, einem hinduistischen Tempel und einer islamischen Moschee

In einer katholischen Kirche kennen wir uns aus, zumindest in einer hier bei uns in Koblenz, Kaufbeuren oder Kitzbühel. Ich könnte mich kurz fassen, wenn es nicht auch noch Katholiken in der Karibik gäbe.

Also, bei uns gilt: Wenn Sie den Kirchenraum vor einer katholischen Messe betreten, nehmen Sie als Mann die Mütze oder die Baseballkappe vom Kopf, das gehört sich so. Das Wasserbecken zur Rechten oder Linken ist nicht für eine Ganzkörperwäsche da, die Gläubigen benetzen mit dem Weihwasser ihre Finger und machen danach das Kreuzzeichen.

Während einer Messe wechseln sich drei Körperhaltungen ab: Sitzen, Stehen und Knien. Wann welche Körperposition angesagt ist, bekommen Sie mit, wenn Sie die Gläubigen in der Kirche wachsam im Auge behalten. Sollten Sie alleine einer Messe beiwohnen – und das passiert heutzutage ziemlich oft –, bleiben Sie die ganze Zeit knien, so sind Sie auf der sicheren Seite. Wenn Sie die Kirchenlieder laut mitsingen, vermeiden Sie, dass Sie während der Predigt einschlafen und aus der Bank kippen. Zur Kommunion sollten Sie nur gehen, wenn Sie etwas zum Nachspülen dabeihaben, die Hostie ist nämlich staubtrocken. Nicht umsonst nimmt der Priester ständig rituelle Mundspülungen mit Messwein vor.

In der Karibik ist dagegen vieles anders. Da sind die Kirchen schlichte, manchmal farbig angemalte Bretterbuden mit einem kleinen Türmchen, und immer sind sie brechend voll. Die Kirchgänger, vor allem die Kirchgängerinnen, machen sich zurecht, als ob sie zum Pferderennen nach Ascot gehen würden. Je schriller, bunter und auffälliger, desto gottgefälliger. Bei uns würden die Hüte der karibischen Frauen schon gar nicht durch das Eingangsportal passen, das übrige Outfit würde unsere Geistlichen vor Pein und Scham unter den Altar treiben.

In der Karibik heißt Gottesdienst: extrem laut singen, lachen, musizieren und wieder extrem laut singen, lachen und musizieren, bis Gott sagt: «Gut gedient, aber jetzt ist Schluss mit lustig, geht nach Hause.»

Bei uns heißt Gottesdienst: lateinische Texte murmeln, Lieder summen, Fürbitten herunterleiern und wieder lateinische Texte murmeln, Lieder summen und Fürbitten herunterleiern, bis Gott sagt: «Gut gedient, aber ich bin bedient, geht nach Hause.»

Ich wüsste zu gern, welche Kirche Gott besser gefällt. Ist Gott ein Langweiler oder eher ein Partygänger? Das wäre schon wichtig zu wissen, denn es gibt ja nur den einen Gott, und den können wir nicht mal schnell austauschen wie einen Fußballtrainer, wenn wir mit ihm nicht klarkommen.

Da haben die Hindus es viel besser. Sie können tauschen! Sie haben unzählige Götter, sogar lebende, wie die in Kathmandu residierende Kindgöttin Kumari. Manchmal kann man sie sehen, wenn sie aus dem Fenster ihres kleinen Palasts schaut und winkt und lacht. Entsprechend lässig und unverkrampft gehen Hindus mit Andersgläubigen um, die ihre Tempel besuchen wollen. Ganz wichtig, wenn Sie das vorhaben: Ziehen Sie Ihre Schuhe aus, bedecken Sie Ihre Schultern, und tragen Sie keine Shorts oder kurze Hosen. Befolgen Sie diesen Rat, dann stehen Ihnen für die vielen Gottheiten viele Tempel offen. Alle Götter haben nämlich ihre Fans – ob «unser» Gott das gern sieht? Seine Fankurve hat ja viele leere Plätze.

Während in unseren Kirchen nur Messwein und Weihwasser fließen, kann in hinduistischen Tempeln auch mal Blut vergossen werden, und das nicht zu knapp. Die Göttin Kali will Blut sehen – Hühner, Hähne und Ziegen sollten in diesem Fall möglichst das Weite suchen. Und wenn es für die Tiere kein Entkommen gibt, dann halten Sie Abstand. Besonders wenn Wasserbüffel zur Opferbank geführt werden, muss mit einem großflächigen Blutvergießen gerechnet werden. Ganz wichtig: Selbst wenn das Frühstück im Hotel mager war – Opfergaben sind für die Götter bestimmt und nicht für Touristen. Wenn also ein hartgekochtes Ei mit Blüten und Reiskörnern am Wegesrand liegt, dann ist das eine Opfergabe und kein Lunchpaket.

Mit etwas Glück kann es Ihnen gelingen, dass der Tempelpriester Sie persönlich weiht und die Götter gnädig stimmt. Und mit noch etwas mehr Glück kann es Ihnen sogar passieren, dass er auch Ihr Auto und Ihr Fahrrad weiht. Nennen Sie ihm dafür die Marke Ihres Gefährts.

Wundern Sie sich nicht, wenn Sie an hinduistischen Tempeln Holzfiguren entdecken, die in abenteuerlichsten Stellungen Sex haben. Lassen Sie sich inspirieren, aber glauben Sie nicht, dass so ein Tempel ein Freudenhaus oder Swingerclub ist. Es sind erotische Darstellungen des Kamasutra. Wenn Sie Gefallen daran finden, besuchen Sie die Tempelanlage von Khajuraho in Nordindien, da können Sie Ihre Augen schweifen lassen.

Buddhisten sind Fremden gegenüber in ihren heiligen Stätten ebenfalls wohlgesonnen. Aber auch in einem buddhistischen Kloster gilt eine angemessene Kleidung. Besonders eindrucksvoll ist ein Klosterbesuch in Tibet oder Ladakh, wenn Sie rechtzeitig zu einer Puja vor Ort sind und sich dezent in den Hintergrund setzen. In der Versammlungshalle des Klosters treffen sich alle Mönche, die jungen und alten, die kleinen und großen. Es werden Mantras rezitiert, heilige Sätze. Mal sprechend, mal singend, mal flüsternd. Die kleinen Mönche spielen heutzutage dabei gern mit einem Gameboy oder schlafen ein. Dann tritt ein großer Mönch in Erscheinung und schlägt ihnen liebevoll in den Nacken. Eine Puja ist eine Andacht oder eine Gebetszeremonie, die oftmals von einem Spender in Auftrag gegeben wurde. Zur Spende gehört, dass alle Mönche eine kleine Stärkung erhalten, in Form eines Buttertees und einer Banane. Die Versammlungshalle ist immer reichgeschmückt mit Buddha-Statuen, Gebetsfahnen, Opfergaben und den berühmten Thankas, den Meditationshilfen und Rollbildern des tantrischen Buddhismus, auf denen oft die einzelnen Lebenszyklen dargestellt sind.

Sobald die Puja beendet ist, stürmen die jungen Mönche aus der Halle, prügeln sich, spielen Fußball oder ziehen ihre rote Robe aus und waschen sich gegenseitig die Köpfe. Besonders heilig wirkt das Klosterleben nicht, dafür umso kurzweiliger und kreativer. Bleiben Sie nie zu lange in einem buddhistischen Kloster, Sie könnten sonst nicht mehr fort wollen. Das Dasein in der wilden Hochgebirgswelt des Himalaya ist zwar karg und entbehrungsreich, aber das herzerfrischende Lachen der Mönche, ihre Güte und ihr Charme sind extrem ansteckend.

Charmant und gutgelaunt wirken die Muslime, die Anhänger des Islam, wenn sie zur Moschee schreiten, nicht – zumindest nicht auf den ersten Blick, und schon gar nicht während des Fastenmonats Ramadan. «Ungläubige» haben in einer Moschee nichts zu suchen, es sei denn, es ist Tag der offenen Tür. An so einem Tag kann man sehen, dass Moscheen im Innern oft recht kärglich eingerichtet sind. Richtig schön sind nur die Teppiche und Kronleuchter, und das auch nur in großen Gebetshäusern. Ohne jede Ablenkung, davon ist man überzeugt, kann man sich am besten auf Allah konzentrieren.

Und noch ein kleiner Tipp zum Schluss: An großen Flughäfen gibt es immer wieder unscheinbare Gebetsräume für Muslime. Auch wenn es sehr verlockend ist, weil Sie noch stundenlang auf Ihren Anschlussflieger warten müssen, erliegen Sie nicht der Versuchung und nutzen den Raum für ein kleines Nickerchen. Sie würden einen Gläubigen bei seinem Gebet zu Allah und seinem anschließenden, wohlverdienten Nickerchen stören.

AFGHANISTAN
Gilgit
Chitral
AFGHANISTAN
Chi
Babusar Pass
4067 m
Karakorum Highway
Indus
Swat
Naran
2400 m
Kaghan
Balakot
Islamabad
Rawalpindi

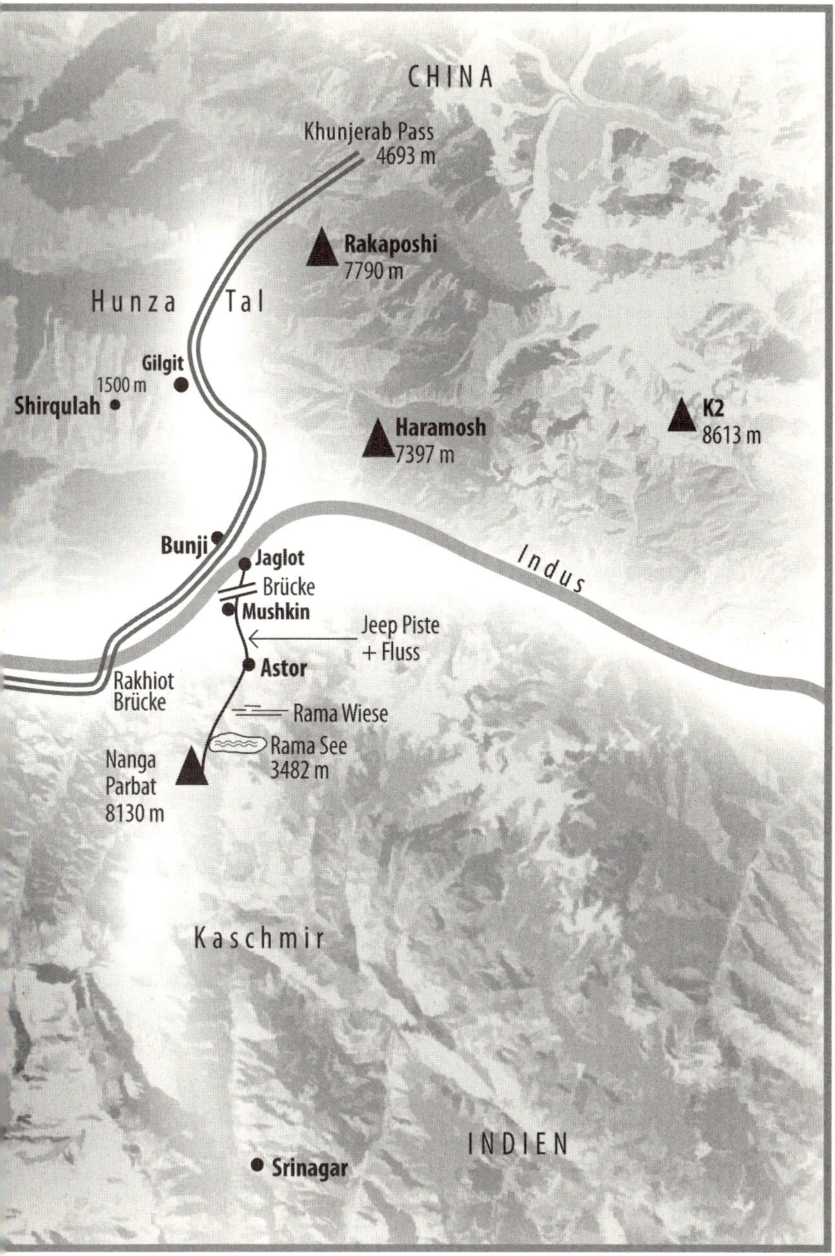

CHINA
Khunjerab Pass
4693 m
Rakaposhi
7790 m
Hunza Tal
Gilgit
1500 m
Shirqulah
Haramosh
7397 m
K2
8613 m
Bunji
Jaglot
Indus
Brücke
Mushkin
Jeep Piste
+ Fluss
Astor
Rakhiot
Brücke
Rama Wiese
Rama See
3482 m
Nanga
Parbat
8130 m
Kaschmir
INDIEN
Srinagar

Im Schatten des Schicksalsbergs

Abenteuer am Nanga Parbat

Es gibt in unserem Land eine Menge Leute, die regelmäßig und mit System an TV-Reisegewinnspielen teilnehmen. Dabei gilt es zu bedenken, dass der Schwierigkeitsgrad der Gewinnspielfragen für eine natürliche erste Auslese sorgt. Viele sind so kompliziert gestellt, dass Menschen ohne Geographiediplom elendiglich an den richtigen Antworten scheitern. Oder können Sie aus dem Stegreif, ohne Zuhilfenahme eines Nachschlagewerks, zum Beispiel diese drei klassischen Gewinnspielfragen beantworten:

Liegt Ägypten am Roten Meer oder am Schwarzen Meer?
Liegt Mallorca im Mittelmeer oder im Steinhuder Meer?
Liegt Sylt in der Südsee oder in der Nordsee?

Sehen Sie, Sie mussten eine Frage nachschlagen. Reisegewinnspielfragen hören sich einfach an, sind es aber nicht. Doch die Touren, die es zu gewinnen gibt, sind alle vorherigen Mühen wert, sie sind der Lohn für wahres und richtig eingesetztes Fachwissen. Zum Beispiel eine Kreuzfahrt auf der mondänen MS *Astor* durchs Mittelmeer. Es gibt allerdings auch heiklere Gewinne, und bei denen müssen Sie vorsichtig sein und noch mal nachschauen, wer denn überhaupt die Reise verlost hat. Wenn zum Beispiel das pakistanische Fremdenverkehrsamt einen Gewinn nicht auf der MS *Astor*, sondern nach Astor zur Verfügung stellt, rufen Sie am besten erst einmal mich an. Ich kenne mich nicht auf der *Astor* aus, dafür aber in Astor.

Und ich weiß auch, dass es in Pakistan ein paar Städte gibt, um die man derzeit einen Bogen machen sollte, weil da Extremisten immer wieder zuschlagen, in Karachi, Peschawar oder Islamabad zum Beispiel. Aber genauso mache ich auch um deutsche Städte wie Braunschweig oder Chemnitz einen Bogen, selbst wenn da keine Extremisten ihr Unwesen treiben. Aber es gibt immer noch den Norden Pakistans, und der bietet Landschaften, die es auf unserem Planeten nicht noch einmal gibt. Diese Region muss man sich wie ein Hochhaus mit fünf Stockwerken im Megaformat vorstellen. Die oberste Etage beherbergt die Achttausender wie den Nanga Parbat, darunter, im vierten Stock, sind die über fünfzig Kilometer langen Gletscherströme zu Hause. Die dritte Ebene bevölkern saftig grüne Almen, inklusive Edelweiß und Enzianblumen. Im zweiten Stock konzentrieren sich dichte Tannenwälder, aber auch idyllische Apfel- und Aprikosengärten, denn in dieser Etage haben sich auch die Dörfer angesiedelt. Im ersten Stock sind die Bauern tätig, da sie hier Bewässerungsgräben und Weizenfelder angelegt haben. Im Parterre gibt es nichts weiter als Stein- und Sandwüsten, und natürlich gibt es auch einen Keller: Da fließt der wildschäumende Indus.

Leider verbindet man Pakistan in diesen Tagen nicht mit Traumlandschaften, sondern mit Radikalismus, Tod und Armut. Konsequenterweise sollte sich der Staat einfach umbenennen, um sein schlechtes Image loszuwerden. Ich würde zu Kafiristan als neuem Namen tendieren. Das Gebiet Kafiristan liegt zum Teil in Pakistan (aber auch in Afghanistan), hört sich aber viel mystischer und positiver an, oder? Und die Kafiren hätten bestimmt nichts dagegen, dass es dann von ihnen ein paar mehr geben würde; auf einen Schlag von circa achtzigtausend auf Zweihundertmillionen und achtzigtausend. Das nenne ich mal ein gesundes Bevölkerungswachstum.

Kafiren sind «Ungläubige», einige wenige von ihnen, die

Kalash, zelebrieren noch ihre Naturreligion und widersetzen sich dem Islam. Daher haben sie keinen guten Ruf bei den Moslems in Pakistan und Afghanistan. Vielleicht ist es doch keine so gute Idee, es mit Kafiristan zu versuchen. Pakistan könnte aber auch in Neuseeland anfragen, ob der Ländername zu kaufen ist, zumindest für ein paar Jahre. Und solange dürfte sich Neuseeland natürlich Pakistan nennen. Da die islamische Republik wenig Touristen hat und Neuseeland mehr als ausreichend, könnte die Hälfte davon gut ins neue Neuseeland umbuchen und dort einen ordentlichen Reiseboom auslösen.

Zu Füßen des Nanga Parbat gelangte ich immer mit einer kleinen Schar Weltenbummler im Schlepptau. Dieses Mal waren es Rudolf und Gustav aus Rosenheim, Traudel und Rainer aus Heppenheim, Cordula und Anke aus Wolfenbüttel, Karl-Eberhard und Annemarie aus Oberammergau, Steffi und Hajo aus Göttingen und Otto und Gerlinde aus dem schönen Viersen. Wir trafen uns am Check-in-Schalter der Pakistan International Airlines in Frankfurt. Alle zwölf machten auf den ersten Blick einen robusten Eindruck. Alle trugen Trekkinghosen, Flanellhemden und feste Wanderschuhe. Vom Reiseveranstalter waren sie schriftlich genau darüber informiert worden, dass die Tour echten Expeditionscharakter besäße, die Route jederzeit geändert werden könnte, wir mit uralten Jeeps unterwegs sein würden, unser Essen fast immer auf offenen Feuerstellen in der freien Natur zubereitet werden müsste und wir die meisten Nächte in Zelten zu schlafen hätten.

Zehn Stunden später wurden wir am Flughafen von Islamabad von unserer pakistanischen Expeditionsmannschaft begrüßt. Haroon sollte für die nächsten drei Wochen mit mir zusammen die Tour leiten. Ich hatte ihn einige Jahre zuvor in Salzburg getroffen, wo er Tourismus studierte. Er kam aus einer reichen Familie in Rawalpindi, einer Millionenstadt in der nördlichen Provinz Punjab. Altaf hieß unser Koch. Er war eine imposante Erscheinung, groß, stark und mit riesigen Händen. Die fünf Fahrer, Jussuf, Hussein, Mahmod, Arjun und Salim, standen stolz vor ihren uralten, aber auf Hochglanz polierten Willys Jeeps. Jeder von ihnen stammte aus den Bergen, kleine drahtige Männer mit wilden Bärten. Sie trugen ihre Kurta, ein knielanges Hemd aus Baumwolle mit Weste, darunter weite Hosen und auf dem Kopf ihren Pakol, eine runde Wollkappe. Arjun war offensichtlich der Chef der Fahrertruppe.

Unsere Seesäcke wurden verladen, die Sitzplätze verteilt, die Küchenausrüstung und unsere Zelte im «Küchenjeep» festgezurrt. Ich besprach mich noch kurz mit Haroon, und dann wollten wir auch schon die laute Großstadt verlassen und uns auf den Weg ins Karakorum-Gebirge begeben.

Erstes Highlight war der Babusar-Pass. Eine Jeepable-Road, bei der haargenau nur ein Jeep auf die Piste passte, zog sich bis auf über 4000 Meter Höhe. Über endlose windige Hochflächen, die nur spärlich bewachsen waren, ging es hinauf, bis irgendwann am Horizont die ersten Gletscher auftauchten. Pro Stunde kamen wir nur wenige Kilometer voran, zu Fuß waren wir schneller. Besonders Rudolf und Gustav machten sich einen Spaß daraus, den Jeeps davonzulaufen. Jedes freie Wochenende nutzten die beiden Oberbayern aber auch, um in den Bergen unterwegs zu sein. Für Anfang sechzig wirkten sie sehr gut durchtrainiert.

Am Babusar-Pass gab es keine Dörfer mehr, hier oben lebten im Sommer nur noch Ziegenhirten, die sich nachts in kleinen Steinhütten verkrochen. Für ihre offenen Feuerstellen brauchten sie natürlich Holz. Aber woher nehmen, wenn weit und breit kein Baum oder Strauch stand. Angesichts dieser Notlage verfeuerten sie die Holzplanken der unzähligen kleinen Brücken, die über die wilden Gebirgsbäche führten. Als faire Sportsleute ließen sie aber immer so viele liegen, dass wir mit geschicktem Umlegen der verbliebenen Planken, sehr sensibler Fahrweise und großem Zeiteinsatz jede Brücke haarscharf überqueren konnten. Die Holzdiebe schauten uns bei unseren Manövern mit Hingabe zu – eine schöne Abwechslung in ihrem eintönigen Hirtendasein. Und richtig böse war auch niemand. Die Fahrer kannten die Not der Hirten – bevor sie Fahrer wurden, waren sie wahrscheinlich auch mal Hirten –, und die Touristen konnten spannende Expeditionsbilder schießen.

Jeden Nachmittag begannen wir frühzeitig Ausschau nach einem geeigneten Lagerplatz zu halten. Hatten wir einen gefunden, wurden die Jeeps leergeräumt und die Zelte aufgebaut. Das mussten die Reiseteilnehmer übrigens selbst machen. Die Fahrer holten derweil Wasser am nächstgelegenen Bach zum Kochen und Waschen, dazu benutzten sie Plastikeimer. Altaf und Haroon kümmerten sich um die Inbetriebnahme der Küche. Während meine Leute dann versuchten, den Staub zumindest von Gesicht und Armen zu waschen, polierten und reparierten die Fahrer an ihren Jeeps herum. Die fünf Männer waren eine eingeschworene Gruppe. Sie hielten sich immer abseits, aßen alleine, rauchten alleine, wobei abends auch hin und wieder mal unter ihnen ein Joint kreiste. Sie schliefen auch unter ihren Fahrzeugen, auf Plastikplanen in Decken gehüllt.

Von der Passhöhe führte die Piste in unglaublichen Steilkurven hinunter ins extrem heiße Industal. Unser erstes großes Ziel nach vier Tagen war der See Rama am Nanga Parbat, in der Nähe des Bergdorfs Astor. In Pakistan befinden sich zweiundachtzig Berge, die über 7000 Meter hoch sind, und mit dem Nanga Parbat sogar ein eigener Achttausender. Vier weitere muss Pakistan sich leider mit China teilen. Rein moralisch gesehen müsste der Nanga Parbat uns Deutschen gehören, nicht umsonst wird er «Schicksalsberg der Deutschen» genannt. Die nationalsozialistische Propaganda wollte den Erfolg am Berg ganz allgemein als

Triumph des deutschen Volkes feiern. Vor dem Zweiten Weltkrieg durfte somit ziemlich jeder deutsche Bergsteiger zum Nanga Parbat ziehen. Statt erfolgreicher Besteigung fanden sechsundzwanzig deutsche Bergsteiger in den dreißiger Jahren hier den Tod. Erst 1953 erreichte als Erster der Tiroler Hermann Buhl den Gipfel; vier Jahre später kam auch er in den Bergen um. Noch heute ist es so, dass man am Nanga Parbat dreimal leichter sterben kann als am Mount Everest. Sogar Günther Messner, der Bruder von Reinhold, hat dort 1970 auf unerklärliche Weise sein Leben gelassen. Das ist natürlich auch wieder schlecht fürs Image von Pakistan.

Wenn Neuseeland seinen Namen nicht verkaufen will, sollten verantwortliche Pakistaner vielleicht bei Angela Merkel anrufen und ihr den Nanga Parbat anbieten. Wir könnten den Berg gut gebrauchen, alleine für die unzähligen Alpenvereinsmitglieder, die dann von der Zugspitze direkt hinüber zum Nanga Parbat wandern könnten. Im Gegenzug könnte Angela zum Beispiel den pakistanischen Verantwortlichen unseren Staatsnamen ausleihen, zum Beispiel während der Sommerferien, wenn bei uns sowieso keiner zu Hause ist. Das würde Pakistan extrem helfen, wenn sich das Land wenigstens sechs Wochen im Jahr Deutschland nennen dürfte. Diese Imagesteigerung! Das wäre meines Erachtens eine intelligente Einwicklungshilfe, denn sie würde den deutschen Steuerzahler keinen Cent kosten.

Während wir am Babusar-Pass mitten im Hochgebirgen gewesen waren, befanden wir uns im Tal des Indus nahezu in einer reinen Wüstenlandschaft. Entlang des Flusses, auf dem Karakorum-Highway (KKH), fuhren wir erheblich schneller als fünf bis zehn Stundenkilometer. Der KKH ist bis heute die höchstgelegene Fernstraße der Welt, rund tausend Arbeiter haben bei ihrem Bau ihr Leben gelassen. Immer noch sind etwa 1500 Soldaten mit schwerem Gerät täglich damit beschäftigt, sie von

Stein- und Geröllawinen zu befreien. Wir gehörten 1982 zu den ersten Europäern, die die Erlaubnis erhielten, den Highway zu befahren. Etwa drei Stunden kamen wir gut voran, dann, sechzig Kilometer vor Gilgit, der wichtigsten Stadt im Norden Pakistans, war es vorbei mit der Teerstraße. Hier mussten wir den KKH verlassen und in ein Seitental abbiegen. Über eine weitere Jeepable-Road ging es hoch nach Astor.

Ich war in den von Salim gesteuerten Küchenjeep umgestiegen, denn ich wollte mit Haroon und Altaf vorfahren und in Astor das Mittagessen vorbereiten, meist eine heiße Suppe und Fisch und Käse aus der Dose. Nach fünfzehn Kilometern, etwa auf halber Strecke, gelangten wir an eine Stelle, die Muschkin genannt wird. Dort lösten sich oft angesichts der intensiven Sonneneinstrahlung Teile des Steilhangs und rutschten als Staub- und Sandschicht in Richtung des Astor-Flusses. Lebensgefährlich war das, wenn man mit hinuntergerissen wurde. Um das zu verhindern, sprang Altaf aus dem Jeep und hetzte auf die andere Seite des Hangs, um den passenden Moment zum Überqueren der etwa hundert Meter langen Passage zu bestimmen.

«Wartet, wartet, noch nicht!», schrie er zu uns herüber.

In diesem Augenblick beobachteten wir, wie der Hang, eingehüllt in eine große Staubwolke, ein Stück absackte.

Nach einer Weile hörten wir erneut Altaf, sehen konnten wir ihn nicht. «Jetzt, sofort – Salim, gib Gas!» Wir schafften es.

Kurz vor Astor fanden wir eine kleine Schotterfläche, die uns geeignet erschien, um dort das Mittagessen einzunehmen. Was aber nicht geschah, denn die Gruppe kam nicht an. Alle vier Jeeps setzten wir auf die Vermisstenliste. Es gab nur eins, was wir tun konnten: Salim, Altaf, Haroon und ich fuhren zurück.

Die Muschkin-Passage machte uns keine Probleme, aber an der nächsten Haarnadelkurve standen wir plötzlich vor einer gewaltigen Schlammlawine, die die Piste an einigen Stellen komplett weggerissen hatte. Mitten im Geröll entdeckten wir einen Armeejeep. Der Fahrer hatte sich mit einem Sprung gerettet und saß jetzt dreckig und blutend auf einem Felsklotz.

«Was ist passiert?», fragte Haroon entsetzt.

«Oben am Berg muss es stark geregnet haben, dadurch rutschte wohl alles hinunter», stammelte er. Unsere Jeeps hatte er angeblich weiter unten überholt und dann nicht mehr gesehen.

Mit dem Willys konnten wir nicht weiterfahren, wir mussten uns zu Fuß durch den Dreck kämpfen. Hinter jeder Kurve hofften wir, unsere Leute zu finden. Drei weitere Felsstürze mussten wir passieren, dann sahen wir sie. Zuerst sagte niemand etwas, dann sprudelte es plötzlich aus Arjun heraus: «Wir waren gar nicht weit hinter euch, höchstens zehn Minuten. Doch dann mussten wir halten, weil die Ladung auf Husseins Jeep verrutscht war. Als alles wieder festgemacht war, konnten wir aber nicht los, weil Jussuf, der Letzte in der Kolonne, fehlte. Erst eine halbe Stunde später tauchte er auf.»

«Was sollte das, war dein Jeep kaputt, oder was?» Haroon wandte sich an Jussuf.

«Nein, der Jeep war okay», sagte der. «Ich musste noch was besorgen.»

«Was denn besorgen?»

Jussuf antwortete nicht auf die Frage, aber Arjun: «Er hat angehalten, um in einigen Hütten um Hasch zu feilschen.»

Wären die anderen nicht dabei gewesen, Altaf hätte sich Jussuf von Mann zu Mann vorgeknöpft. Er konnte seine Wut kaum bremsen. «Du weißt, dass du uns mit deinen Extratouren gefährdest. Sobald die Reise beendet ist, kannst du sofort verschwinden.» Haroon hatte dem nichts mehr hinzuzufügen. Er hatte auch kein Problem damit, dass Altaf manchmal die Initiative an sich riss. Haroon war der Denker, Altaf der Macher.

Die Gruppe war völlig verängstigt. Otto, Lehrer aus Viersen, traute sich aber trotzdem, eine Frage zu stellen. «Wie geht es weiter? Könnte man uns vielleicht aufklären?» Otto war der Typ Gartenzwerg mit Bürstenschnitt, drahtig und sehnig und als Lehrer vermutlich unbarmherzig und konsequent.

«Wir müssen die Jeeps zurücklassen und zu Fuß den Berg hochgehen, jeder trägt seine Ausrüstung», sagte ich. «Die Fahrer bleiben bei den Wagen. Zelte und Küchenausrüstung haben wir ja im Küchenjeep.»

Kurz vor Dunkelheit erreichten wir verdreckt und durstig die Stelle, wo wir unsere Mittagsrast geplant hatten. Tee tat jetzt gut, Wasser zum Waschen gab es jedoch nicht. Der steile Weg zum Fluss hinunter war nur mit dem Teekessel möglich, und das auch nur einmal. Ein schwerer Eimer wäre viel zu mühsam gewesen. Die Suppe fiel auch aus, es gab nur Dosenware.

Da der Platz für die Zelte nicht ausreichte, lagen wir nebeneinander auf unseren Isomatten. Die Stimmung war im Keller. Otto, der Sprachführer, brachte es auf den Punkt: «Ich hatte eine Jeep-Expedition gebucht, aber nicht so einen Horrortrip. Kein Wasser, keine Zelte, kein vernünftiges Essen, davon hat niemand was gesagt.»

Ich erwiderte: «Da hast du recht, aber eine Expedition läuft leider nicht immer gradlinig ab, manchmal hat man Pech.»

«Mit Pech hat das nichts zu tun, eher mit eurem Unvermögen», konterte Otto.

Ich hielt den Mund, das schien besser zu sein.

Am nächsten Morgen fuhr Salim mit dem Küchenjeep fünfmal nach Astor hoch, durchs staubige Kaff hindurch, dann weiter auf die Rama-Wiese, die über 3000 Meter hoch gelegen ist. Nachmittags war die ganze Gruppe wieder zusammen. Die Rama-Wiese musste sich hinter keiner Schweizer Alm verstecken. Heidiland in Pakiland. Blumenwiesen, auf denen wohlgenährte Pferde weideten, ein kristallklarer Bach mit kleinen

Forellen. Irgendwie fehlten da nur noch zweiundsiebzig Jungfrauen.

Anstatt jetzt aber glücklich und zufrieden zu sein, weil wir einen perfekten Zeltplatz mit Wasseranschluss hatten und das Elend der Astor-Piste vergessen war, musste Wut abgeladen werden. Otto war wieder der Erste. «Wir machen das jetzt nicht mehr mit. Immer nur Fisch und Käse aus der Dose und Kekse aus der Packung. Das ist eine Mangelernährung. Ihr habt beim Einkauf anscheinend nur auf den Preis geschaut. Diese Tour kostet mich drei Monatsgehälter, und dafür soll ich hungern und im Dreck herumliegen. Ich beschwere mich!» Die anderen nickten zur Unterstützung bedrohlich.

Haroon ließ mir bei der Antwort den Vortritt. «Sag mal, welche Nahrungsmittel hätten wir deiner Meinung nach auf einer solchen Tour mitnehmen sollen? Wir sind auf einer Jeep-Expedition und nicht auf einer Stadtrundfahrt! Und bei einem Reisegewinnspiel habt ihr die Tour ja ganz sicher auch nicht gewonnen!»

Langsam wurde ich richtig sauer. Dieses verwöhnte Pack, dachte ich. Einmal bezahlen und danach nur noch Forderungen stellen. Klar, ich konnte die Kritik am Essen andeutungsweise verstehen. Aber was gab der lokale Markt her, das unsere Mägen auch verdauen konnten?

Um das herauszufinden, setzte ich mich mit Altaf in den Küchenjeep und fuhr zurück nach Astor. Im Dorf sahen wir keine einzige Frau, nur Männer mit langen Bärten und uralten Gewehren. Bei einem Bauern bekamen wir Kartoffeln und eine Ziege, eine ziemlich alte und eine ziemlich teure. Das Tier band ich auf die Ladefläche des Küchenjeeps, später, zurück im Lager, mit einem langen Strick an das Gefährt. So konnte es noch ein bisschen frisches Gras fressen, bevor es ins offene Messer lief. Altaf bereitete die Ziege sehr geschmackvoll zu, serviert wurde sie mit Kartoffeln auf bunten Plastiktellern.

«Und, Otto, bist du jetzt zufrieden?», fragte ich.

«Du brauchst jetzt nicht so süffisant zu lächeln. Ich hatte nicht gefordert, dass ihr gleich eine ganze Ziege schlachten solltet.»

Ottos Frau Gerlinde fügte noch hinzu: «Erst lässt du uns mit der Ziege herumspielen, dann stecht ihr sie grausam ab. Und jetzt sollen wir sagen, dass sie lecker schmeckt, das ist gemein von dir.»

«Liebe Gerlinde, wenn ich eine Metzgerei gefunden hätte, dann lägen jetzt Bratwürste auf deinem Teller. Aber hier gibt es keine Metzgereien.» Das saß.

Cordula und Anke, Freundinnen aus Wolfenbüttel, die bislang eher mit sich selbst beschäftigt waren und allergrößten Wert darauf legten, jeden Morgen wie aus dem Ei gepellt vor der Gruppe zu erscheinen, meldeten sich aber noch zu Wort: «Zu Hause essen wir ganz selten Fleisch, höchstens mal ein Putenschnitzel», meinte Anke, und Cordula bemerkte: «Wie auch immer, es muss ja niemand von der Ziege essen, wenn er nicht will.»

«Dann aber bitte auch nicht mehr beschweren.» Die Bemerkung konnte ich mir nicht verkneifen.

Haroon, Altaf, Rudolf, Gustav und ich haben das Tier unter uns aufgeteilt.

Tags darauf stand ein Tagestrekking zum Fuß des Nanga Parbat auf dem Programm. Nach einer Stunde Wanderung bergauf durch einen lichten Birkenwald erreichten wir den Rama-See unterhalb des Sachen-Gletschers. In dem kristallklaren Wasser spiegelten sich die mächtigen Felswände der Umgebung. Auf der anderen Seite des Sees entdeckten wir ein paar Hirtenhütten, in der wilden Geröllllandschaft waren sie kaum zu erkennen. Sie duckten sich gegen den Hang und waren aus groben Felsstücken zusammengefügt, ohne Fenster, nur mit kleinen Türeingängen. Über den ärmlichen Behausungen gab es nur noch Fels, Eis und den Gipfel des Nanga Parbat. Auch wenn die Sonne schien, die Luft war kalt, an schattigen Plätzen um den See herum lag firniger Altschnee.

Ich ließ die Gruppe dort oben zurück und lief zu unserem Lager. Dringend musste ich mich um unsere Weiterreise kümmern. Es war nicht anzunehmen, dass die Route, die uns aus dem Höllental von Astor herausführte, wieder befahrbar war. Ich hatte einen neuen Küchenjeep per Funk geordert, den wir bei unseren restlichen Jeeps treffen sollten. Und ein paar Träger, die angeblich bereit waren, uns das Equipment durch die Schlammlawinen zu tragen. Dazu hatte ich in Astor einen Dorfjeep ausfindig gemacht. Der Besitzer war bereit, meine Leute von der Wiese hinunter bis nach Muschkin zu bringen.

Hatten diese sich schon permanent über die schrottreifen Jeeps aufgeregt, an denen jeden Abend geschraubt werden musste, dann hatten sie jetzt richtig Grund dazu. Der Fahrer des Dorfjeeps trug ein Gewehr, war gedopt, und sein Gefährt war kein Jeep, sondern ein Traktor mit Anhänger. Das sah so ein wenig nach Vatertagsausflug aus, aber ohne Bier und ohne Lachen.

Als wir so aufbrachen, war in Muschkin auch tatsächlich die erste Etappe zu Ende. An diesem Tag lebte der Hang wieder. Gewaltige Sandmassen rutschten ununterbrochen ins Flussbett und stauten dort das Wasser, das mit lautem Getöse immer wieder die neuen Dämme brach. Ein apokalyptisches Bild.

Voller Angst sprangen wir, wenn der Hang sich beruhigt hatte, durch die Sandberge. Am Pistenrand hockten die bestellten Träger, neun wild aussehende Gesellen. Haroon führte die Verhandlungen mit ihrem Anführer. Und sehr schnell war klar, dass er unsere Notlage bestens einschätzen konnte.

«Was will er pro Mann?», fragte ich Haroon.

«Umgerechnet fast 15 Dollar. Er lässt nicht mit sich handeln, und er will Vorkasse.»

Das war ein unverschämt hoher Preis, aber ich wusste auch, dass es schon ungleich größere und bedeutendere Expeditionen im Hindukusch und Karakorum gegeben hatte, bei denen die Träger einfach abgehauen waren, wenn sich die Gehaltsverhandlungen zu lange hinzogen. Ich ließ es auf keine weitere Diskussion ankommen.

Schließlich, am frühen Nachmittag, gelangten wir zu unseren Jeeps. Die Fahrer hatten sich nur von Aprikosen ernährt, entsprechend war die Stimmung. Immerhin: Der neue Küchenjeep stand mit Fahrer bereit. Jussuf hatte offensichtlich eine kräftige Abreibung bekommen, er hockte schweigend neben seinem Jeep im Staub. Als hätten wir nicht schon genug Ärger gehabt, türmte sich über uns eine gewaltige Gewitterwolke. Was auch kommen würde, wir mussten los.

Kein Gegenverkehr, was bei diesen engen Pisten sehr angenehm war. Nur hatte das Hochwasser die kleine Holzbrücke über den Astor-Fluss, die wir vorgestern noch problemlos überqueren konnten, weggerissen. Zwölf Touristen, fünf Fahrer, ein Koch, ein Guide und ein Expeditionsleiter standen vor dem Wasser, und keiner hatte einen Plan. Bis ich einen entwickelte. Es war unsinnig, auf eine neue Brücke zu warten. Wegen der steilen Böschungen konnten die Jeeps nicht durchs Flussbett fahren, selbst nicht bei niedrigstem Wasserstand. Aber wir konnten zu Fuß rüber und auf der anderen Seite neue Jeeps anfunken. Noch schauten Felsbrocken aus dem schäumenden Wasser, aber jeder konnte sehen, dass der Wasserspiegel minütlich stieg. Schmelzwasser und das lokale Gewitter oberhalb von uns, dem wir selbst entkommen waren, sorgten offenbar dafür. Nachdem keine bessere Idee geäußert wurde, fragte ich: «Sollen wir versuchen, zu Fuß durch den Fluss zu kommen? Traut sich jemand als Erster?»

Ich blickte in zwölf unentschlossene Gesichter, aber schließlich gab sich Rudolf einen Ruck. «Also, ich versuche es. Mehr als schiefgehen kann es nicht. Aber dann fischt ihr mich raus, klar? Gustav, kommst du mit?»

Natürlich konnte Gustav nicht nein sagen, und überraschenderweise nickten auch Otto und Gerlinde. Die vier schafften es mit größter Kraftanstrengung, von Felsblock zu Felsblock springend das andere Ufer zu erreichen. Angekommen jubelten sie und machten uns Zeichen, ihnen zu folgen. Aber es war zu spät. Der Wasserstand stieg rasant, die Felsbrocken wurden weggerissen und mit der schäumenden Flut zu Tal gespült. Es wäre lebensgefährlich gewesen, jetzt noch jemanden ins Wasser zu schicken.

Wieder einmal bauten wir auf der Piste die Küche auf und bereiteten auf dem Kerosinkocher Tee zu. Zelte konnten wir wegen des Sturms, der das «Tal des Grauens» durchfegte, nicht aufstellen. Das abenteuerlustige Quartett auf der anderen Seite tat uns ehrlich leid. Verständigen konnten wir uns nicht, der Fluss war zu laut. Sie hatten keine Schlafsäcke, keine Verpflegung, nichts. Altaf konnte gut werfen und war im Käsedosenweitwurf absolute Weltklasse. Per Luftpost gab's auch noch den nötigen Dosenöffner und zwei Aluflaschen mit braunem Flusswasser.

Der Sturm wurde am Abend so stark, dass uns vier Isomatten in den Abgrund flogen. Verzweiflung auf der ganzen Linie. Ein Segen, dass Altaf in einem alten Ölkanister selbstgebrannten Aprikosenschnaps aufbewahrte, der tat jetzt Wunder.

Am nächsten Morgen bot sich uns ein skurriles Bild. Kreuz und quer auf der staubigen Piste lagen Schlafsäcke. Dazwischen verschiedenste Utensilien, vom Kulturbeutel bis zum Kochtopf. Der Astor-Fluss war jetzt nur noch ein Rinnsal, der Weg hinüber ein Kinderspiel. Das Wiedersehen mit den vier Musketieren fiel freudig aus. Otto und Gerlinde hatten meinen Respekt, von den beiden Bayern hatte ich nichts anderes erwartet.

Einige junge Burschen waren mit einem Traktor erschienen

und luden Holzplanken für eine Notbrücke ab. Sie nahmen mich mit ins nächste Dorf, und von dort konnte ich in Gilgit fünf neue Jeeps ordern, sehr zu Lasten meiner Handkasse. Aber ich durfte keine Kosten scheuen und musste meinen Touristen schnellstmöglich einen Tapetenwechsel verschaffen. Doch das war selbst in Gilgit nicht einfach.

Im «Hunza Tourist House» hatte ich Glück. Kurz vor Ausbruch einer Meuterei konnten wir hier nach einstündiger Fahrt auf dem Karakorum-Highway saubere Zimmer mit Betten beziehen. Während meine Leute geduscht und gestärkt auf den Bazar zogen, musste ich zusammen mit Haroon dringend Ersatz für Jussuf finden. Der legendäre «Afghane» kam schließlich nicht weit von hier und war entsprechend preiswert. Jussuf konnte sich jetzt in aller Ruhe eindecken, als Fahrer war er für uns nicht mehr zu gebrauchen.

Danach wollte ich noch einen privaten Abstecher machen und meinen alten Freund Raja Jan Alam in Shirqulah treffen, einem kleinen Dorf auf dem Weg zum Shandur-Pass. Er hatte mir bei einer früheren Tour gestattet, mit meiner Reisegruppe einen ganzen Tag lang an einem paradiesischen Gebirgssee, der auf seinem Grund und Boden lag, zu rasten. Mit dem Jeep waren Haroon und ich in einer Stunde bei ihm. Noch in den siebziger Jahren gab es in dieser Region verschiedene kleine, autonome Königreiche, die dann der pakistanischen Republik einverleibt wurden. Mein Freund war der Letzte, der den offiziellen Titel eines Raja, also eines Fürsten oder Königs von Punial, führen durfte. Er lebte in einem bescheidenen Palast, umgeben von einem riesigen Apfel- und Traubengarten. Er war auch im hohen Alter noch eine imposante Erscheinung, immer traditionell gekleidet, sein ganzer Stolz war ein gewaltiger Schnurrbart. Auf seiner Visitenkarte stand: *«Where heaven and earth meet»* – «Wo Himmel und Erde sich treffen».

REISE TIPPS

Das ultimative und unbedingt zielführende Verhalten beim Besteigen von kleinen Bergen, von großen Bergen und von sehr großen Bergen

Wann ist ein Berg klein, groß oder sogar sehr groß? Schwierige Frage! Für einen Bauern aus Niebüll kann ein Berg groß sein, der für einen Bauern aus Kitzbühel klein oder überhaupt kein Berg ist. Und für denselben Bauern aus Kitzbühel kann ein Berg groß sein, der für einen Waldarbeiter aus Kanada immer noch klein ist. Aber für diesen Waldarbeiter kann ein Berg sehr groß sein, der für einen Bergführer aus Nepal nur groß oder sogar noch klein ist.

Jeder Mensch hat also seine subjektive Sichtweise auf Berge. Und diese verändert sich auch noch ständig. Ein Berg wird zum Beispiel für ein und denselben Menschen größer oder kleiner, wenn er etwa müde ist oder angetrunken oder wenn er angeben oder Mitleid erwecken will. Was aber letztlich nur bedeutet, dass wir auf diese Weise mit der Einordnung von kleinen, großen und sehr großen Bergen nicht weiterkommen. Besser ist es, nach der objektiven Höhe zu gehen. Daher schlage ich vor: Berge bis 500 Meter Höhe sind kleine Berge, bis 5000 Meter Höhe große Berge und bis 8846 Meter Höhe sehr große Berge. Danach ist der Drachenfels eindeutig ein kleiner Berg. Er ist 321 Meter hoch, und wenn man die Höhe von Königswinter, der Stadt, die zu seinen Füßen liegt, abzieht, bleiben bescheidene 221 Meter übrig. Der Drachenfels wäre sicher noch ein bisschen höher, hätte man aus seinem Gestein nicht den Kölner Dom erbaut.

Der Drachenfels ist auch der meistbestiegene Berg Europas. Gipfelstürmer sollten jedoch vorher in sich gehen und sich die folgenden Fragen stellen: «Traue ich mir die Route auch bei widrigen Witterungsverhältnissen zu? Habe ich die richtige Ausrüstung dabei? Bin ich dem Berg körperlich gewachsen?» Wer unsicher ist, sollte Reinhold Messner anrufen und fachmännischen Rat einholen. Allerdings kann ich nicht spontan sagen, ob er den Drachenfels je erfolgreich – ohne Sauerstoff – bestiegen hat.

Wenn man grundsätzlich bereit ist für den Berg, dann gilt es die Route und das Zeitfenster festzulegen. Auf den Drachenfels führen nämlich drei Wege. Route I ist die Route der Zahnradbahn. Für neun Euro (Stand: 2011) kann man mit ihr hoch- und wieder herunterfahren und so gefährlichem Steinschlag und Nassschneelawinen entkommen. Route II ist die Route der Esel. Diese Strecke ist allerdings nur sehr jungen Bergsteigern vorbehalten, da die Tiere nicht überladen werden dürfen. Ein Hochritt kostet zehn Euro. Die Route ist landschaftlich reizvoll und verläuft nah an der Direttissima. Route III ist die Route der Fußgänger. Sie führt entlang der Nibelungenhalle bergan und ist im oberen Teil sehr exponiert. Auf ihr erreicht der Bergfreund nach dreißig Minuten stetigem Steigen das Gipfelplateau.

Haben Sie Ihre Route festgelegt, geht's darum, den idealen Monat für die Besteigung festzulegen. Generell ist der Drachenfels ein Ganzjahresgipfel. Er kann theoretisch an jedem Tag im Jahr bestiegen werden. Aber: Im Winter drohen schwere Vereisungen im Gipfelbereich. Im Frühjahr kann der Rhein Hochwasser führen, sodass die Besteigung nicht offiziell anerkannt werden kann, weil ja nicht die gesamte Höhendifferenz durchklettert wird. Im Sommer ist es den Eseln oft zu heiß, und im Herbst können die gefürchteten Rheinnebel – in Kombination mit heftigen Schneeregenschauern – das lebensgefährliche Whiteout zur Folge haben. Sie wissen dann nicht mehr, wo oben, unten, rechts oder links ist, und laufen so lange im Kreis, bis Sie im schlimmsten Fall an Erschöpfung sterben.

Viele nehmen den Drachenfels auf die leichte Schulter. Mit fatalen Folgen. Ich rate dazu, auch hinsichtlich der Ausrüstung auf der sicheren Seite zu bleiben. Ein Seil – zur Not für die Esel –, ein Pickel, ein Biwaksack sowie Notproviant für drei Tage (für den Fall eines Schlechtwettereinbruchs) gehören in jeden Wanderrucksack. Dafür belohnt der Berg mit einer überragenden Aussicht auf den Rhein, die Voreifel und den Kölner Dom.

Wer den Drachenfels dreimal erfolgreich – möglichst auf Route III – bestiegen hat, kann sich an einen großen Berg heranwagen. Zum Beispiel an den Ben Lomond in Neuseeland. Dieser mächtige Bergklotz steht oberhalb von Queenstown, und Queenstown wiederum liegt auf der Südinsel von Neuseeland, am Rand der Neuseeländischen Alpen.

Königswinter ist miefig, spießig und kleinkariert. Queenstown ist lässig, trendy und abgedreht. Dort gibt es die besten Hotelbetten, die verrücktesten Adrenalinkicks und die am coolsten aussehenden Outdoor-Freaks der Welt. In ihr werden fast täglich neue Extremattraktionen oder Fun-Sportarten erfunden, mit denen man Touristen aus aller Welt das Geld sehr sportlich aus der Tasche ziehen kann. Ich nenne nur Zorbing, Caving, Jet Boating, Skysurfen oder Fly by Wire. In Queenstown ist Bungeespringen mittlerweile nur noch ein Programmpunkt bei lokalen Seniorenausflügen. Und Bergwandern ist keine sportliche Betätigung, sondern eine Freizeitgestaltung bar jeder Phantasie, mit der außerdem kein Geld zu verdienen ist.

Und genau aus diesem Grund macht Wandern in Neuseeland Sinn! Das Land ist leer, einsam, wild und schön. Und während in Queenstown Tausende von Touristen von morgens bis abends durch die Luft geschleudert, geflogen oder geworfen werden, herrscht oben am Ben Lomond paradiesische Ruhe. Der Berg hat eine ordentliche Höhe, genau gesagt: 1748 Meter. Wenn man die von Queenstown abzieht, bleiben immer noch 1418 Meter, die es zu überwinden gilt, wenn man den Gipfel erreichen will. Und der Ben Lomond hat es in sich. Wenn Sie ihn im Juli oder August besteigen wollen, also im neuseeländischen Winter, können Sie oben einschneien und erfrieren, verhungern und verdursten. Besser ist es, den Gipfelsturm zu wagen, wenn bei uns Winter ist. Aber auch dann gilt: warme Kleider und ausreichend Verpflegung mitnehmen. Das ist ernst gemeint! Der Weg zieht sich, und ab dem Sattel, unterhalb der eigentlichen Gipfelpyramide, wird es oft kalt und windig.

Ganz wichtig sind ordentliche Wanderschuhe. Mit Badelatschen an den Füßen wird aus dem Ben Lomond ganz schnell ein sehr hoher Berg. Allerdings: Das Bergwandern mit Badelatschen hat einen großen Vorteil, es gibt keine Blasen an den Fersen! Sie brauchen keine Angst zu haben, sich am Ben Lomond zu verlaufen. Das ist unmöglich. Die Wege sind gut markiert, auch für Menschen, die auf der Südhalbkugel Orientierungsschwierigkeiten haben. Vom Gipfel sieht man zwar nicht bis zum Kölner Dom, aber immerhin auf den schönen Wakatipu-See und auf den über 3000 Meter hohen Mount Aspiring.

Wenn Sie oben am Berg überraschenderweise doch einen Wandersmann oder eine Wandersfrau treffen, sagen Sie nicht «Grüß Gott», sondern «Hello» oder «Hi». Wenn Sie als Insider erkannt werden wollen, geben Sie ein *«Gidday»* von sich, und das meint *«Good day»*. Wenn Sie mit *«How are you?»* oder *«What's up?»* begrüßt werden, antworten Sie bitte nicht ehrlich, also dass es Ihnen dreckig geht, Sie der Berg ankotzt und Sie ihn verfluchen, sondern sagen Sie: *«Pretty good.»* Der Neuseeländer ist stets positiv gestimmt, er mag kein Jammern. Also passen Sie sich an, auch wenn's schwerfällt.

Kalkulieren Sie für den Aufstieg etwa drei Stunden ein, hinunter geht's schneller. Ignorieren Sie aber die Berggondel, denn Sie wollen ja noch höher hinauf, auf einen sehr großen Berg.

Sir Edmund Hillary, der neuseeländische Bergsteiger, ist auch nicht während der Trainingsvorbereitungen für den Mount Everest mit der Gondel auf den Lomond rauf- und wieder runtergefahren.

Sehr hohe Berge stehen im Land des Yeti herum, darunter kleine sehr hohe Berge, große sehr hohe Berge und natürlich auch der größte der sehr hohen Berge. Dessen Besteigung ist allerdings extrem teuer, zeitaufwendig und gefährlich. Viele schaffen zwar den Hinweg, aber auf dem Rückweg geht ihnen die Luft endgültig aus, und sie sitzen dann noch viele Jahre da oben als Eismumien herum. Hunderte von Menschen gehen grußlos an den Sitzenbleibern vorbei, bis sich wieder einer mit Sitzfleisch dazugesellt.

Für die Besteigung eines sehr hohen Berges empfehle ich daher den sichereren Island Peak im nepalesischen Teil des Himalayas. Der bringt es auf 6189 Meter. Wenn man die Höhe des letzten Dorfes abzieht, Chukhung genannt, bleiben lächerliche 1436 Meter übrig, also gerade mal 18 Meter mehr als beim Ben Lomond. Also gar kein Problem! Falsch gedacht. Denn wenn Sie in Köln einmal einatmen, müssen Sie in Chukhung zweimal einatmen, um die gleiche Sauerstoffmenge in die Lunge zu schleusen. Das ermüdet, schwächt den Organismus und ist auf Dauer nicht gesund. Dazu kommen Herzrasen, Schlaflosigkeit und Kopfschmerzen – und das alles im Ruhezustand. Richtig mies fühlen Sie sich aber erst, wenn Sie den Berg hoch müssen, über Fels und Eis. Natürlich wird jetzt jeder erfahrene Alpenvereinler sagen: «Das stimmt alles nicht! Wenn man sich richtig an die Höhe anpasst, gibt es keine Schwierigkeiten.» Lassen Sie es sich von mir sagen: Auch bei einer gewissenhaften Akklimatisation gibt's keinen langen Atem. In Chukhung will und kann kein Mensch Urlaub machen, so schön die Berge auch sind. Und die Sherpas, die dort oben leben, sind auch nur wegen der Yaks oder

der Touristen da. Ansonsten halten sie sich viel lieber weiter unten im quirligen Namche Bazar auf, trinken Bier und spielen das Brettspiel Carrom.

Die eigentliche Besteigung des Island Peak beginnt auch genau hier, im Sherpadorf Namche Bazar, in gut 3000 Metern Höhe. Und sie beginnt mit Herumsitzen. Das wird dort oben nicht mit Faulenzen gleichgesetzt, sondern eben mit Akklimatisieren. Nach zwei bis drei Tagen können Sie ganz langsam bis zum Kloster Khumjung schleichen. Von hier aus sehen Sie auch endlich den Mount Everest und den wunderschönen Ama Dablam. Bleiben Sie wieder zwei bis drei Tage dort. Das tut Ihrem Kopf und Ihrem Blut und Ihrem Schlaf gut.

Nach diesem Zwischenstopp können Sie weiterschleichen, bis in die langweiligen Kleinstdörfer Dingboche und Chukhung. Und auch hier die Devise «Nichtstun». Oberhalb des Klosters haben Sie die 4000-Meter-Höhenmarke überschritten, und ab diesem Punkt wird es ernst. Auch wenn Sie sich stark wie ein Bär oder eine Bärin fühlen, bewegen Sie sich, als seien Sie gerade aus einem fünfjährigen Koma erwacht.

Irgendwann kommt dann der Tag aller Tage. Das Wetter ist perfekt, es ist eiskalt, aber der Wind hält sich in Grenzen, und Ihr Sherpa-Bergführer sagt am Abend: «Morgen stehen wir richtig früh auf.» Sie ziehen im Dunkeln los und greifen den Berg an, erst seine Steine, danach sein Eis. Es geht auch um Schnelligkeit. Sie müssen rasch zum Gipfel hoch und ebenso rasch wieder hinunter. Bevor der gesamte Organismus zum Generalstreik aufruft. Sollte das passieren, wird es eng. Denn auch Helikopter hassen dünne Luft, und deren Piloten erst recht.

Sind Sie oben auf dem Gipfel angelangt, dann tanken Sie zehn Minuten Kraft und Glück und umarmen die Welt. Natürlich auch Ihren Sirdar, also Ihren Sherpa-Bergführer, mag er auch Pemba, Appa, Dorje oder Lhakpa heißen. Sollten Sie einen richtigen Höhenflug haben, bieten Sie ihm eine Zigarette Marke «Yak» an. Hut ab, wenn er die da oben annimmt.

Jetzt aber nichts wie zurück in das große Sauerstoffzelt. Jeder verlorene Höhenmeter wird von Ihrer Lunge stürmisch begrüßt. Und wenn Ihr Gehirn am Gipfel keine irreparablen Schäden davongetragen hat, beginnen sich darin augenblicklich auch wieder die ersten Rädchen zu drehen. Sollten Sie richtig schnell sein, können Sie sich in der Sonne an einen Felsklotz setzen und einen Mittagsschlaf halten. Ich sage Ihnen: Das wird ein richtig schöner Mittagsschlaf. Tief und fest und traumlos! In Chukhung, am Abend, wird Ihr Kopf aber leider doch wieder dröhnen und hämmern. Das ist dann aber nicht die Höhenluft, sondern das Bier.

Und denken Sie am nächsten Morgen über eine Dusche nach. Duschen vergisst man in der Höhe schnell.

Mittelmeer
Nord-Zypern
Geçitkale
Lefkosa
Nicosia
Ercan
Zypern

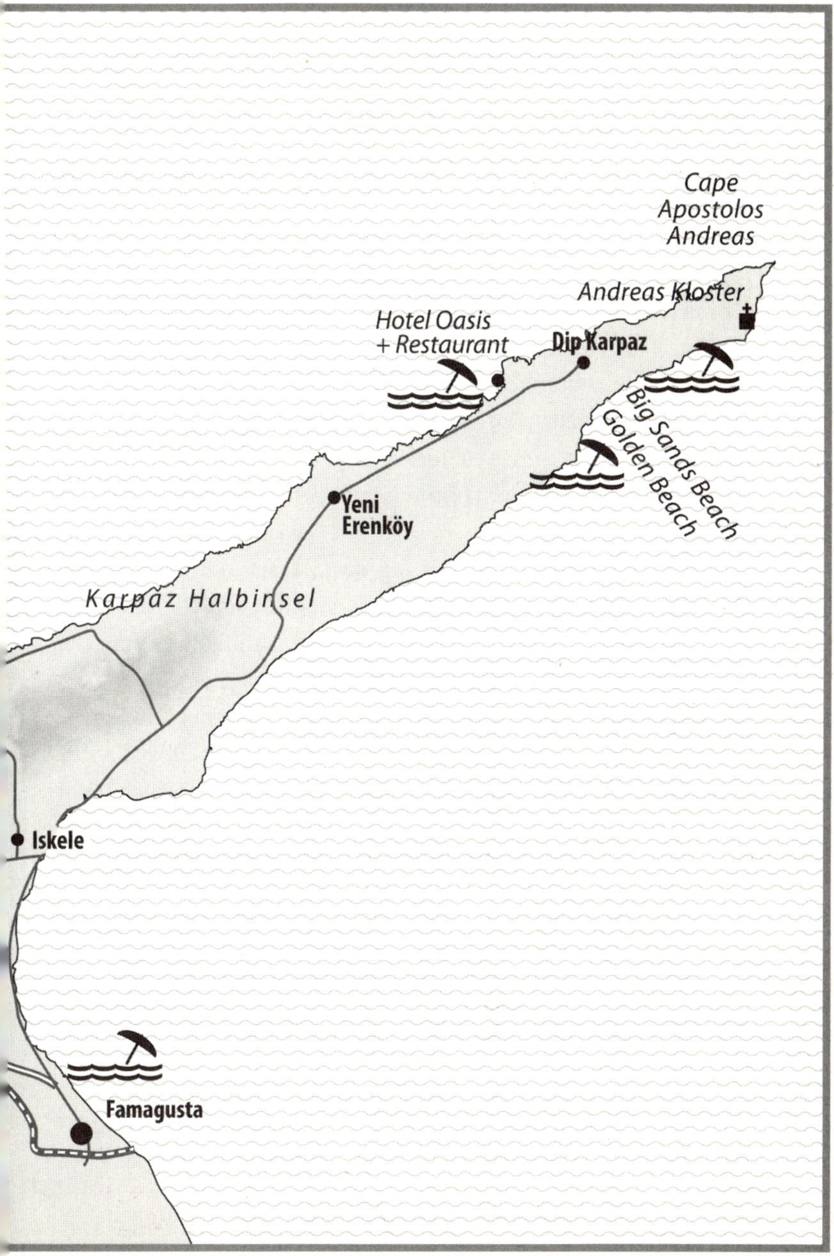
Cape
Apostolos
Andreas
Andreas Kloster
Hotel Oasis
+ Restaurant
Dip Karpaz
Big Sands Beach
Golden Beach
Yeni
Erenköy
Karpaz Halbinsel
Iskele
Famagusta

Was für ein cooler Geheimtipp

Nordzypern für Naturliebhaber

Mit Tourismus verdiene ich mein Geld. Ob als Reiseleiter, Reiseredakteur oder Reisereporter. Gäbe es den Tourismus nicht, gäbe es auch meine Aufgabenfelder nicht. Und der Massentourismus von heute lässt mich frohgemut beruflich in die Zukunft schauen. Wenn wir schon im Fußball nie mehr Weltmeister werden, so ist es doch wunderbar, dass wir im Reisen unschlagbar sind, das Weltmeisterdauerabo nimmt uns da so schnell keiner weg.

Da ich aber eben im Auftrag des Massentourismus unterwegs bin, will ich selbst im Urlaub nicht immer mit diesem konfrontiert sein. Die Frage ist nur, wohin ich dann fahren soll. Ich habe schon in Neuseeland nachgeschaut – Massen von Touristen. Ich habe mich auf dem Dach der Welt in Tibet und in Indien umgesehen – Massen von Touristen. Ich war am Great Barrier Reef unter Wasser – Massen von Touristen. Ich war hoch oben am Mount Everest – Massen von Touristen. Wo konnte ich da noch hin? Hatte ich mein Recht auf Urlaub am Ende verwirkt, weil ich im Grunde immer Urlaub mache?

Nein. Schließlich hatte ich nämlich ein Land gefunden, das es eigentlich gar nicht gibt und das im Vorwort eines anerkannten Reiseführers so beschrieben wird: «Ein Land mit pittoresker Landschaft und atemberaubenden Stränden. Die Charakterisierung eines Landes als touristischer Geheimtipp wird in der Reiseliteratur sehr oft bemüht, hier trifft sie zumindest im Augenblick durchaus noch zu. Freuen Sie sich auf ein unvergessliches

Urlaubserlebnis in einem der sichersten und interessantesten Reiseziele Europas.»

Wenn das keine Ansage war. Jetzt muss ich dieses Land natürlich beim Namen nennen, auch wenn es dann mit dem Geheimtipp ganz schnell vorbei ist. Es ist die Türkische Republik Nordzypern. Sie wurde 1983 ausgerufen, anerkannt hat sie bis heute genau ein einziges Land: die Türkei – was wiederum wenig überraschend ist. Mit anderen Worten: Die Türkische Republik Nordzypern ist eigentlich kein Land.

Das jedoch klang für mich nach einem Traumziel. Unbedingt musste ich dorthin. Einzig bei der Anreise, wie ich dann schnell feststellte, gab's einen kleinen Haken. Jeder Flug ging über Istanbul oder über die Republik Zypern. Von dort war es aber schwierig bis unmöglich, mit einem Mietwagen in den Norden der Mittelmeerinsel zu fahren, also buchte ich einen Flug in die Stadt am Bosporus und dann einen weiteren nach Ercan. Ercan ist der internationale Flughafen in der Nähe von Lefkoşa. Die Stadt ist eine geteilte Hauptstadt, sie ist durch Mauern und Stacheldraht getrennt. Der türkische Teil ist der, der Lefkoşa heißt, der zypriotische Nicosia.

Kurz vor Mitternacht kam ich also in Ercan an – ein sauberer Flughafen, gut organisiert. Von anderen Touristen keine Spur, also tatsächlich traumhaft für mich. Der Mietwagenagent erwartete mich bereits. Alles lief zügig ab, bis ich ins Auto stieg und eher zufällig sah, dass die Tankanzeige auf Reserve stand.

«Das ist schon okay so», sagte der höfliche Mann, der meinen Blick bemerkt hatte. «Sie können den Wagen dann auch leer wieder zurückbringen.»

«Schön, aber kann ich jetzt, mitten in der Nacht, in Nordzypern überhaupt tanken?» Fragend sah ich den Agenten an.

«Doch, doch! In Lefkoşa hat noch eine Tankstelle auf, an der Hauptstraße.» Das hieß im Klartext: Versuche möglichst spritsparend, im ungünstigsten Fall den Wagen schiebend, bis zu dieser Tankstelle zu kommen. Die ich allerdings erst einmal finden musste. Wenn ich Pech hatte, durfte ich meine erste Urlaubsnacht im Auto schlafen.

Dass ich gar nicht nach Lefkoşa wollte, sondern genau in die entgegengesetzte Richtung, versuchte ich dem Mann nicht mehr zu erklären. Ich wollte los, und so startete ich den Motor.

Nie zuvor war ich so bewusst an so vielen geschlossenen Tankstellen vorbeigefahren, und ich hatte auch lange nicht mehr so fasziniert auf das kleine rote Lämpchen geschaut. Am Ende fand ich aber nach zwanzig Minuten noch mit einem Rest von Sprit im Tank die mir versprochene Tankstation. Endlich konnte ich umdrehen und durchstarten.

Nordzypern ist nachts sehr dunkel und sehr ausgestorben. Kaum ein Auto kam mir entgegen, nur selten lag ein beleuchtetes Dorf am Straßenrand. Eine eintönige Fahrt, die müde machte. Mein Ziel war Dipkarpaz auf der Karpaz-Halbinsel. Dort sollte es noch einsamer, noch friedlicher, noch untouristischer, noch geheimtippiger sein als im übrigen Land, so hatte ich es jedenfalls im Reiseführer gelesen. Die Orientierung fiel leicht, ich musste immer nur der größten Straße nach Osten folgen, Dipkarpaz war ausgeschildert. Es wurde immer einsamer, nicht einmal einen Lichtschein konnte ich schließlich mehr entdecken. Haben die hier überhaupt Strom?, schoss es mir durch den Kopf.

In Dipkarpaz wurde ich beruhigt. Ein paar Straßenlaternen tauchten den Ort in trübes Licht, ich erkannte eine kleine Straßenkreuzung, eine Tankstelle und sogar ein unscheinbares Hinweisschild auf meine Unterkunft. Ein ehemaliges bäuerliches Anwesen, das zu einem Gästehaus umgebaut worden war. Auch hier herrschte Totenstille, nur Hunde kläfften freudig um die Wette, als ich aus dem Auto stieg. Kein Mensch war zu sehen, weder ein Gast noch ein Angestellter. Das sah nun wirklich ganz stark nach einem Traumurlaub in meinem «Nichtland» aus. An der Tür der kleinen Rezeption hing ein Zettel für mich, darauf stand auf Englisch: «Ihr Zimmer hat die Nummer 9, Schlüssel steckt.» Zimmer 9 lag im alten Teil des kleinen Gebäudekomplexes, vor der Tür leuchtete eine schummrige gelbe Glühbirne, der Schlüssel steckte wie versprochen. Die Einrichtung gefiel mir, ganz in einem passenden alten Bauernhof-Style: ein altes Messingbett, ein wackliger, aber hübscher alter Holzschrank mit aufgemaltem Blumenmuster, ein verschossener, ehemals roter Sessel und in einer Ecke eine sehr provisorisch eingebaute Duschkabine neben einem Waschbecken, das in zwei Teile zersprungen war und mit Silikon notdürftig zusammengehalten wurde. Ich war glücklich und schlief augenblicklich ein.

Aufwachen. Sonnenschein. Hunger. Das Frühstück am nächsten Morgen war jedoch speziell. Das Büfett war, um es verhalten zu sagen, sehr gut sortiert. Man könnte auch sagen: wahnsinnig akkurat angerichtet. Drei Tomaten hatte man in gleich große Scheiben geschnitten, genau das gleiche Schicksal hatte eine halbe Gurke ereilt. Weiterhin dreizehn grüne Oliven, fünfundzwanzig schwarze Oliven und acht Stücke Schafskäse, jeweils in viel zu großen silbernen Blechschalen. Dazu Weißbrot, das zwar weiß war, aber mit Brot wenig gemein hatte, und heißes Wasser für Nescafé. Alles passte auf einen überschaubaren Beistelltisch gleich neben einem Schreibpult, das wohl die Rezeption darstellte. Ich war der erste Gast, aber kurz nach mir setzte sich ein englischsprechendes Ehepaar, schon mit Wanderschuhen und Rucksack ausgestattet, an einen Tisch auf der kleinen Sonnenterrasse des Frühstücksraums.

Auf den Chef dieses ungewöhnlichen Ambientes, einen schlanken jungen Mann, der wohl im fernen Ostanatolien, am

Fuße des biblischen Berges Ararat, die Kunde vernommen hatte, dass es in Nordzypern für Typen wie ihn allerbeste Karrierechancen im Hotelgewerbe gab, hatte dieses präzise Arrangement abgefärbt. Oder war es umgekehrt? In einem frischgestärkten weißen Hemd, mit braunen Buntfaltenhosen und ordentlich polierten schwarzen, spitzen Schuhen stand er vor mir. «Hassan» war auf einem Namensschild an seinem Hemd zu lesen. Er sah mürrisch und übernächtigt aus, trug den klassischen Dreitagebart (akkurat dahingetrimmt) und hatte perfekt nach hinten gekämmte, schwarzglänzende Haare. Wer viele Jahre unter der heißen anatolischen Sonne arbeiten musste, dabei jede Menge Zigaretten inhalierte, von seinem herrischen Vater drangsaliert wurde und sich nicht weniger als mit sechs Brüdern herumschlug, der hat vermutlich gern mal so einen tristen Gesichtsausdruck.

«Möchten Sie ein Ei?» Das war Hassans erste Frage an mich.

Da er mir auf nüchternem Magen mit seiner düsteren Miene Angst machte, nickte ich. «Bitte hartgekocht.» Da kann man nicht viel falsch machen, dachte ich. War auch so. Das Ei war nur sehr hartgekocht, etwa so hart wie der steinige und karge Boden seiner Heimat.

Im weiteren Verlauf der Frühstücksorgie achtete Hassan genau darauf, dass ich nicht zu viel von dem Büfett nahm und auf gar keinen Fall seine Ordnung auf dem Beistelltisch zerstörte. Dabei schaute er mich an, als hätte ich ihn zu Dienstleistungen verdonnert, die seinem ostanatolischem Freiheitsdrang nicht genügend Raum lassen würden und die ihn daran hinderten, draußen die erste Frühstückszigarette zu rauchen. Nach der Teilung der Insel Zypern 1974 haben die Türken viele Landsleute aus Anatolien in den nördlichen Teil Zyperns umgesiedelt, um die Lücken zu schließen, die die griechischen Zyprioten auf ihrer Flucht in den Süden hinterlassen hatten. Seitdem leben Griechen und griechische Zyprioten im Süden und Türken und türkische Zyprioten im Norden der Insel. Fein säuberlich getrennt wie das Frühstück.

Dessen Übersichtlichkeit in Kombination mit einem angsteinflößenden Hassan hatte am Ende jedoch auch seine guten Seiten. Ich schlug am Frühstückstisch keine Zeit tot. Über einen gepflasterten Weg, vorbei an knorrigen Olivenbäumen und einem alten Brunnen, ging ich zurück zu dem kleinen Seitengebäude, in dem mein Zimmer lag. Früher musste das mal ein Stall oder ein Heuschober gewesen sein. Bei Tageslicht sah meine Unterkunft geradezu idyllisch aus, abgesehen von dem Ehepaar auf der Terrasse, hatte ich auch keinen weiteren Touristen ausgemacht.

Ich holte mein Portemonnaie und begab mich auf die Suche nach einem Supermarkt. Ich wollte Proviant für eine Tagesexkursion über die Karpaz-Halbinsel einkaufen. Nach einem Rundgang durch den Ort konnte ich angesichts eigener Recherchen konstatieren, dass es etwa zehn Supermärkte in Dipkarpaz gab, nicht schlecht für zirka 3000 Einwohner. Aber das Sortiment war wie mein Frühstück, übersichtlich und wenig abwechslungsreich.

Ein Supermarkt, kaum fünfzig Meter von meiner Unterkunft entfernt, war dann aber doch etwas Besonderes. Er wurde gerade komplett renoviert. Alle Waren lagen unsortiert in einer Ecke, alte Blechregale zertrümmert daneben. Die neuen Holzregale wurden vor dem Supermarkt zusammengezimmert. Innen wie außen sah es wie nach einem Bombenangriff aus. Ein junger Mann thronte auf einem weißen Plastikstuhl wie ein Buddha in diesem Chaos. Er trug ein verblichenes T-Shirt mit einem Che-Guevara-Konterfei auf der Brust, eine sehr, sehr tief sitzende Jeans, wenigstens vermutete ich das angesichts der Tatsache, dass sie vorrangig die Knie bedeckte, und, na klar, Badelatschen. Er konnte mir trotz seiner Sitzposition im Handumdrehen zwei staubige Wasserflaschen und eine Kekspackung aus dem Haufen fischen. Ich war beeindruckt, noch mehr, als der Erleuchtete mir aus seinem jungen Leben erzählte, und das alles in einem Englisch, das meinem in nichts nachstand. Es war nicht gut, aber gut zu verstehen.

«Ich heiße Ali, und wie heißt du?»

«Mikka, und ich komme aus Deutschland.»

«Weißt du, ich bringe jetzt diesen Laden auf Vordermann, und heute Nachmittag übernehme ich das Restaurant meines Onkels am Golden Beach.»

«Wie alt bist du denn, mein Freund?»

«Sechzehn, aber ich kann kochen wie ein junger Gott.»

«Und wo hast du das gelernt?»

«Hier im Laden, bei meiner Tante. Morgens muss ich immer auf ihren Sohn aufpassen, der ist drei und hat ständig Hunger. Siehst du, da draußen steht mein Kerosinkocher. Darauf zaubere ich immer was für meinen Neffen.» Ali zeigte mit dem Finger durch die schmutzige Fensterscheibe, dann fuhr er fort: «Ich sag's dir. Komm zu mir zum Essen, du wirst staunen.»

Ich versprach es.

Nach meinem Einkauf fuhr ich mit meinem Mietwagen los, tatsächlich auch in Richtung Big Sands Beach, meist Golden Beach genannt. Aber da es Zyperns schönster Strand ist, fast am Ende der Karpaz-Halbinsel, war ich auf diese Idee nicht erst durch Ali gekommen. Ich hatte ja für den heutigen Tag eine Inselbesichtigung geplant, und durch meinen Reiseführer war ich über die Attraktionen dieser Gegend informiert. Auch darüber, dass auf den einsamen und kargen Hängen hier noch wilde Esel grasen sollten, angeblich über tausend. Zypriotische Bauern hatten auf der Flucht vor den Türken seinerzeit ihre Esel im Stich gelassen, die hatten sich dann in sicheres Terrain auf der Halbinsel zurückgezogen, munter vermehrt und verwüsteten nun –

aus später Rache sozusagen – immer wieder die Ernte der türkischen Bauern, wenn die ihnen mit ihren Feldern zu nah aufs Fell rückten.

Es war Ende Oktober, es war warm, wolkenlos und überall auf den Straßen menschenleer. Nach dreißig Minuten stand ich am Golden Beach, rechts und links nichts als Sand, vor mir das Mittelmeer und hinter mir Dünen.

Blitzschnell zog ich meine Badehose an, hetzte den staubigen und heißen Weg zum Strand und stand am Wasser. Keine andere Menschenseele war zu sehen, was für ein Traum! Bei genauerem Hinsehen entdeckte ich dann doch noch verrostete und zerfetzte Sonnenschirme, zerbrochene Plastikliegen und direkt an der Wasserkante einen in allen Farben schillernden Sand. Aha. Das hier war kein echter Sand, sondern einer aus Plastik. So, wie Steine zu Steinsand werden, wird Plastikmüll zu Plastiksand. Sah wirklich schön aus, aber ich fand das nicht schön.

Doch ich wollte mich nicht deprimieren lassen, zu herrlich waren Einsamkeit und das gefühlt fünfundzwanzig Grad warme Meer. Schnorchel und Flossen am Start, und hinein ins Wasser. Ich kraulte, bis die Oberarme brannten, danach dümpelte ich ein wenig im warmen Nass herum. Schließlich nahm ich eine kleine Felsbucht ins Visier. Da wollte ich an Land gehen und über den bunten Strand zu meinen Sachen zurücklaufen. Aber ich hatte die Rechnung ohne die Strömung gemacht. Die hatte mich zwar gut vorangebracht, sie hatte aber auch dafür gesorgt, dass die Bucht erklärtermaßen eine schwimmende Mülldeponie war. Kein einziger Fisch, dafür Tonnen von grellfarbigem Plastik. Hier kam ich schon kaum durch, wie sollten da Seeschildkröten an Land kommen, geschweige denn Eier ablegen? Von denen hatte nämlich mein Reiseführer geschwärmt.

In diesem Moment erinnerte ich mich daran, wie ich einmal von einem Boot vor der Küste Indonesiens ins Wasser sprang und in einem Schwarm Feuerquallen landete. Seinerzeit lief ich nach dem Auftauchen übers Wasser zum Boot zurück. So ähnlich war es hier. Schwimmende Plastiktüten können sich wie Feuerquallen anfühlen, wobei der Ekelfaktor noch größer war, weil sich zu den Tüten Plastikdosendeckel, Fliegengitter und Autoreifen gesellten.

Regelrecht erleichtert war ich, als ich wieder an Land war. Ich begab mich zurück zu meinem Liegestuhl- und Sonnenschirmfriedhof und fühlte mich wirklich großartig. Ich hatte zweifellos einen absoluten Geheimtipp gefunden, zwar mit ein paar kleinen Fehlern, aber die konnte man überall finden, wenn man danach suchte. Ich musste einfach aufhören, hysterisch zu reagieren. Ein bisschen Plastik im Wasser, davon ist noch niemand umgekommen, hätte mein Vater gesagt. Der hatte in seinem Leben allerdings nie schwimmen gelernt.

Später am Tag suchte ich nach Ali – und hatte ihn schnell gefunden. Am kilometerlangen Strand gab es nur zwei einfache Tavernen. Die eine gehörte dann einem Menschen, der auch Hassan hieß und der der Onkel von Ali war. Ali stand mit seiner wirklich sehr, sehr tief sitzenden Jeans freudestrahlend auf seiner Terrasse und zeigte mir seine beeindruckende Speisekarte. Lammkoteletts mit Salat und Pommes frites, frittierter Fisch mit Salat und Pommes frites und Pommes frites mit frittierten Calamares und Salat. Die Getränkekarte war ähnlich üppig: Coca-Cola, Nescafé und Bier.

Da ich Hunger hatte, wollte ich gleich mit der Bestellung loslegen, aber Ali kam mir dazwischen. «Ich rauche noch schnell eine mit dir, dann mache ich dir einen Salat. Das kann ich besonders gut. Wir haben Zeit, es sind ja keine anderen Gäste da. Und wir haben keinen Strom am Strand, in der Hochsaison lassen wir manchmal einen Generator laufen, für das Fleisch, die Pommes und das Bier. Also, nur Salat?»

«Klar, super, ich komm aber mit in die Küche.» Ali sollte sich ja nicht auf die faule Haut legen. «Kann ich vorher ein Bier haben?»

«Sicher, ist aber nicht sehr kalt.»

Ali hatte das gute türkische Efes-Bier im Angebot. Leider schmeckt dreißig Grad warmes Bier grundsätzlich nicht, egal, ob es sich um gutes Efes oder schlechtes Budweiser handelt.

In der Küche sah es aus wie im Supermarkt, nur war es hier dunkler. Ali störte das nicht weiter, weil er seinen rostigen Dosenöffner blind beherrschte. Zwischen zwei Zigarettenzügen sauste er damit durch den Deckel einer Dicke-Bohnen-Dose, einer Stangenbohnendose, einer Maiskörnerdose, einer Rote-Beete-Dose sowie einer Olivendose – und fertig war der Salat. Nicht ganz. Schafskäse aus einer Plastikdose und Altöl aus einer Plastikflasche gaben der Dosenkreation den letzten Pfiff.

«Das müssten die bei uns in Deutschland mal sehen, wie ihr Salat macht», war mein anerkennender Kommentar.

Natürlich habe ich den Salat gegessen und mit zwei Flaschen Efes-Bier nachgespült. Zum Schluss fragte ich nach der Rechnung. Der Preis war ziemlich happig, aber Ali hatte seine Begründung:

«Weißt du, wir müssen ja alles hierhertransportieren. Das ist anstrengend. Deswegen ist es hier teurer als im Ort.»

Absolut einleuchtend! Gut gesättigt, allerdings mehr vom Bier als vom Salat, fuhr ich in der Dämmerung zurück.

Dipkarpaz war zwar reichgesegnet mit Supermärkten, aber restauranttechnisch sah es armselig aus. Es existierte genau ein Lokal, und in dem gab es überraschenderweise Pommes frites mit Lammkoteletts – und am nächsten Tag Lammkoteletts mit Pommes frites. Danach fing es wieder von vorne an. Immerhin servierte man dazu ein wunderbar kaltes Efes-Bier und einen Salat mit nachweisbarem Frischeanteil. Eine Kombination, an die ich mich gewöhnen konnte, genauso wie an das unglaublich verlässliche Frühstücksangebot.

Bis zu diesem Zeitpunkt war mir noch nicht so recht klar: War meine Reise jetzt ein Traum oder ein Albtraum? Tapetenwechsel ja, aber hatte ich so eine Tapete gewollt?

Am nächsten Tag wollte ich weiter das Dorf erkunden. Sich in der Fremde auskennen, das ist meine Überzeugung, ist das halbe Leben. Systematisch wanderte ich von einem Ende des Ortes zum anderen, nahm jede Seitengasse und schaute in jedes Gehöft. Nach gut zwei Stunden hatte ich mir ein exaktes Bild gemacht: Die Menschen von Dipkarpaz waren entweder Tierschützer, Schrotthändler, Müllsammler oder Supermarktbesitzer beziehungsweise -verkäufer.

Ich habe mir schon die eine oder andere Ecke jenseits von Wuppertal angeschaut, aber Dipkarpaz ist einzigartig. Jagdhunde, und davon besitzt jeder männliche Einwohner mindestens zwei, lebten in Zwingern, in die bei uns früher maximal ein Huhn gesperrt werden durfte, ein Kaninchen hätte Hausverbot in dieser hölzernen Kiste bekommen. Kühe und Kälber wurden mit Vorliebe an fünfzig Zentimeter langen Stricken an die Achsen von alten Traktoren oder Anhängern angebunden, bei Ziegen waren die Seile mitunter einen halben Meter länger, wahrscheinlich deshalb, weil diese Tiere gern umherwandern. Und damit das liebe Vieh auch immer nah beim Bauern war, band er sie da an, wo er sich selbst auch am liebsten aufhielt: auf dem Schrottplatz vor seiner Haustür.

Da stand dann ein von Regen und Sonne verblichenes Barocksofa, darauf hing der Tierfreund ab, und vor ihm türmte sich der ganze kaputte Krempel aus Haus und Hof: Kühlschränke, Herde, Fahrräder, Wassertanks, zerstörte Ackergeräte, Mopeds, Traktoren, Autowracks und vorzugsweise auch Busse, in denen der Kleinmüll gesammelt werden konnte. Das war natürlich ein Paradies für Ziegen & Co., entsprechend glücklich und wohlgenährt sahen die Viecher in Dipkarpaz aus.

Mochte es so aussehen, dass der Nordzypriote vielleicht ein leicht distanziertes Verhältnis zu seinen Nutztieren hatte, so änderte sich das jedoch bei Eröffnung der Jagdsaison. Jedes Jahr fällt am ersten Sonntag im November der Startschuss zu diesem Freudenfest für Hund und Herrchen, so erzählte es mir mein junger Freund Ali aus dem Supermarkt, als ich zwischendurch bei ihm meine Wasservorräte auffüllen musste. Da ich selbst kein Waidmann bin, war diese Information für mich von sehr geringem Interesse, bis zur folgenden Nacht gegen drei Uhr in der Früh. Da durften alle Tölen, die Gott auf Zypern erschaffen hatte, aus ihren Holzkisten heraus, nur, um in Metallkisten auf Pick-ups verladen zu werden. Das war natürlich eine großartige Abwechslung, entsprechend freudig wurde gebellt, geheult und gewimmert. Zwischendurch fielen die ersten Freudenschüsse.

Alles fand direkt vor meinem Fenster statt. Ich hätte jetzt im Schlafanzug hinausrennen und für Ruhe und Ordnung sorgen können. Aber ich trug keinen Schlafanzug, und ich wollte auch nicht blindlings in das Mündungsfeuer von dreißig Schrotflinten laufen. Nein, ich hab mich komplett angezogen zu den tollen Kerlen gesellt. Bei uns sehen Jäger grün und bedeckt und sterbenslangweilig aus, ganz anders in Dipkarpaz. Gaddafi könnte sich hier sehr schöne neue Ideen für seine Phantasieuniformen holen, wäre er nicht anderweitig beschäftigt. Tarnanzüge in Signalfarben trugen nur die Ärmsten der Armen. Wer zu Hause keine Frau hatte, die – wie im Kölner Karneval – etwa die Hälfte des Jahres damit beschäftig war, ein repräsentatives Jagdoutfit zu schneidern, der hatte sich zumindest ein paar protzige Orden umgehängt oder angeheftet. Pflicht waren zudem ein Dreitagebart, eine wilde Kopfkappe mit weiteren blitzenden Orden und schwerste Springerstiefel.

Freund Ali war natürlich nicht weit, sein Tarnanzug war sogar mit goldenen Orden geschmückt. Hatte er die von seinem Opa geerbt?, fragte ich mich.

«Hey, mein Freund Mikka, willst du mitkommen? Hast du Zigaretten? Den Rest haben wir. Kannst auf dem Pick-up meines Onkels mitfahren und die Hunde in Schach halten.» Klar, auf einer von Ziegen verdreckten Ladefläche eines verbeulten Toyota-Pick-ups mit Rallyestreifen eine halbe Ewigkeit eine Meute halb verhungerter und verlauster Jagdköter zusammenzuhalten, das wollte ich schon immer mal. Besonders, wenn der Fahrer im blinden Jagdwahn aus jedem Feldweg eine Küstenautobahn macht.

Ich glaube, ich war ein wenig unhöflich. Ich habe die nette Einladung dankend abgelehnt, habe ganz unauffällig den Rückzug angetreten und mich wieder hingelegt. Doch als der Morgen schon graute, quietschten immer noch irgendwelche Reifen, hupten die Jäger zur Abfahrt in die Felder und Wälder der Umgebung.

An Schlaf war nicht mehr zu denken, entsprechend gerädert fühlte ich mich, als ich aufstand. Ich verzichtete sogar auf das opulente Frühstück, das vermutlich sowieso ausgefallen wäre, weil der Ostanatolier ebenfalls auf der Jagd war. Nachdem ich mich angezogen hatte, fuhr ich deshalb hinunter an den nahen Dorfstrand, der gleich unterhalb von Dipkarpaz liegt, um dort in der Einöde spazieren zu gehen. Was für eine dämliche Idee! Denn in der Einöde war kein Platz für mich. Von allen Seiten wurden Gewehrsalven abgegeben, der Boden war bedeckt mit bunten Patronenhülsen, dazwischen bellende Hunde und herumballernde Jäger, so weit das waidwunde Auge reichte. Todesangst trieb mich in Richtung eines Restaurants, das den Namen «Oasis» trug. Meine Rettung.

Am Plastikstrand saßen die Angler. Die Müllschicht war hier

etwa dreißig Zentimeter dick und von umwerfender Farbenpracht. Mittendrin warfen die Angler ihre Rute aus. Sie winkten mir zu und freuten sich ihres Lebens. Das tat die Meeresschildkröte nicht mehr, die mit dem Panzer nach oben zwischen den Petrijüngern lag.

Interessant, im schon zitierten Reiseführer hieß es zum Restaurant Oasis und seiner direkten Umgebung: «Geradezu idyllisch und mit drei markanten Palmen tatsächlich ein wenig an eine Oase erinnernd, kann man hier beinahe einen Robinson-Urlaub verbringen. Der Eigentümer bemüht sich, eine Anlage im Sinne eines ökologisch verträglichen Tourismus zu betreiben.» Ich habe an allen Meeren dieser Welt an irgendwelchen Stränden gestanden, aber so eine Sauerei hatte ich noch nie gesehen. Ich wollte auch gar nicht mehr wissen, was die freundlichen Angler angelten. Ich trank mein Wasser aus, das zum Glück kein Meerwasser war, und fuhr nach Dipkarpaz zurück.

Gespannt war ich jedoch auf die Ausbeute der Jagdgesellschaft. Die versammelte sich verstaubt und verdreckt am frühen Mittag im Dorfzentrum, und zwar im örtlichen Kafenion. Kafenions sind wie deutsche Stammkneipen, öde möbliert, schmuddelig und irgendwie nach Männern und Schweiß riechend.

Auf den Pick-ups lag erkennbar keine Beute, aber an den Hosengürteln der Jäger hingen Tauben, eher ein Paar als ein paar und mehr nach Spatz aussehend. Und ein paar mickrige Kaninchen, aber die waren nur bedingt als Jagdtrophäe zu bezeichnen. Ich hatte auf meinem Streifzug durchs Dorf gesehen, wie Jungen ihre Stallkaninchen an der Straße zum Verkauf anboten. Damals hatte ich mich gewundert, jetzt war alles klar. Die kleinen Möhrenfresser mussten ihr Leben lassen, damit die harten Männer was am Gürtel hängen hatten, wenn sie nach Hause kamen. Denn wenn da nichts baumelte, gab es Spott und Hohn von Oma und Opa, von der Frau und den eigenen Kindern. Da waren ein paar türkische Lire gut angelegt, um dem zu entgehen. Blöd nur, wenn die Söhne die Kaninchen ihrer gleichaltrigen Freunde am Gürtel des eigenen Vaters wiedererkannten. Aber ich denke, die haben den Mund gehalten, denn sonst wäre möglicherweise mal die eine oder andere Hand ausgerutscht. Ich mutmaße das nur!

Die Stimmung im Kafenion war aufgeheizt. Ich konnte nicht viel verstehen, es wurde Türkisch gebrüllt und gelacht, geschrien, geraucht und Raki getrunken. Es hörte sich nach großen Abenteuern, noch größeren Heldentaten und schier unermesslicher Lebensgefahr an. Auch Freund Ali war im siebten Himmel. Eine weiße Taube war ihm vor die Flinte geflogen und hatte diese Unachtsamkeit mit dem Leben bezahlt. «Mein Freund Mikka, hast du schon mal so eine weiße Taube gesehen? Die ist so weiß, guck sie dir genau an.» Und dann hielt er sie mir unter die Nase, und ich konnte nur noch sehen, dass die Schrotladung nicht mehr sehr viel von der schönen Taube übrig gelassen hatte. Aber ich wollte Ali nicht die Stimmung vermiesen, also gab's ein dickes Lob von mir. «Wie hast du die bloß vom Himmel geholt, so ein Prachtexemplar! Du bist ein exzellenter Jäger, wahrscheinlich der beste von ganz Dipkarpaz.» Diese Anerkennung machte ihn fast verlegen. Er steckte sich schnell eine Zigarette an und wandte sich danach noch schneller seinen Jagdkumpanen zu.

Ich selbst hatte an diesem Sonntag aber auch viel erlebt. Ich hatte eine wilde Schießerei überstanden, eine tote Schildkröte gesehen und begriffen, wie ökologischer Tourismus à la Nordzypern aussieht. Ich sollte den Autor dieses Reiseführers mal treffen, wir könnten Freunde werden. Aber noch etwas anderes hatte ich an diesem Tag erkannt: Was sollte ich auf Nordzypern? Geheimtipp hin oder her. Wäre ich ein passionierter Jäger oder Angler oder Taucher oder Strandläufer, ich hätte vielleicht mein Traumland entdecken können, aber so ...

Folglich bezahlte ich am nächsten Tag meine Rechnung für Unterkunft und die akkuraten Gurken-Tomaten-Scheiben, setzte mich ins Auto und fuhr nach Famagusta. Der Ort war früher eine Touristenhochburg. Früher – das war, als sich die griechischen Zyprioten und die türkischen Zyprioten noch mochten. Seitdem ist Famagusta etwas für Menschen, die sich in Geisterstädten wohlfühlen und denen Bauruinen mindestens so lieb sind wie Bausünden, die mehr auf Nato-Zaun als auf Jägerzaun stehen, für die der Fluchtgedanke ein guter Gedanke ist und deren Urlaubsmotto schlichtweg lautet: «Normal am Strand liegen kann jeder, aber am Strand liegen und dabei gegen Landminen, herabstürzende Eisenträger und umherfliegende verrostete Sonnenschirme ums Überleben kämpfen, das bringt den ultimativen Erholungsfaktor.» Dafür durfte man kein normal sterblicher Tourist sein. Ich bin ein normal sterblicher Tourist, trotz meiner Massentourismusphobie. Deshalb verbrachte ich nur einen halben Tag in Famagusta und fuhr noch am späten Nachmittag in den türkischen Teil der Hauptstadt, nach Lefkoşa.

Im Saray-Hotel stieg ich ab. Eine Alternative gab es nicht, wenn man in der Altstadt wohnen wollte. Die Unterkunft war ihr Geld wert, denn hier war ich in Nordzypern, konnte mich aber auch fühlen wie in Nordkorea, Usbekistan oder auf Kuba. Das war den Besitzern jedoch nicht klar, sonst hätten sie augenblicklich die Preise erhöht. Die vorherrschende Wandfarbe im Eingangsbereich war Hellgrün, auf der linoleumüberzogenen Theke der Rezeption stach ein völlig verstaubter Rosenstrauß aus Plastik hervor, die Sitzecke in der Lobby bestand aus einer speckigen, braunen Ledergarnitur, das restliche Mobiliar war – nicht weiter verwunderlich – aus Plastik. Ein auffälliges Neonschild wies den Weg in ein Casino im Untergeschoss. Im Zimmer wurde es nicht besser, was die Einrichtung betraf. Die Matratze war feucht, die Bettdecke sprühte Funken, so elektrisch aufgeladen war sie, im Bad tropften alle Wasserhähne. Ich warf mein Gepäck aufs Bett und begab mich ins Getümmel der Altstadt.

Ich kam an vielen Jeansläden vorbei, auch an ein paar Gürtelläden, und dann sah ich sie: die Mauer. Mit Blauhelmsoldaten und Visa-Häuschen, auch «Green Line» genannt. Ich hatte kein Problem, ein Tagesvisum zu bekommen, das ging ganz schnell. Und auf einmal war ich drüben in Nicosia.

Da gab es weniger Jeansläden, aber genauso viele Gürtelläden. Die fehlenden Jeansläden wurden durch McDonald's-Restaurants und Schmuckgeschäfte wettgemacht. Wer in Berlin die Mauer vermisst, sollte unbedingt nach Lefkoşa oder Nicosia reisen. Lefkoşa muss man sich als einstiges Ostberlin vorstellen, Nicosia als einstiges Westberlin. Der Vergleich ist nicht ganz korrekt: In Westberlin wohnen ja auch Berliner, aber in Nicosia habe ich an diesem Nachmittag keinen Zyprioten gesehen. Einzig ein paar türkische Zyprioten, die mit mir rübergekommen waren. Der Rest der Menschen waren Frauen, die alle aus Südostasien stammten. War Nicosia verkauft worden? Hatte ich da etwas verpasst?

Ein Café-Besitzer klärte mich auf. Es sei ein Sonntagnachmittag, erzählte er. Da hätten alle philippinischen und thailändischen Putzfrauen, Dienstmädchen und Babysitter aus Nicosia frei. Die zypriotischen Damen würden wahrscheinlich am Hauspool liegen und die Männer auf der Jagd sein.

Aha, die geteilte Stadt war auch noch wie die Philippinen oder Thailand. Eine Reise und fünf Ziele. Wenn das kein neuer Geheimtipp war.

Am nächsten Morgen flog ich nach Hause, und bis heute weiß ich nicht so genau, warum es mit mir und Nordzypern nicht so recht geklappt hat. Vielleicht sollte ich noch einmal hinreisen. Das wirklich Schöne entdeckt man angeblich erst auf den zweiten Blick.

REISE TIPPS

Das ultimative und unbedingt zielführende Verhalten in einer Sandwüste, einer Steinwüste und einer Servicewüste

Selbst wenn Sie von Natur aus eher zum Strandläufer oder zur Bergdohle tendieren, so bedenken Sie bitte, dass sich die Wüsten unserer Erde täglich ausdehnen. Böse Zungen behaupten, dass schon etwa ein Viertel der Erdoberfläche einen wüstenhaften Charakter besitzt. Also steht der Wüstenfuchs ganz hoch im Kurs. Und er muss die Konkurrenz auch nicht mehr scheuen. Die Eieruhr des Strandläufers ist nahezu abgelaufen, denn steigt der Meeresspiegel – und er steigt –, gehen die Strände unter. Und bei der Bergdohle sieht es kaum besser aus. Ihre Uhr läuft langsamer ab, aber der Teufel steht in Gestalt von Erosionen vor jedem Berg. Wer sich heute in der Wüste auskennt, der ist also für das Morgen gewappnet.

Kommen wir zunächst zur Sandwüste, der Urwüste. Beeindruckende Exemplare dieser nahezu vegetationslosen Gebiete sind die Rub-al-Chali-Wüste auf der Arabischen Halbinsel, die Taklamakan-Wüste in Zentralasien und die Wüste Thar im pakistanisch-indischen Grenzgebiet. Aber auch andere Wüsten haben einen großen Sandanteil, etwa die Sahara, die Kalahari und die Namib in Afrika, die Wüsten in Australien und die Atacama in Südamerika. Kleine Sandwüsten vergessen wir hier mal.

Idealerweise bereist man Sandwüsten per Jeep. Wundern Sie sich jedoch nicht, wenn Ihr Fahrer Sie am Flughafen abholt, zum Beispiel in Djanet, im Süden von Algerien, ein paar Kilometer auf der Teerpiste Richtung Ödnis einschlägt, plötzlich abrupt anhält und Luft aus den Reifen lässt. Sie werden nicht entführt und verschleppt! Es geht einfach nur in den Sand, und darauf fährt es sich mit einem halbplatten Reifen besser als mit einem prallen. Wundern Sie sich auch nicht, wenn Ihr Fahrer plan-, ziel- und orientierungslos durchs Dünengelände steuert und weder Karte noch Navigationsgerät zurate zieht. Seien Sie auch nicht irritiert, wenn er im Kreis fährt. Das hat alles System. Sie kennen das System nicht, er aber schon. Hoffentlich.

Und sollte er verdächtig oft anhalten, die Motorhaube öffnen und mit seinem ellenlangen Turbantuch, dem Schesch, über den Kühler wischen, dann hat das auch einen Grund. Die Land Cruiser von Toyota, die in vielen Wüsten unterwegs sind, haben nämlich eine große Macke: undichte Kühler. Ein undichter Kühler in der Wüste ist allerdings für einen alten Wüstenfuchs kein Grund zur Sorge, für einen nordafrikanischen Tuareg schon gar nicht. Für Sie auch nicht, wenn Sie Ihre Trinkwasservorräte vor seinem Zugriff schützen. Denn er wird jeden Tropfen, den er finden kann, in seinen Kühler schütten wollen. Versuchen Sie, zwei bis drei Liter Wasser täglich am Kühler vorbei in Ihre Kehle rinnen zu lassen, mehr ist nicht nötig, auch wenn uns die Amerikaner immer wieder weismachen wollen, dass zehn bis fünfzehn Liter Wasser pro Tag gesund sind. Zum Duschen vielleicht, aber nicht zum Trinken, auch nicht in der Wüste. Das sorgt nur für eine ständig volle Blase, und die Entleerung derselben ist in einer baum- und strauchlosen Wüste nicht so einfach.

Wenn der Jeep zu diesem Zweck anhält, gibt's zwei Möglichkeiten: Sie zielen an den rechten Hinterreifen, wenn der Fahrer links sitzt, ganz gleich, ob Sie nun Mann oder Frau sind, oder Sie wandern bis zum nächsten Sichtschutz. Aber das kann dauern und lebensgefährlich sein. Ich sage nur: Sandsturm, Fata Morgana, Hitzeschlag, Verdursten.

Ein guter Tuareg-Wüstenfahrer zeichnet sich übrigens dadurch aus, dass er seinem Gast einen Schesch besorgt hat, also eines dieser Turbantücher, das bis zu zehn Meter lang sein kann.

Ein Schesch in der Wüste ist tausendmal mehr wert als ein Fanschal im Stadion. Man kann sich damit einkuscheln, abtrocknen, zudecken und vor Wind und Sand schützen. Und nicht zu vergessen: Man kann damit zumindest vorübergehend den Kühler abdichten.

Neben den natürlichen Sandwüsten gibt es auch natürliche Steinwüsten wie die Negev-Wüste. New York wiederum ist eine künstliche Steinwüste, mit einer kleinen Oase mittendrin, dem Central Park. Wie unterschiedlich natürliche und künstliche Steinwüsten in ihrem Erscheinungsbild auch sein mögen, für beide gilt: Es ist furchtbar, in ihnen Auto zu fahren. Bei der einen liegen tatsächliche Steine im Weg, bei der anderen Hochhäuser. Natürlich kann man in New York mit der Subway fahren, was in der Negev-Wüste nicht so gut gelingt. Zudem könnte man im Untergrund auch die Wüste nicht sehen, und deswegen macht das auch wieder wenig Sinn.

Mein Ratschlag, um die Steinwüste New York als Tourist hautnah erleben zu können: Stellen Sie sofort jeglichen Nikotin- und Alkoholkonsum ein, und beginnen Sie im Monat Mai damit, jede Woche fünfzig Kilometer zu joggen. Lassen Sie dieses strapaziöse Programm um den 20. Oktober herum langsam ausklingen, und vergnügen Sie sich bis Ende Oktober mit leichten Joggingrunden durch den buntgefärbten Herbstwald. Wenn Sie sich dabei keine Grippe zuziehen und Ihnen die störungsfreie Einreise in die Vereinigten Staaten gelingt, sind Sie reif für den New-York-Marathon, der jedes Jahr am ersten Sonntag im November stattfindet. Sie ahnen richtig: Er bietet die perfekte Möglichkeit, die Steinwüste New York zu durchqueren, zu erkunden und zu besiegen. Und: In keiner anderen Wüste unserer Erde können Sie so befreit lospinkeln (als Mann) wie an diesem Sonntag in New York. So wird auf Staten Island, am Start, alljährlich die längste Rinne der Welt aufgestellt – eine Art Riesendachrinne –, damit Tausende Läufer aus aller Herren Länder noch einmal abschlagen können, bevor es losgeht. Wenn der Startschuss fällt, ist jeder aber auf einmal allein mit seinen Gelenken, Muskeln, Fasern, Knorpeln, Knochenhäuten ... und mit der Wüste. Und die lebt!

Ein paar Millionen Amerikaner brüllen Ihnen nämlich so verlogene Sprüche wie *«You're looking great»* ins schweißnasse Gesicht. Sie ahnen, dass Sie sich quälen, weil kein Ende der Tortur in Sicht ist und Sie für jede Aufmunterung dankbar sind. Und Sie brauchen viele davon. Die Wüstenpisten First und Fifth Avenue bringen Sie an den Rand des Wahnsinns, weil diese einfach nicht enden wollen. Die Zuschauer im Central Park wiederum lassen Sie angesichts ihres frenetischen Beifalls glauben, Sie seien ein Weltstar. Immerhin schaffen Sie es dadurch, doch noch ins Ziel zu kommen, nach drei, vier oder auch sechs Stunden. Sie haben die Wüste durchquert. Sie haben die Wüste besiegt. Sie haben es ihr auf die ganz ehrliche, auf die ganz harte Tour gezeigt, und Sie wollen nur noch drei Dinge: eine Banane, eine Flasche Bier und frische Sachen zum Anziehen.

Der Zielbereich im Central Park ist gemeinhin Ihre Oase, hier werden Sie als «Finisher» verwöhnt und gefeiert. Aber seien Sie auf der Hut. Alle amerikanische Freundlichkeit, Liebenswürdigkeit und Hilfsbereitschaft schlagen in Sekundenschnelle in Zorn, Wut, Bitterkeit und Unverständnis um, wenn Sie sich erdreisten sollten, ungeniert und auf die Schnelle Ihre Laufhose gegen eine frische Trainingshose zu wechseln, ohne dafür in den offiziellen Umkleidebereich zu humpeln. Das Entblößen eines Allerwertesten, und wenn nur für Sekundenbruchteile, ist im Umfeld des New Yorker Marathons ein Kapitalverbrechen. Es wird sofort geahndet, Sie werden zur Ordnung gerufen und aus dem Central Park verwiesen.

Zu erwähnen ist noch eine besondere Form der Wüste, die

Servicewüste. Mit ihr kennen sich die Deutschen sehr gut aus. Seit vielen Jahren stellt sie unseren natürlichen Lebensraum dar. Aber kennen wir uns auch in Servicewüsten außerhalb unserer Heimat aus? Auf jeden Fall wäre das wünschenswert. Die meisten Wüsten unserer Erde dehnen sich nämlich aus, ein Phänomen, das als Desertifikation bezeichnet wird und ebenso die Servicewüsten betrifft. Nicht einmal vor Fünf-Sterne-Hotels macht es halt. Selbst in Dubai, am Persischen Golf, wo dem Gast eigentlich jeder Wunsch von den Lippen abgelesen wird, ist diese Wüstenform auf dem Vormarsch. Daher hier einige Überlebenstipps für Ihr richtiges Verhalten in der Servicewüste Fünf-Sterne-Hotel:

Wenn Ihnen an der Rezeption gesagt wird: «Ihr Gepäck kommt gleich aufs Zimmer», haben Sie zwei Möglichkeiten: Sie schlafen einen halben Tag aus, denn vorher wird Ihr Gepäck nicht kommen. Oder Sie nehmen es selbst in die Hand. Fragen Sie sich jetzt, warum es immer so lange dauert? Die Antwort liegt auf der Hand: Fünf-Sterne-Hotels sind groß. Kein Wunder, dass sich auch die Angestellten dauernd verlaufen oder mal einen Zwischenstopp in Form einer ausgedehnten Pause machen müssen.

Wenn Ihr Raum nicht von einem Zimmermädchen, sondern von einem Zimmerjungen aufgeräumt wird – in vielen islamischen Ländern üblich –, sollten Sie nicht zu genau hinsehen. Wo auf der Welt können fünfundzwanzigjährige Burschen ihr eigenes Zimmer sauber machen, geschweige denn das von Touristen? Erfreuen Sie sich an den aus Ihren Handtüchern schöngestalteten Schwänen und Kamelen – und putzen Sie Ihr Zimmer selbst. Zwar können Sie versuchen, den Knaben mit einem Trinkgeld zu ködern, aber dann würde man Ihnen noch ein weiteres Kamel basteln. Ihnen bleibt nur zu hoffen, dass Sie ein Zimmermädchen haben.

Haben Sie bei Ihrem Aufenthalt innerhalb der Hotelanlage immer ein *«Do-not-disturb»*-Schild zur Hand, besonders wenn Sie ein gutes Buch lesen wollen oder gar über ein Nickerchen nachdenken. Hängen Sie sich in diesen Fällen ein solches deutlich um den Hals. Ansonsten können Sie sicher sein, dass sämtliche Bedienstete, denen gerade nichts Besseres einfällt, Sie permanent nerven. Etwa mit Aussagen wie diesen: «Ist alles zu Ihrer Zufriedenheit? Wir möchten Ihren Aufenthalt so angenehm wie möglich gestalten, Ihnen soll es an nichts fehlen. Sie können sich jederzeit, wirklich jederzeit, vertrauensvoll an mich wenden. Wir möchten, dass dieser Urlaub ein unvergessliches Erlebnis für Sie wird. Bitte fühlen Sie sich wie zu Hause. Möchten Sie nicht gleich morgen früh einen kleinen Golfschnupperkurs machen? Unser Golflehrer Michael könnte sicher noch eine Stunde für Sie ganz persönlich erübrigen. Oder vielleicht am Nachmittag einen kleinen Ausflug mit Capitano Frederico auf seinem Glasbodenboot? Da können Sie bunte Fische sehen, ohne sich nass zu machen. Und am Abend vielleicht ein Candle-Light-Dinner in unserem romantischen Turmrestaurant? Unser Maître de Cuisine, Richard, hat internationale Klasse. Überlegen Sie sich das in aller Ruhe, und sagen Sie mir Bescheid. Ich bin jederzeit, wirklich jederzeit ...»

Selbst in noch so guten Hotels kommt es immer wieder vor, dass die Servicekräfte mit Sprachproblemen zu kämpfen haben. Stellen Sie sich vor, Sie sitzen auf der Hotelterrasse und denken darüber nach, ob Sie mit Capitano Frederico nicht vielleicht doch auf große Glasbodenbootsfahrt gehen sollen. Kaum haben Sie mit Ihren Überlegungen begonnen, tritt ein Kellner an Ihren Tisch, der Ihnen jeden Wunsch von den Augen ablesen soll, auch wenn Sie eine Sonnenbrille tragen. So bestellen Sie bei ihm: *«One chocolate cake and tea with milk, please»*, was da wären ein Stück Schokoladenkuchen und Tee mit Milch. Eigentlich ganz einfach.

Er jedoch schaut ein wenig verwirrt, als hätte er Ihren Wunsch nicht zu 100 Prozent verstanden. Er könnte nachfragen, aber dann würde er dumm dastehen. Also nickt er leicht verschüchtert und überlegt auf dem Rückweg in die Küche fieberhaft, was Sie gemeint haben könnten.

Vermutlich hat er die Worte *«milk»*, *«chocolate»* und *«tea»* schon verstanden. Aber wie gehören die zusammen? Während Sie warten, grübelt und grübelt der Kellner, bis er eine Entscheidung trifft. Er bringt Ihnen ein Glas Milch, eine Tasse Tee und eine Tasse Schokolade. Damit wäre er Ihrem Wunsch nahegekommen, aber leider nicht besonders nahe.

Guter Rat: Wenn Sie nur den Hauch einer Verunsicherung im Gesicht eines Kellners erkennen, lassen Sie sich Ihre Bestellung von ihm noch einmal wiederholen. Das ist weder gemein noch herablassend, es sorgt nur dafür, dass er sich den Kopf nicht unnötig zermartert.

Und wenn Sie abends müde in die weichen Federn sinken möchten, denken Sie daran, das *«Do-not-disturb»*-Schild vor die Tür zu hängen. Wenn Sie das vergessen, kann es passieren, dass Sie mitten in der Nacht von einem rabiaten Klopfen geweckt werden. Noch bevor Sie wach sind, wird die Tür aufgeschlossen (oder gar aufgebrochen), und ein Typ stürmt mit den Worten *«I am the checker, I check your minibar»* ins Zimmer. Die Minibar-Checker sind Tag und Nacht im Einsatz, sie sind die heimlichen Herrscher eines jeden guten Hotels. Sie können richtig froh sein, wenn ein Checker Sie nicht auffordert, sich mit erhobenen Händen im Schlafanzug oder Nachthemd an die Zimmerwand zu stellen, während er checkt. Also: Hängen Sie immer dieses verdammte Schild raus, es sei denn, Sie finden den Checker cool.

Bei den Trägern der Penisköcher

Im Hochland von West-Papua

Eine Insel ist ein Stück Land, das im Meer liegt oder in einem See und das nicht ständig von Wasser überspült wird. Gleichzeitig muss eine Insel aber von allen Seiten von Wasser umschlossen sein. Eine kleine Insel kann man Eiland nennen. Wenn man sich abends müde mitten auf so eine kleine Insel legt, sollte man dort nicht im Schlaf von der Flut überrascht werden, sonst droht Tod durch Ertrinken. Auf einer sehr großen Insel, Australien zum Beispiel, kann das natürlich nicht passieren. Wenn man sich dort mitten auf die Insel legt, droht eher Tod durch Verdursten. Die großen australischen Wüsten gehören zu den trockensten Regionen der Welt. Zu Recht wird Australien als Kontinent geführt und nicht als Insel.

Fast jeder Mensch hat eine Lieblingsinsel, vorzugsweise zum Urlaubmachen. Dabei habe ich festgestellt, dass es sieben charakteristische Inseltypen gibt: den Sylt-Typ, den Rügen-Typ, den Mallorca-Typ, den Ibiza-Typ, den Irland-Typ, den Malediven-Typ und den Korsika-Typ. Ein Sylt-Typ würde niemals auf Mallorca Urlaub machen, ein Ibiza-Typ würde in Irland seelisch verkümmern, und ein Malediven-Typ würde sich auf Rügen verlaufen. Fast vergaß ich: Es gibt noch einen achten Insel-Typ: den Grönland-Typ. Der bevorzugt große und gottverlassene Inseln, so einer lässt sich auch auf Neuguinea ein. Neuguinea ist nach Grönland die zweitgrößte Insel der Welt, sie ist mindestens so gottverlassen wie die dänische Mammutinsel, aber immerhin ist es dort recht schön warm. Ihr Nachteil: Meist regnet es da ohne

Unterlass. Im Hochland von West-Papua beispielsweise – im Westteil der Insel, der seit 1963 zu Indonesien gehört – braucht der Besucher drei Dinge: einen Regenschirm, Gummistiefel und Mückenschutz; Gummistiefel können zur Not durch Badelatschen ersetzt werden.

Ganz klar: Ich bin der Grönland-Typ. Große Inseln am Ende der Welt faszinieren mich. Und obwohl der Grönland-Typ lange nicht so oft vorkommt wie etwa der Mallorca-Typ, finde ich immer ein paar Hartgesottene, die sich mir anvertrauen und denen ich als Tourguide zeige, wie es sich heute so lebt auf großen und einsamen Inseln.

Dieses Mal besteht meine Gruppe aus nur vier Abenteuerlustigen. Gotthard, ein dreiundfünfzigjähriger Apotheker aus Sindelfingen, seine fünf Jahre jüngere Frau Mechthild, der einundsechzigjährige Studiendirektor Ludger aus Karlsruhe und seine vierzigjährige Freundin Jana sind mit von der Partie. Mechthild und Jana sind Kinderärztinnen, kennen sich von früheren Reisen und wollen immer das typische Leben von Einwohnern kennenlernen, meist von exotischen. Gotthard ist ein echter Reisefreak, der schon viel von der Welt gesehen hat und noch mehr davon erzählen kann. Er hakt Reiseziele wie Trophäen ab. Ludger ist ein typischer Oberlehrer, der gern alles besser weiß und ein halber Japaner ist, denn er sieht fremde Welten nur durch seinen Fotoapparat. Bei einem Vorbereitungstreffen in Frankfurt habe ich die Truppe auf den Expeditionscharakter der Tour eingeschworen.

Unser Ziel ist das Baliem-Tal, hoch oben in den Bergen West-Papuas gelegen. Die Hausherren dort sind die Dani, ein eigenständiges Volk, das es trotz aller vordringender westlicher Zivilisation halbwegs schafft, seine traditionellen sozialen, wirtschaftlichen und kulturellen Systeme beizubehalten. Früher waren die Dani Menschenfresser. 1961 sollen die Asmat, die

Nachbarn der Dani im Süden von Neuguinea, in der Provinz Irian, Michael Rockefeller, Sohn des späteren amerikanischen Vizepräsidenten Nelson Rockefeller, aufgegessen haben. Das wird zumindest gemunkelt. Angeblich sollen sogar noch 1974 vier holländische Familien in einer einsamen Gegend des Baliem-Tals getötet und aufgegessen worden sein. Gesichert überliefert ist, dass die Dani sich im Zweiten Weltkrieg noch gern den einen oder anderen japanischen Soldaten, der sich verlaufen hatte, auf der Zunge zergehen ließen. Japaner sollen ihnen auch besser geschmeckt haben als zum Beispiel evangelische Missionare, die den Dani etwas von Gott erzählen wollten. Missionare seien zu salzig gewesen, so heißt es. Wie dem auch sei: Die indonesische Regierung, die in den sechziger Jahren die Unabhängigkeitsbestrebungen West-Papuas unterdrückte und das riesige Gebiet annektierte, verbot den Kannibalismus.

Richtig entdeckt wurde das Baliem-Tal erst vor fünfzig Jahren, es ist also gut möglich, dass noch heute so mancher Dani-Großvater aus eigener Erfahrung weiß, wie Menschenfleisch schmeckt. Wichtig ist, hier anzumerken, dass die Dani nie aus niederen Beweggründen Menschen gegessen haben. Hehres Ziel war immer, die Lebenskraft und Energie des Opfers in sich aufzunehmen – und das gelang ihrer Meinung nach am besten, wenn man es verzehrte. Nach einem gewonnenen Stammeskrieg kamen deshalb zuerst die Männer auf die Speisekarte, die sich besonders lange und mutig gewehrt hatten. Die Dani von heute schmücken sich immer noch gern mit Pfeil und Bogen und Steinaxt, aber sie sind nicht mehr scharf auf das Herz der Touristen. Es ist davon auszugehen, dass sie keinen Ärger mit der indonesischen Regierung haben wollen. Und vermutlich glauben sie auch, dass Touristen über keine nennenswerte Kraft verfügen, die man von ihnen annehmen könnte.

In das Baliem-Hochtal kann man zu Fuß gelangen, aber das

würde viele Tage dauern. So schweben wir von Jayapura aus, dem heutigen Port Numbay, einer Stadt an der Nordküste West-Papuas, mit einem kleinen Flieger ins Tal; wir sind die einzigen Gäste an Bord. Besorgt frage ich mich: Regnet es, oder gießt es?

Es regnet nur. Das sehe ich, während unsere Maschine direkt vor das kleine Flughafengebäude rollt. Wir lassen uns unsere Seesäcke geben und gehen zu unserem Hotel, genau fünfzig Meter. Es ist somit ein klassisches Flughafenhotel. Mechthild, Jana, Ludger und Gotthard staunen nicht schlecht, eine solche Herberge haben sie nicht erwartet, ganz aus Wellblech und Brettern gebaut, innen wie außen. Bei Holidaycheck.de würde die Weiterempfehlungsquote für diese Unterkunft gegen null tendieren. Mittlerweile gibt es ein besseres Hotel im Tal, aber alle Teilnehmer hatten sich vorher dafür entschieden, «landestypisch» untergebracht zu werden. Luxusherbergen sind weltweit austauschbar, sie sind kalt und unpersönlich, oft fehlt ihnen jeglicher Charme. Unser Hotel hat Charme, einen ganz eigenen. Alle Zimmer sind vollkommen dunkel, ohne ein einziges Fenster, die Möblierung besteht aus nichts weiter als einem Bettgestell und einem Waschbecken, in dem grünes Wasser steht. Das ist wirklich in allen Räumen so, es ist also Standard. Gut, dass wir Schlafsäcke dabeihaben. Die Seesäcke werfen wir auf unsere Betten, danach machen wir uns fertig zur ersten Schlammschlacht. Und bevor wir so richtig damit starten, treffen wir gleich hinter dem Hotel auf Einheimische.

Schaut man sich die Dani an, was die im Regen tragen, dann gibt es unter ihnen die Gummistiefel- und Plastikregenmantelfraktion, die Badelatschen- und Badehosenfraktion und immer noch die original Penisköcherfraktion. Der Penisköcher wurde angeblich als Bollwerk gegen Ungeziefer erfunden. Das ist nachvollziehbar, denn in diesem immerfeuchten Klima gedeihen Ratten, Würmer und Moskitos bestens. Da erscheint ein ausgehöhlter langer Kürbis als Penisschutz ausgesprochen sinnvoll, wenn man sonst keinerlei Kleidung trägt. Unabhängig davon machen sich Dani-Männer und Dani-Frauen mit Vorliebe schön. Neben der Koteka, so wird das Penisfutteral genannt, tragen die Herren oftmals auch den prächtigen Zahn eines Ebers, der durch die Nasenscheidewand gehauen wird. Und im Haar stecken Federn des Paradiesvogels. Da die Frauen auf den Köcher verzichten müssen, verzieren sie ihre Haut vorzugsweise mit rotem Lehm und Schweinefett, um den Hals legen sie Muschel- oder Knochenketten. Aber immerhin können sie mit einem Schamschutz aufwarten, Yokul genannt, und sie haben stets ein großes Einkaufsnetz dabei. Darin liegen Süßkartoffeln genauso wie Schweine und Kinder.

Einig sind sich die drei Outfit-Fraktionen hinsichtlich des Einsatzes von Regenschirmen, wobei der Knirps das Nachsehen hat, weil er zu klein ist und nicht als Wanderstock dienen kann, wenn es mal nicht regnet. Penisköcher und Badehosen wollen Jana und Mechthild an ihren Männern nicht sehen, deswegen haben sie sich für Gummistiefel und Regenmantel entschieden. Da meine Frau weit weg ist, hatte ich mit dem Penisköcher geliebäugelt. Aber mich letztlich schweren Herzens dagegen entschieden. Durch die Fotos, die man dann unweigerlich von mir machen würde, könnten mir zu Hause Nachteile erwachsen. Badelatschen müssen aber sein.

Wir laufen durch Felder und Wiesen, und nach einer Weile sehen wir aus wie Schweine, die nichts lieber mögen, als sich im Dreck herumzuwälzen. Immer wieder treffen wir unterwegs Dani. Sie sind zurückhaltend, aber freundlich. Sie nehmen Blickkontakt auf und reichen uns mit einem *«Nayak»* auf den Lippen die Hand. Ich kenne auf der Welt keine sensibleren Händeschüttler als die Dani. Da sind sie Weltklasse. *«Nayak»* kann man auch zum Abschied sagen, und zwischendurch fällt uns nicht so viel ein. Es gibt da eine kleine Sprachbarriere. Aber Schauen und Staunen machen auch Spaß, und zwar beiden Parteien. Da niemand es eilig hat, schauen wir uns sogar lange an. Ludger macht währenddessen Fotos. Dani sind muskulös gebaut und mit einem kräftigen Bartwuchs gesegnet, das trifft auf Männer und Frauen zu. Solche Motive hat man nicht jeden Tag vor der Linse. Das wissen die Dani, denn als er nicht mehr auf den Auslöser drückt, schauen alle Dani nur noch Ludger an. Und einen Oberlehrer muss man sogar sehr lange anschauen, bis er sein Portemonnaie zückt. Fotografieren kostet Geld, auch im Hochtal, das lernt Ludger jetzt.

Natürlich will er von den Burschen erfahren, warum sie diese Kürbishülsen über ihren Penis stülpen. Das interessiere ihn so ganz persönlich. Er zeigt und gestikuliert, aber eine Antwort bekommt er nicht. Nur einen eigenen Köcher, den bekommt er sogar geschenkt. Er ist fast einen halben Meter lang, aber Jana konfisziert ihn sofort.

Schließlich ziehen wir weiter durch Schlamm und Morast, mal regnet es stärker, mal weniger. Die Stimmung bleibt trotzdem gut, weil es so viel zu bestaunen gibt.

Rechts und links am Wegrand liegen die kleinen Dörfer und Weiler der Dani. Faszinierend sind ihre Hausgärten. Die pflegen und pflügen sie mit allergrößter Leidenschaft. Entwässerungsgräben und hochaufgeschüttete Erde sorgen dafür, dass die kleinen Felder nicht im Regen ertrinken. Süßkartoffeln, Yamswurzeln und Maniok gedeihen prächtig. Der Dani-Mann steht dafür täglich in seinem Garten und kümmert sich rührend um jede einzelne Feldfrucht – und vergisst darüber seit Generationen, seinen Frauen eine ordentliche Hütte zu bauen. Ja, Dani-Männer haben gern mal mehr als eine Frau. Aber das dürfte nicht der wirkliche Grund dafür sein, dass die Männer in prächtigen Rundhütten schlafen und die Frauen mit den Schweinen und den Kindern in schäbigen Hütten, die drum herum liegen. Letztlich verwundert dies aber schon ein wenig, da die Dani-Frauen durchaus selbstbewusst durch die Gegend laufen und nicht nur die Drecksarbeit machen müssen. Eigentlich muss der Dani-Mann den alten Stammesregeln zufolge jeder neuen Dani-Frau nicht nur eine Hütte bauen, sondern auch ein Feld anlegen. Und nach diesen Regeln haben Schweine auch Schweineställe. Aber die Wirklichkeit sieht anders aus. Uns ist das ja bekannt.

Nach ungefähr drei Stunden erreichen wir Akima. Vor mehr als 350 Jahren starb in diesem Dorf ein berühmter Krieger. Die trauernden Verwandten brachte das auf eine geniale Idee: Sie mumifizierten die Leiche und sorgten dafür, dass die nachfolgenden Generationen den toten Helden regelmäßig abstaubten und einfetteten. Heutzutage rentiert sich die Investition aufs Beste. Die Sippe rückt die Mumie für ein Foto nur heraus, wenn bar gezahlt wird, und das nicht zu knapp. Dieser Einfall könnte auch bei uns Nachahmer finden, besonders wenn man bedenkt, wie teuer eine Beerdigung inklusive Grabstelle und Grabpflege für fünfundzwanzig Jahre ist. Für eine Mumie braucht man nur ein stilles Eckchen irgendwo in der Wohnung.

Ludger will nicht nur ein Foto machen, sondern mehrere. Doch jede weitere Aufnahme muss extra bezahlt werden. Der Lehrer, dem das Geld wahrlich nicht locker in der Tasche sitzt, will das erst gar nicht einsehen.

«Warum brauchst du eigentlich zwanzig Fotos von dem alten Kämpfer?», frage ich Ludger.

Er wirft mir einen vernichtenden Blick zu. Ich kann ihn sofort in Worte umsetzen: Wie kann man nur eine solch blödsinnige Frage angesichts einer so wunderbar erhaltenen Mumie stellen? Geradezu empört legt Ludger wieder einen Schein in die Hand des Mumienbesitzers, wobei man nicht genau weiß, ob wegen meiner Frage oder der erwünschten Bezahlung. Ich jedenfalls finde, dass der stolze Eigentümer sich das Geld wohlverdient hat. Denn wie es scheint, kümmert er sich bestens um den Toten, der zwar nur noch aus Haut und Knochen besteht, aber er wirkt bestens gepflegt. Er glänzt schwarz, ledern, fast wie ein gut abgehangener Tiroler Schinken. Auf dem Kopf trägt er ein neckisches Bastkäppchen, das ihn vor Sonne und Regen schützen soll, und er wird auch immer auf einem robusten Holzstuhl mit Armlehnen durch die Gegend getragen.

Nach diesem Abstecher streben wir das Dorf Jiwika an, unser heutiges Ziel. Zum Abendessen habe ich bei unserer Ankunft ein kleines Schwein bestellt. Vermutlich sind die Dani jedes Mal aufs Neue verdutzt, dass ich bei ihnen ein schmutziges Exemplar dieser Paarhufer erwerbe, das sie dann essen dürfen. Aber sie zeigen ihre Überraschung nicht. Ein geschlachtetes Schwein ist auch immer mit einem Fest verbunden, und auf diesem können wir miterleben, nahezu authentisch, wie die Großfamilien der Dani so zusammenleben. Ich hätte beim Bürgermeister des Dorfes auch einen Kriegseinsatz mit Speeren, Pfeil und Bogen ordern können, nachgestellt von den Männern von Jiwika. Aber diese Schau war mir zu teuer, und möglicherweise hätte Ludger dann auch noch eine anschließende Menschenfresserei fotografieren wollen.

Wir sitzen auf dem feuchten Boden zwischen Rundhütten aus Lehm und Gras, umgeben von Palisaden, die jedes Gehöft umzäunen. Etwa fünfzig Dorfbewohner haben sich in Gruppen versammelt, Frauen, Kinder und Männer, auch ein strammes Ferkel ist zugegen. Zwei Dani halten es wie einen Pokal in die Höhe. Im nächsten Moment fliegt ein Pfeil, das Ferkel quiekt noch kurz, dann ist es tot.

In einem kräftigen Feuer in der Mitte des Platzes werden nun dicke Steine erhitzt, zugleich wird in die schwere, schwarze Erde eine Grube gegraben. Ein paar Dani flämmen dem Ferkel die

Borsten ab, nehmen es aus und zerlegen es fein säuberlich. Dani-Frauen haben Süßkartoffeln ausgegraben, die jetzt Teil eines festverschnürten Pakets werden. Zusammen mit den glühend heißen Steinen, Fleischstücken und Gewürzen werden sie in Bananenblätter gewickelt, in das Erdloch gelegt und mit Gras abgedeckt. Die Arbeit ist getan. Die Dani-Männer sitzen im Kreis um die Grube herum und singen ihre Lieder, die Frauen tanzen ihre Tänze, und Ludger fotografiert. Er darf das unentgeltlich, denn diese Bilder sind im Preis fürs Schwein inbegriffen. Für das Ereignis haben die Dani-Männer ihren kompletten Kriegsschmuck angelegt und ihre Gesichter und Körper bemalt. Die Frauen tragen Bastrock oder ihren Schamschutz, Muschelketten und etwa zwei Kilo Lehmfarbe pro Person auf der Haut.

Wir haben Zeit, den Tag Revue passieren zu lassen, unsere Eindrücke zu beschreiben und zu kommentieren. Gotthard hat der Kulturschock nachdenklich gemacht, während für Jana folkloristische Darbietungen ein Gräuel sind.

«Ein bisschen Zirkus ist das hier schon», sagt sie. «Wir zahlen und bekommen dafür eine perfekte Show geboten. Das könnten wir doch morgen Abend bei entsprechender Belohnung genauso wieder haben, oder?»

«Im Prinzip ja», antworte ich ehrlich. «Möglicherweise nur mit anderen Darstellern, weil die hier vielleicht schon für ein anderes Schweinefest gebucht sind.» Nach einer kunstvollen Pause fahre ich aber fort, wozu bin ich Guide: «Aber ihr solltet auch bedenken, dass wir mit unserem Geld Gutes tun. Wir sorgen dafür, dass alte Tänze, Gesänge und Gebräuche gepflegt werden. Meint ihr, die Dani würden alle paar Tage ein Schwein verzehren und dazu tanzen und singen, wenn es keinen Sponsor gäbe? Das ist bei uns in Oberbayern doch genauso. Die laufen da auch nur ständig in Lederhosen herum und schlagen sich auf die Schenkel, weil Japaner in der Nähe sind. Und erst das Oktoberfest! Das ist ein totales Affentheater, da ist das hier noch ganz authentisch.»

Jana stimmt mir zu, ist aber trotzdem enttäuscht. «Ich hatte gehofft, noch viel mehr Ursprünglichkeit zu erfahren.»

Gotthard mischt sich jetzt ein: «Wenn das hier alles ursprünglich wäre, so wie vor fünfzig Jahren, dann würdest du da unten im Erdloch liegen und gleich mit Süßkartoffeln serviert werden.»

Da hat er recht. Gotthard nimmt aber auch nicht an dieser Tour teil, weil er ethnologische Studien betreiben möchte, sondern weil er sich ja Urlaubsziele aussucht, die in seiner Sammlung noch fehlen.

Mechthild sieht die Sache ähnlich wie Jana. «Wir wollen ja gar keine Menschenfresser bestaunen, aber auch keine Pausenclowns, für die wir noch bezahlen müssen.»

Ich kann die beiden Frauen gut verstehen. Sie sind enttäuscht, dass selbst die Dani in der Gegenwart angekommen sind und entsprechend mit den Touristen Geschäfte machen wollen. Nach dem Motto: Wir liefern euch unsere fremde und exotische Welt, ihr zahlt uns dafür gutes Geld. Die ganze Welt ist heute entdeckt, kartographiert und von Touristen bereist, das müssen jetzt leider auch Mechthild und Jana akzeptieren.

Ludger hat ganz andere Probleme. Wegen der hohen Luftfeuchtigkeit will auch seine zweite Kamera nicht mehr funktionieren. Gerade jetzt, wo Fotos von wilden Dani *all inclusive* sind, ist das mehr als ärgerlich.

Nach etwa zwei Stunden ist das Ferkel gar. Gras, Blätter und heiße Steine werden beiseitegelegt, die zarten Fleischteile mit Süßkartoffeln verteilt. Die schönsten Stücke bekommt der Bürgermeister, was uns am Ende auf dem Bananenblatt serviert wird, ist sehr schwer zu erkennen. Es ist nämlich inzwischen stockdunkel geworden. Essen im Darkroom, für meine Leute ist das eine neue Erfahrung.

Wir greifen mit der Hand in einen Haufen aus Fleisch und Kartoffeln und versuchen den Mund zu finden. Dabei muss ich noch einen Kommentar in Janas Richtung abgeben: «Im Zirkus würde es jetzt aber schon Teller, Besteck und ein Gläschen Sekt geben, oder?» Jana redet nicht mit vollem Mund, und überhaupt scheint sie keine Lust zu haben, mir zu antworten. Gemein, wie ich auch mal sein kann, fahre ich fort: «Wie wär's, Jana? Statt langweiliges Grillen im Garten könntet ihr doch mal eine Grube ausheben und ein paar Schweinshaxen mit Sauerkraut im Graskleid dünsten?» Wieder kein Kommentar.

Den Dani macht das Essen erheblich mehr Spaß. Sie lachen, schmatzen und rülpsen. Und auch von dem erneut einsetzenden Regen und der zunehmenden Kälte lassen sie sich ihre Laune nicht verderben. Ich finde: Die Dani wissen, was sich gehört. Wir haben sie eingeladen, und im Gegenzug unterhalten sie uns. Und letztlich ist es doch wunderbar, dass wir sie zu ihrem Lieblingsessen einladen konnten und nicht zu Pizza oder einem Döner. So ist wenigstens garantiert, dass es ihnen auch schmeckt. Was hätten meine vier Abenteuerlustigen gesagt, wenn den Dani das Essen nicht so richtig goutiert hätte …?

Aber all das spielt jetzt keine Rolle mehr, weil es auf einmal gewaltig schüttet. Wir lassen unsere Bananenblätter mit den Schweineresten im Stich und flüchten in die hinter uns stehende Rundhütte. Sie hat einen Durchmesser von vier Metern, man kann gerade noch aufrecht in ihr stehen.

Ein paar Dani-Frauen sitzen auf Bastmatten, wir hocken uns zu ihnen. Es riecht modrig bis muffig, Moskitos durchbrechen jede Autan-Sperre, und ich weiß nicht, wie wir bei diesem Wetter zurück zu unserem Wellblechhotel gelangen sollen. Oft hört in dieser Region von West-Papua abends der Regen auf, und es wird sternenklar, heute jedoch nicht. Den Weg würde ich zurückfinden. Aber im Stockdunklen über glitschige Hängebrücken zu stolpern ist mir zu riskant.

Ich entscheide mich für einen neuen Programmpunkt, den ich «Leben wie die Einheimischen» nenne und der eine Übernachtung im Dorf einschließt. Ursprünglicher geht es gar nicht mehr, Jana und Mechthild können keine Einwände erheben, für Ludger sind neue Fotomotive garantiert, sollte wider Erwarten doch noch eine seiner Kameras funktionieren, Gotthard will ja sowieso nur weit weg.

Die Dani bestimmen, dass die vier in einem Frauenhaus schlafen sollen, ich als ihr Häuptling darf ins Männerhaus. Ich frage: «Ist es okay, wenn wir zur Sicherheit die Nacht über hierbleiben?» Spontanen Beifall ernte ich nicht, aber keinem fällt eine bessere Lösung ein. Jana und Mechthild wollen nicht ihr Gesicht verlieren, aber ich kann gut in ihnen lesen. Da heißt es: «Du weißt genau, dass wir mit Ursprünglichkeit nicht gemeint haben, im Schweinestall zu übernachten.» Klar weiß ich das, aber so eine kleine Lektion kann ja ganz lehrreich sein. Touristen wollen immer wie Kolumbus die Welt entdecken, aber nicht auf einem brüchigen Holzkahn mit Skorbut an Bord, sondern am besten auf der *MS Europa*.

In einer kleinen Regenpause springen wir über die Pfützen und schauen uns gemeinsam die Schlafhütte an. Der Boden ist aus gestampftem Lehm, die Wände aus Weiden- und Bambusstangen, das Dach aus Alang-Alang-Gras. Alles scheint dicht zu sein und den Regen abzuhalten. Neben Mücken schlafen in der Hütte vier Kinder, deren Mutter und eine alte Frau, vielleicht die Großmutter. Auch ein paar Ratten, die man aber nicht sieht, sondern nur hört. Die Schweine wurden vorher in eine andere Hütte getrieben, das war richtig nett von den Dani. Auf dem Boden liegen Bastmatten, an der Decke hängt eine Petroleumlampe. «Gute Nacht», sage ich, doch meine beiden Worte werden nur schwach erwidert.

Auf der anderen Seite des Grubenplatzes ziehe ich ins Männerhaus. Das ist größer als die Rundhütte, und hier gibt es auch ein paar Löcher in der Decke. Was bedeutet, dass noch mehr Moskitos Gast bei uns sind und wahrscheinlich auch noch mehr Ratten Einlass in den Bau finden. Nelkenzigaretten werden geraucht, aber der süßliche Qualm lockt die Stechmücken eher noch an. Mit sechs Männern sitze ich zusammen. Die Reste vom Ferkel liegen auf einem Bananenblatt neben uns. Für derartige Situationen habe ich immer ein Geschenk im Rucksack: eine Stange Zigaretten oder eine Flasche Johnnie Walker Red Label. Sicher, man sollte Gastgebern keine Drogen verabreichen, aber ich habe noch kein Land der Welt bereist, wo diese beiden Dinge keine Volltreffer waren.

Mit jeder Whiskyrunde wächst mein Ansehen als Häuptling, während der Pegel in der Flasche fällt. Gegen neun Uhr, sollte meine Uhr noch stimmen, lassen wir uns aus dem Schneidersitz nach hinten fallen, in die Schlafposition. Im Halbschlaf frage ich mich noch, was die Burschen mit ihrem Penisköcher machen, wenn sie sich auf den Bauch rollen wollen. Es bleibt beim Halbschlaf. Die Moskitos lassen mich nicht in Ruhe, ich schwitze, kratze, jucke und wälze mich durch die Nacht. Immerhin: Ich kann mich wild und ohne Einschränkung herumwälzen.

In der Stille dringt jedes Einzelgeräusch unmittelbar in mein Ohr. Ein Schnarcher liegt fast auf mir, ein röchelndes Schwein, das aus einem Frauenhaus entlaufen sein muss, gleich neben mir, und eine Ratte raschelt über meine nackten Beine. Eine erholsame Nachtruhe sieht anders aus. Wie müssen sich erst die vier fühlen? Ich bereite mich auf ein äußerst unterkühltes Wiedersehen am Morgen vor. Aber da liege ich ganz falsch. Zumindest bei den Frauen. Jana und Mechthild sind froh, dass sie mich wiederhaben – als Reiseleiter. Vielleicht hatten sie befürchtet, ich hätte sie im Stich gelassen, hätte mich aus dem Staub, oder besser gesagt, aus dem Schlamm gemacht. Aber Ludger und Gotthard sind Mücken und dünne Luft nicht gut bekommen.

«Dafür haben wir über 5000 Euro bezahlt, ja? Dass wir im Schweinedreck schlafen, ja? Und neben mir ein paar halbnackte Frauen und Kinder, die wie Gülle stinken.» Ludger ist geradezu erbost.

Mir liegt auf der Zunge, ihn zu fragen, was er an ein paar halbnackten Frauen in der Nacht so schlimm findet. Aber ich halte mich zurück. Ludger könnte noch auf die Idee kommen, sich beim nächsten Dani eine Steinaxt zu leihen und mir damit das Hirn zu spalten. Zudem muss ich als Reiseleiter Kritik generell ernst nehmen. Also erwidere ich betont sachlich: «Es war von Anfang an klar, dass unsere Tour zu dem Volk der Dani Expeditionscharakter besitzt.»

«Aber die Dani sind kein Volk, sondern ein Haufen Wilder ohne jede Kultur und ohne jeden Benimm.» Gotthard unterstützt nun Ludger.

Ich muss es sagen, selbst wenn ich mich damit als kulturlos oute, als ein Wilder ohne Benimm: «Anscheinend sind die Dani aber gut genug, um Kamerachips mit ihnen zu füllen.»

Diese Antwort hat Ludger wohl von mir erwartet, denn er sagt, ohne nachzudenken: «Wenn ich solche Menschen fotografiere, heißt das nicht, dass ich wie sie leben möchte. Bei einem Stierkampf, den ich mit der Kamera festhalte, springe ich ja auch nicht danach in die Arena und lass mich auf die Hörner nehmen.»

«Was dein sicherer Tod wäre, der Vergleich hinkt also. Ihr wolltet mehr über die Dani erfahren, und diesen Wunsch habe ich euch erfüllt.»

«Aber dazu muss man nicht gleich mit ihnen schlafen. Das dies passieren musste, liegt allein an deiner schlechten Organisation.»

Jetzt reicht es mir: «Keiner hätte dich daran gehindert, gestern Nacht ins Hotel zurückzulaufen. Aber ich hätte dich ganz sicher nicht vom Rost geholt. Und wie kommt ihr überhaupt dazu, die Dani als Wilde zu beschimpfen? Sie besitzen, im Gegensatz zu uns, noch halbwegs intakte Sozialstrukturen. Sie ernähren sich von den Nahrungsmitteln, die sie anbauen, und sie haben perfekte Überlebensstrategien entwickelt. Ihr könnt hier ja kaum eine Nacht überstehen.»

Gotthard wird die Diskussion peinlich, zumal Mechthild an ihm zerrt. Und Jana hat sich, glaube ich, gerade innerlich von Ludger getrennt. Schöne Aussichten für die nächsten Tage. Aber ich habe mich in Rage geredet und brülle Ludger an: «Du hättest es am liebsten, wenn die Wilden abends auf die Hotelterrasse kommen und da eine kleine Schau hinlegen. Mit einem Gin Tonic in der linken Hand und der Kamera in der rechten. Danach heiß duschen und gepflegt ans Büfett? Aber da hätte deine Freundin wieder das Problem mit dem Zirkus. Und zu Hause wirst du bei den Freunden herumposaunen, wie du es geschafft hast, in der Wildnis zu überleben.» Ich weiß, souveränes Verhalten geht anders, aber Ludger hat mich auf die Palme gebracht.

Funkstille. Endlich ist er eingeknickt. Und auch die Dani um uns herum scheinen von meiner Rede sehr beeindruckt zu sein, zumindest von meiner Stimmgewalt. So haben sie sich einen fremden Häuptling immer vorgestellt. Gut, dass ich diese Rede nicht vor fünfzig Jahren hier gehalten habe, dann wäre es mir an den Kragen gegangen, auf meine Krieger hätte ich nicht bauen können.

Es ist Zeit, sich zu verabschieden. Die Sonne scheint an diesem Morgen von einem milchigen Himmel herab, von den Bäumen und Gräsern tropft das Wasser, Schweine und Kinder liegen noch im Tiefschlaf. Wir stellen uns vors Männerhaus und rufen mit den Dani um die Wette: «*Nayak, Nayak, Nayak.*»

Morgen werden wir über Jayapura nach Balikpapan fliegen, einer Küstenstadt auf Kalimantan (Borneo). Dort, im Urwald, besuchen wir für eine Woche die Dajaks in ihren Langhäusern. Da sind die Häuser – wie der Name schon sagt – lang und nicht rund, und die Schweine schlafen unter den Häusern, die auf Stelzen stehen. Aber sonst ist alles ziemlich ähnlich, und wir sind da nicht eine Nacht, sondern sechs Nächte.

REISE TIPPS

Das ultimative und unbedingt zielführende Verhalten beim Joggen in Asien, in Afrika und in Europa

Diese Ratschläge richten sich an Jogger, keinesfalls an Stöckchenschleifer, sprich: Walker. Walker sollten sich nur in Europa betätigen. In Asien ist kein Platz für ausholende und nicht zielführende Stockbewegungen, und in Afrika helfen Stöcke sowieso nicht, wenn etwa ein Gnu im Weg steht. Da hilft nur rennen, und das können Walker nicht. Und sollten Sie in Amerika ausholend spazieren gehen, denken Sie daran: Hier verteidigen sich Menschen mit Handfeuerwaffen. Stöcke wirken da lächerlich. Joggen hingegen muss nirgendwo auf der Welt zu einem Problem werden, dann jedenfalls, wenn Sie meine Ratschläge beherzigen.

Sicher: In Asien etwa ist Joggen nicht unbedingt ein Massenphänomen. Der Asiate an sich fährt lieber Bus. Früher gab es so gut wie keine Straßen in dieser Region, Busse demnach auch nicht, nur vereinzelt ein Fahrrad. Da mussten die Menschen immer weit laufen, um in die nächste Stadt zu kommen, um zur Arbeit aufs Feld zu gelangen oder jemanden zu treffen. Das war in Afrika nicht anders, aber der heutige Afrikaner ist diesbezüglich um einiges geschäftstüchtiger als der Asiate. Er hat früh erkannt, dass man das Notwendige mit dem Nützlichen verbinden kann. Ein Kenianer beispielsweise, der täglich seine vierzig Kilometer entfernt wohnende Freundin besuchen möchte, läuft den Weg. Der Nepalese nimmt den Bus. Dafür kann ein Kenianer später Olympiasieger werden und damit auch reich und berühmt. Der Nepalese schafft es stattdessen nur bis zum Ramschladenbesitzer. Komisch eigentlich, dass insgesamt gesehen der Asiate derzeit dem Afrikaner in Sachen Wirtschaftskraft trotzdem den Rang abläuft.

Zurück zum Joggen: Wenn Sie also in Asien joggen möchten, müssen Sie sich erkundigen, welcher Religion die Menschen vor Ort angehören. In Indien zum Beispiel können Sie, besonders in der Nähe des Ganges, zur Not auch nackt laufen, zumal es dort fast immer warm ist. Die heiligen Männer, die Sadhus, sitzen da auch gern nackt in der Sonne herum. Im Iran sollten Sie davon Abstand nehmen, es sei denn, Sie sind auf großen Ärger aus. Dafür reicht manchmal schon das Laufen in kurzen Hosen. Allerdings: Sollten Sie Ihre Laufzeiten radikal verbessern wollen, dann joggen Sie einfach mal in Shorts eine Runde durch den Grand Bazaar in Teheran. Da werden Sie von Minute zu Minute schneller, weil Steine in Ihre Richtung fliegen – ich weiß das aus eigener Erfahrung. Mit Sicherheit ist das eine sehr effektive, aber auch gefährliche Trainingsmethode. Frauen sollten in besonders strenggläubigen muslimischen Ländern auf das Joggen gänzlich verzichten. Es sei denn, Sie lassen sich ein Laufband auf Ihr Hotelzimmer bringen. Hängen Sie dann aber bitte nicht das Schild vor die Tür, auf dem steht: «Bitte sauber machen». Denn wenn der Putzmann Sie sieht, stecken Sie im Schlamassel. In einem solchen Fall würde ich augenblicklich zum Flughafen jagen – nicht joggen – und die nächste Maschine Richtung Heimat nehmen. Fazit: In Ländern mit überwiegend islamischer Bevölkerung ist Joggen kein Heidenspaß. Was aber nicht ganz stimmt. In Beirut, im Libanon, leben viele Muslime – und dennoch geben sich dort beide Geschlechter diesem Sport ausgiebig hin, und zwar in durchaus freizügigen Outfits.

Joggen in Ländern mit überwiegend buddhistischer Bevölkerung ist jedoch ein uneingeschränkter Spaß. Wenn Sie in Tibet über die Hochebenen laufen, finden Sie immer Gleichgesinnte. Begleitet Sie ein buddhistischer Nomade ein Stück, lädt er Sie anschließend in sein Zelt ein. Läuft ein Mönch mit Ihnen, kommen Sie um einen Klosterbesuch nicht umhin. Aber Vorsicht: Beim

Betreten einer solchen religiösen Anlage müssen Sie die Schuhe ausziehen, selbst wenn Sie höllische Schweißfüße haben. Ist aber nicht schlimm, weil fast alle Mönche wie Sie Turnschuhe tragen und sich mit extremem Fußgeruch herumschlagen.

Sind weder Nomaden noch Mönche in der Nähe, rennen garantiert ein paar Yaks mit Ihnen um die Wette. Die Wette verlieren Sie übrigens, weil diese Grunzochsen schneller sind, als sie aussehen, und weil Tibet über 3500 Meter hoch liegt. Da kann Joggen bei fehlender Akklimatisation zur Höllenqual werden. Faustregel für die richtige Höhengewöhnung: erste Woche schleichen, zweite Woche wandern, dritte Woche joggen. So einen Urlaub können sich aber nur Lehrer leisten.

Joggen in asiatischen Ländern mit überwiegend hinduistischer Bevölkerung ist generell auch eher unproblematisch. Schwierig könnte es nur werden, sollten Sie sich nach einer ruhigen und beschaulichen Strecke sehnen. Wenn Sie gedankenverloren über abgeerntete Reisfelder traben, kann es nämlich schnell passieren, dass Sie in einen mittelgroßen Wanderbasar geraten. Da hocken dann ein paar hundert Händler in der Landschaft, die allen möglichen Krimskrams mit sich herumschleppen und mit Ihnen natürlich nicht joggen wollen, sondern Ihre Hose, Ihr Hemd, wenn Sie denn eins tragen, und Ihre Schuhe kaufen wollen. Wobei ein solches Geschäft geradezu im Laufen abgewickelt wird. Dabei reißen Ihnen ganz viele Hände die Sachen vom Leib, anschließend überreicht man Ihnen etwa 200 indische Rupien, umgerechnet zwei Euro, mit der Bemerkung: «*Good business for you!*» Na ja, werden Sie denken, und wie soll ich jetzt weiterlaufen? Ich sag es Ihnen. Kaufen Sie sich für 100 indische Rupien bei den Händlern eine neue indische Turnhose und für die restlichen Rupien ein paar Badelatschen. Man kann übrigens sehr gut in Badelatschen joggen, auch das weiß ich aus eigener Erfahrung.

In Afrika ist es bei diesem Sport ziemlich egal, welcher Religion die Menschen vor Ort angehören. Viele international erfolgreiche Läufer kommen aus nordafrikanischen Ländern mit muslimischer Bevölkerung. So holte etwa der Marokkaner Hicham El Guerrouj bei den Olympischen Spielen in Athen 2004 zweimal Gold, über eine Kurz- und über eine Langstrecke. Ganz allgemein sollten Sie aber in den «Läuferländern», also im Norden und Osten des Kontinents, auf mögliche Hintermänner achten. Wenn ein wild gewordener Äthiopier oder Kenianer Sie überholen will, stehen Sie besser nicht im Weg. Es könnte schließlich ein kommender Olympiasieger sein, und dessen Karriere wollen Sie ja nicht verhindern.

Im Süden von Afrika kann ich Jogger nur warnen: Laufen Sie nie im Umfeld von Jagdfarmen! Denn dort verbringen häufig deutsche Jäger ohne Jagdglück ihren Urlaub. Treffen sie in ihrer Heimat keine altersmüde Ringeltaube, fallen nun Kudus, Gnus und Springböcke im Minutentakt. In diesem Blutrausch kann dann auch ein Jogger fallen. Falls Sie keineswegs auf Ihren Sport verzichten wollen, rennen Sie bitte nie ohne Signalweste los.

Doch außerhalb dieser Todeszone drohen weitere Gefahren. Ich könnte Ihnen jetzt raten, beim Joggen Leuchtraketen mitzunehmen, damit man Sie, sollten Sie sich verlaufen, auch findet. Weiterhin einen Knirps als Schutz gegen die Sonne, einen Klappspaten, um sich notfalls aus einer Düne auszugraben, ein Jagdgewehr als Verteidigungswaffe bei einem eventuellen Löwenangriff sowie einen Zehn-Liter-Wasserkanister gegen den Durst. Aber ich weiß, das ist zu viel verlangt. Besser, Sie unterlassen in diesen Regionen das Laufen.

Wenden wir uns nun Europa zu. Hier kennt sich der deutsche Jogger gemeinhin gut aus. Entschiedenes Fehlverhalten schließt dieses Wissen aber nicht aus. So wird häufig in dörflicher Umgebung vergessen, dass man eine Laufrunde nie auf einem Friedhof beenden sollte, auch wenn das dortige Wasserbecken noch so sehr lockt, um sich kurz abzukühlen. Ein Friedhof ist weder Badeanstalt noch Turnhalle.

In großen Teilen Spaniens wartet der schlimmste natürliche Feind des Joggers, der gemeine Straßenköter, in besonders hinterhältiger Weise auf sein Opfer. Er versteckt sich mit Vorliebe hinter alten Mauern von Bauernhöfen, die idyllisch in der hügeligen Lauflandschaft liegen. Und zwar in Rudeln. Kommen Sie nichtsahnend vorbei, prescht diese Hundebande auf Sie zu. Dabei sind die vierbeinigen Gangs unterschiedlich angriffslustig. Die Rudel, die viel Getöse machen, sind meist nicht so schlimm, da helfen ein kurzes Brüllen und ein Heben des Arms, um sie zum Abzug anzuhalten. Brandgefährlich ist jede Meute, die effektiv schweigt. Dadurch können die einzelnen Mitglieder gekonnt zuschnappen. Vermeiden Sie es, jene Tiere aus dem Lauf heraus abschütteln zu wollen. Wenn Sie Pech haben, nutzt einer der Hunde den kurzen Moment, in dem Sie auf einem Bein stehen, und beißt zu. Meine Methode rät zum sofortigen Einsatz von Felsbrocken, falls zur Hand. Straßenköter hassen heranfliegende große Steine, selbst wenn Sie absichtlich niemanden treffen wollen. Sie müssen übrigens keine Angst haben, dass ein möglicher Hundebesitzer Sie anzeigt oder den Tierschutz alarmiert. So etwas passiert nur in Deutschland.

Sie wollen in Österreich oder in der Schweiz joggen? Bleiben Sie im Tal! Im Hochgebirge kennt sich, wenn überhaupt, der Bergsteiger aus. Und in Shorts und T-Shirt rasch einen Dreitausender zu erlaufen beweist zwar eine gute Kondition, kann aber tödlich enden. Das geht dann so: Sie starten bei 25 Grad Celsius und Sonnenschein im Tal, laufen bei 15 Grad und immer noch Sonnenschein über Hochalmen, keuchen bei schattigen und windigen 10 Grad über Geröllfelder und stecken bei 0 Grad und Nebel und Schneetreiben am Gipfelgrat fest. Und wenn Sie in dieser Hinsicht noch einmal davongekommen sind, so rutschen Sie stattdessen auf vereisten Felsplatten herum. Überlegen Sie es sich also gut, bevor Sie als Jogger abstürzen und in Spalten hängen.

Jeder deutsche Mann, der in Italien laufen will, wird von den einheimischen Läuferkollegen meist nicht ernst genommen. Ein italienischer Jogger, der etwas auf sich hält, läuft mit blutgetränktem Hemd. Wir kleben uns bei langen Läufen die Brustwarzen ab und verhindern so, dass wir wie Jesus am Kreuz durch die Landschaft rennen. Aber der Italo-Macho braucht Blut beim Joggen. Am Ende will er natürlich einzig seiner Mama zeigen, dass er kein Weichei und erst recht kein Muttersöhnchen ist. Ich finde, dass man in diesem Fall nichts gegen ein Weichei sagen kann.

Noch weiter gen Süden, bei den klammen Griechen, lauert eine besondere Gefahr. Gibt es etwas Schöneres, als über Feldwege durch Oliven- und Feigenbaumhaine zu laufen? Die Grillen zirpen, die Esel dösen, und ein alter Grieche steht rauchend an einer Steinmauer. Er ruft Ihnen ein freundliches *«Kalimera»* entgegen und bittet Sie mit einer einladenden Handbewegung, bei ihm eine kleine Pause einzulegen. Was sollen Sie machen, wenn man Ihnen auf so nette Weise einen guten Tag wünscht? Sie haben jetzt zwei Möglichkeiten. Sie nicken kurz in die Richtung des alten Mannes und laufen weiter. Dann sind Sie unfreundlich, können aber Ihre Runde zu Ende bringen und einen Trainingserfolg verzeichnen. Oder Sie bleiben stehen, sagen ebenfalls *«Kalimera»* und bekommen eine Zigarette, einen Ouzo und frische Oliven angeboten. Ihre Trainingsrunde ist damit unweigerlich beendet. Denn aus einem Ouzo werden vermutlich drei oder vier. Aber keine Sorge: Fast jeder griechische Bauer besitzt einen Pick-up oder zumindest ein Moped und fährt Sie nach dem kleinen Gelage in Ihre Herberge. Wenn Sie Glück haben, überstehen Sie das heil.

Eine Kreuzfahrt, die ist lustig

Überleben auf dem Traumschiff

Diva, Bella, Luna, Blu und Sol heißen weder die fünf Töchter von Ursula von der Leyen noch die neuen Slim-Fast-Produkte. Auf diesen Namen wurden die Schiffe der AIDA-Flotte getauft. Das wussten Sie nicht? Dann sollten Sie auf keinen Fall damit rechnen, bei Günther Jauch eine Million zu gewinnen. Egal. Deutschland ist seit Jahren im Kreuzfahrtfieber. Das kann ich gut verstehen, besonders wenn man aus dem Osten des Landes kommt. Der Heimathafen der gesamten AIDA-Flotte ist nämlich Rostock-Warnemünde, das Bier an Bord kommt aus Radeberg bei Dresden, die Sättigungsbeilagen an Bord schmecken so wie früher – fast so. Aber was, bitte, macht zum Beispiel ein Rheinländer wie ich an Bord eines solchen Schiffes? Eigentlich müsste er verhungern und verdursten und sich zu Tode langweilen. Tut er aber nicht. Weil die AIDA-Kreuzer ganz Deutschland in ihren Bann gezogen haben, und zwar mit zwei einfach genialen Werbesprüchen. Der eine davon lautet: «Hier ist das Lächeln zu Hause», der andere: «Grenzenloses Reisevergnügen».

Grenzenlos lachen und sich wie zu Hause vergnügen ist auch dem Rheinländer nicht fremd. Der kritische Rheinländer könnte jetzt natürlich sagen: «Auf platte Werbesprüche falle ich nicht rein.» Aber besonders an kalten und nassen Winterabenden kommt ein handfestes Argument auf den Tisch beziehungsweise aus dem Flachbildschirm, das auch der widerspenstigste Geist nicht so einfach wegwischen kann: die Sendung *Traumschiff*. Schöne Menschen in schönen Kleidern wandeln da über weiße Strände und trinken bunte Cocktails. Fast alle haben sich lieb, nur ein paar Stänkerer sorgen für die nötige Würze. Auf dem Traumschiff findet ein Traumurlaub statt, und auf den AIDA-Schiffen wird daraus Wirklichkeit für Hinz und Kunz.

Kein Wunder, dass ich das versprochene grenzenlose Reisevergnügen am eigenen Leib spüren muss. Eine Woche lang will ich mich in der Karibik treiben lassen, nette Menschen kennenlernen und herausfinden, ob die große AIDA-Familie bereit ist, mich aufzunehmen.

Mit ihr zu reisen bedeutet, laut Prospekt, auch «privilegiert zu reisen». Davon merkt man bei der Anreise aus Deutschland erst einmal noch nicht viel. Am Flughafen in Frankfurt stehen neben mir in der Schlange vor dem Schalter auch normale Karibik-Urlauber. Und im Flieger fällt mir auch nicht auf, dass ich bevorzugt behandelt werde. Aber ich kann schon ein wenig ahnen, was mich erwartet. Von Sitzreihe 1 bis 45 höre ich: «Ich bin schon zum zehnten Mal mit der AIDA unterwegs. Ich kann mir gar keinen anderen Urlaub mehr vorstellen. Jedes Jahr treffe ich auf einem der Schiffe meine Freunde wieder.»

Am Flughafen in La Romana, einer kleinen Stadt im Südosten der Dominikanischen Republik, warten schon lächelnde AIDA-Scouts auf mich und meinen Koffer. Sie schicken mich zu Bus Nummer sieben, und mit ihm fahren fünfzig Kreuzfahrer und ich zum AIDA-Schiff Luna, kaum zehn Minuten dauert der Transfer. Als ich aus dem Gefährt aussteige, stehe ich im Schatten vor dem riesigen Dampfer mit dem roten Kussmund. Einige meiner Mitreisenden winken den Oberdecks zu, wo sie alte Bekannte entdecken. Beim Einchecken, noch an Land, und zur Unterhaltung begleitet von einem Clown, bekomme ich eine bunte Plastikkarte, die für sieben Tage meine weitere Existenz sichern wird. Ein schmaler Steg führt nun in den Bauch des Schiffs, und da werde ich erst einmal gescannt, wie am Flughafen. Nicht nur Spaß wird groß geschrieben an Bord, auch die Sicherheit.

Nach Schiff sieht es im Innern aber nicht mehr aus, eher nach einem kultivierten Fünf-Sterne-Hotel. Alles blinkt und glitzert, ist hell erleuchtet. In einem Aufzug fahre ich in die siebte Etage. Als AIDA-Kenner wüsste ich jetzt den Weg, aber als blutiger Anfänger irre ich durch die immer länger werdenden Gänge, bis schließlich meine Karte in Tür Nr. 7007 passt.

Mit AIDA reisen heißt «auf Entdeckertour gehen». Also mache ich mich daran, die Kabine zu entdecken, was sich letztlich aber als wenig ergiebig herausstellt, da Innenkabine. Vielleicht, denke ich, ist die Schiffsentdeckung interessanter. Das gestaltet sich jedoch als schwierig, weil 1200 andere Entdecker ebenfalls auf Entdeckungstour sind. Relativ zügig strebe ich deshalb einen Tresen an und bestelle dort in Ermangelung eines Kölsch ein Radeberger. Die Barfrau lächelt sehr angenehm. Das gehört zur Schiffsphilosophie. Wer angelächelt wird, hat Lust zurückzulächeln. Davon bekommt man Durst, und schon wird die kleine bunte Plastikkarte durch den Schlitz gezogen und das Konto mit einem Bier belastet.

Kurz vor sieben Uhr stelle ich mich in eine Schlange vor dem sogenannten Marktrestaurant, das nichts anderes als ein Büfett ist. Ausschließlich Ehepaare stehen vor und hinter mir. Und die sehen sich verblüffend ähnlich. Er gern ein Bundfaltenhosenhochträger mit schmalem schwarzen Ledergürtel und Pilothemd. Sie vorzugsweise hochhackig und kniefreies Kleid, um die Taille einen breiten schwarzen Kunstledergürtel. Die meisten müssen sich zu Hause unter die Sonnenbank gelegt haben, da richtige Kreuzfahrer ja vom ersten Tag an wettergegerbt aussehen (müssen). Sie kennen sich aus auf den Weltmeeren, sie kann kein Sturm erschüttern, sie sind lässig. Und so tun sie jetzt auch, als würden sie gar nicht anstehen.

Die Stimmung ist erstaunlich steif – für AIDA-Verhältnisse. Beim Essen am Büfett hört der Spaß auf. Theoretisch herrscht freie Platzwahl, aber praktisch kennen viele Ehepaare andere Ehepaare, für die sie Plätze freihalten müssen. Einzelplätze sind also Mangelware. Nach der siebten Abfuhr setze ich mich, ohne zu fragen, an einen Tisch mit noch fünf freien Plätzen. Weil ich fünf durch zwei teilen kann. Und ich werde tatsächlich geduldet!

Satt suche ich den direkten Weg zum Deck 12, zur «Sailaway-Party». Alle sind gut drauf, alle tanzen den Clubtanz. Ich treffe Heidrun und Silke. Sie sind zum zwölften Mal auf einem AIDA-Schiff, also echte Wiederholungstäterinnen.

«Wir können uns einen anderen Urlaub gar nicht mehr vorstellen», vertraut mir Silke an.

Die wird von dem Reiseunternehmen für ihre Lobeshymnen bezahlt, denke ich, antworte aber: «Und stört euch denn nicht, dass man immer nur einen Tag vor Ort ist und dann schon wieder das nächste Ziel angesteuert wird?»

«Überhaupt nicht», meint Heidrun. «Ein Tag reicht fast immer. Auf einer Karibikinsel ist nie besonders viel zu sehen. In Städten wie Rom oder Barcelona hat es dann auch gereicht», fügt sie hinzu. Was soll ich sagen? Diese beiden Frauen sind Überzeugungstäterinnen, Einspruch nicht gestattet.

Ich lehne mich über die Reling und schaue in die Nacht, hinter mir die bunte und laute Welt auf Deck 12, vor und unter mir das schwarze und stille Meer. Genauso still stehle ich mich davon.

Ausschlafen ist am nächsten Morgen nicht möglich, da die obligatorische Seenotrettungsübung abgehalten wird. Beim Zähneputzen frage ich mich, was denn passiert wäre, wenn das Schiff schon in der Nacht zuvor in Seenot geraten wäre. Ohne Seenotrettungsübung wären wir doch äußerst hilflos gewesen, oder?

Einzufinden habe ich mich an meiner Sammelstelle auf Deck 6. Dort herrscht schon ein Treiben wie auf einem Karnevalszug mit Einheitskostüm, in diesem Fall besteht es aus der obligatorischen roten Schwimmweste. Und schon geht das Spektakel los. Der Deckoffizier brüllt in allerbestem Kommisston die einzelnen Kabinennummern. Er erwartet ein zackiges «Ja», «Hier» oder *«Sir, yes Sir»*. Kommt die Antwort nicht wie aus der Pistole geschossen, setzt es böse Blicke. Wenn sich alle gemeldet haben, also noch keiner über Bord gegangen ist, wird die Show vollkommen unspektakulär beendet. Ich hätte noch gern ein Rettungsboot erklärt bekommen und die Zusicherung erhalten, dass auch wirklich für jeden an Bord ein Platz in einem solchen Boot sozusagen reserviert ist. Ebenso hätte es mich sehr interessiert, von welchem Deck man im Notfall idealerweise ins Meer springen soll. Aber es gibt keine weiteren Informationen, stattdessen machen AIDA-Fotografen Bilder von uns Schwimmwestenträgern, die später ausgehängt und zum Verkauf angeboten werden.

Da heute kein Landgang angesagt ist, ist heute Seetag, und Seetag ist Pooltag. So wie ich haben viele gedacht. Entsprechend sieht die Situation bei den Sonnenliegen aus. Entweder sind Menschen auf ihnen oder Handtücher oder Utta-Danella-Bücher. Ich könnte auch wieder in mein Innenkabinenbett gehen, aber da ist das Zimmermädchen zugange. Also packe ich ein fremdes Handtuch fein säuberlich beiseite, lege mich an seine Stelle in die Sonne und stelle mich sofort schlafend. Das ist nicht einfach. Die Liegen stehen dicht gedrängt in Reih und Glied. Ich kann zwanzig Menschen atmen hören und ihre Sonnencreme riechen. Dennoch: Die Kombination aus frischer Seeluft und anstrengender Seenotrettungsübung hat mich müde gemacht. Aus dem Schlafendstellen wird ein eindeutiges Schlafen, bis der Handtuchbesitzer um die Ecke biegt und mich abrupt aus wirren Träumen reißt.

«Diese Liege ist mir, dass Sie's wissen, und die daneben meiner Frau.»

«Nein, das sehe ich nicht so», antworte ich. Sofort bin ich hellwach und kampfbereit.

«Haben Sie nicht das Handtuch gesehen?»

«Doch! Und das hab ich Ihnen auch ordentlich zusammengefaltet hier hingelegt.» Ich zeige auf den Boden.

«Sie wissen genau, dass mein Handtuch auf der Liege lag. Es ist meine Liege.» Der Typ, der aussieht wie Helmut aus Halle in Westfalen, kocht langsam hoch.

«Die Liege haben Sie nicht von zu Hause mitgebracht, Ihre Liege kann das also gar nicht sein. Sie war nicht belegt, als ich kam, und zumindest kurzfristig ist es meine Liege.» Ich kann auch rüde sein.

Wäre Helmut aus Halle körperlich dazu in der Lage gewesen, er hätte mich – wie ich sein Handtuch – zusammengefaltet. Ist er aber nicht. Er verdrückt sich und lässt seine miese Laune vermutlich an seiner Ulla aus. Wenn Sie aber auf einer Liege liegen, nicht mehr schlafen können und das Buch in der Kabine vergessen haben und nicht holen können, weil der Feind im Revier weilt, dann vergehen Minuten so langsam wie Stunden. Ich gebe auf. Ich habe keine Lust mehr auf liegen. Stattdessen mache ich eine Entdeckungstour über die oberen Schiffdecks.

Überall trinken Ehepaare bunte Cocktails. Ich setze mich zu zwei Paaren in die Sonne und stelle mich als Alleinreisender vor. Das erweckt bei den Damen Mitleid und bei den Herren ... Genau kann ich das nicht einschätzen. Es scheint sie unangenehm an etwas zu erinnern. Die Schwarzhaarige auf dem Nebenstuhl spricht mir spontan Mut zu. «Sie müssen heute Abend unbedingt in die Anytime-Bar und danach in die Disko. Danach sind Sie definitiv nicht mehr allein. Hier bleibt keiner lange allein. Meinen Mann habe ich auch an Bord kennengelernt, die AIDA hat uns vor fünf Jahren zusammengebracht. Und wir sind immer noch glücklich, oder, Knut?» Knut, etwas behäbig mit schütter werdendem Blondhaar, nickt eifrig. Aber auch er will mich ein wenig aufbauen. «Sie müssen doch einem anderen Menschen mitteilen können, wenn Sie hier was erleben. Kommen Sie heute Abend mit uns, wenn Sie sich allein nicht trauen.» Das zweite Paar signalisiert ebenfalls durch ein Kopfnicken, dass es bereit ist, mir persönlich die AIDA-Luna-Welt näherzubringen. Ich weiß nur nicht so recht, ob ich dafür schon bereit bin. Mit einer vagen Zusicherung verabschiede ich mich von ihnen.

Während ich meine Bordexpedition fortsetze, entdecke ich noch ein paar Menschen wie mich, Einzelgänger und Einzelgängerinnen, die in den Ecken herumsitzen und angestrengt in Bücher schauen oder sentimental in die Ferne stieren. Es ist wirklich nicht schön, wenn man nicht dazugehört. Das ist, als ob man im Stadion in Köln in der Nordkurve steht, aber unter der Jacke einen Gladbach-Schal trägt. Natürlich könnte ich mir jetzt eine Bügelfaltenhose mit schmalem Ledergürtel im AIDA-Shop kaufen und eine Marianne von der Reling fragen, ob wir für ein paar Tage zusammen gehen können, aber einer mit einem Borussia-Schal hängt sich auch keinen FC-Schal um. Todsünde!

Ich werde ein einsamer Wolf bleiben, hege aber eine kleine Hoffnung. Wenn Ehepaare im Urlaub plötzlich ungewohnt viel Zeit miteinander verbringen müssen, dann kann das mitunter zu Problemen führen. Und gerade ein Seetag hat seine ganz eigenen Gesetze. An einem Seetag gibt es keinen Auslauf ... Leider regnet es nicht, das hätte alles noch viel spannender gemacht.

Zusammen in der Kabine aufstehen: Das geht noch in Ordnung.

Zusammen frühstücken ohne Zeitung: kann streitfrei ausgehen, da andere Paare Gesprächsstoff liefern.

Zusammen zwei Liegen beanspruchen: null Krise, weil sie lesen und er schlafen kann.

Zusammen am Büfett einen Teller auffüllen: unproblematisch, wenn sie das Bier holt.

Zusammen in die Kabine für eine kleine Nummer: super, man ist ja im Urlaub.

Zusammen an der Bar sitzen und Cocktails trinken: Krise, da alles gesagt und getan ist. Er will jetzt Skat spielen und sie in die Wellness-Oase. Das ist meine Chance. Ich treffe Wolle aus Wanne-Eickel und Ulli aus Kiel. Wir haben viel Spaß beim Kartenspiel mit dem einen oder anderen Radeberger.

Auf einmal finde ich die AIDA-Luna amüsant. Für Skatspieler ist dieses Schiff nämlich ein Paradies: überall Sitzecken und überall Bierhähne. Zum Abendessen darf ich mit an den Tisch von Wolle und seiner Monika und von Ulli und seiner Gaby. Die vier machen schon seit Jahren zusammen Urlaub – natürlich auf der AIDA. Wolle und Monika betreiben eine Gebäudereinigungsfirma, Ulli und Gaby sind bei der Stadt fest angestellt. Risiko und Stress auf der einen Seite, Sicherheit und Langeweile auf der anderen Seite. Jetzt aber haben die vier Spaß.

«Wir haben uns aufs Fensterputzen in Privathäusern spezialisiert», erzählt Wolle. «Hausfrauen sind zwar extrem pingelig, wenn's um ihre Fenster geht, aber sie zahlen sofort und gern auch mal ohne Rechnung.» Der große Vorteil von Wolle und seiner Frau ist, dass die beiden Mittdreißiger extrem seriös aussehen, als würden sie in einer Sparkasse arbeiten. Er trägt elegante Titanbrille, sauber gebürsteten Seitenscheitel und gestreiftes Button-Down-Hemd, sie jugendlichen Pferdeschwanz, elegante, kleine Goldohrringe und einen lässigen Hosenanzug in Braun. Denen würde ich, ohne zu zögern, meinen Hausschlüssel geben. Ulli und Gaby sehen dagegen gar nicht so seriös aus, eher ein wenig prollig. Ulli ist hier der Ohrringfan, er könnte sich auch mal wieder den Nacken ausrasieren lassen. Gaby steckt ziemlich fest in einer Lederhose, die gute Nähte haben muss. Aber vielleicht gehört sich das so in Kiel.

Nach dem Essen wollen die beiden Damen das Showprogramm erleben, wir sind mit einer Sitzecke, zweiunddreißig Karten, Stift, Bierdeckel und drei vollen Biergläsern zufrieden. Die AIDA hat sich für uns in eine Eckkneipe verwandelt.

Als Monika und Gaby um Mitternacht alleine ihre Kabinen aufsuchen, habe ich zwei neue Freunde gewonnen und zwei Paare vor einem öden Abend bewahrt.

Am nächsten Tag bin ich bereit, endlich ein richtiger Entdecker zu werden. Landgang. Ich stelle mir vor, auf einen tropisch grünen Hügel zu steigen und mich wie Herr Kolumbus vor ein paar hundert Jahren zu fühlen. Ein einsamer Palmenstrand würde mir zur Not aber auch reichen. Doch anscheinend habe ich die AIDA-Entdeckerphilosophie nicht so ganz verstanden. Die geht nämlich so: Man steigt mit 500 anderen Entdeckern in einen von fünfunddreißig bereitgestellten Minibussen und schaut durch ein Fenster auf Holzhäuser am Straßenrand. So gesehen ist auch jede Fahrt in einem überfüllten deutschen Linienbus eine phantastische Entdeckertour. Wenn das die Stadtbetriebe erst begreifen, werden die Preise drastisch steigen.

Es werden unzählige Besichtigungsstopps gemacht, eigentlich nichts anderes als kurze Pausen, um zu fotografieren, der erste inmitten einer Zuckerrohrplantage. Ich sehe zwar Zuckerrohr, weil es gut drei Meter hoch wächst, aber keine versprochenen Plantagenarbeiter. Wahrscheinlich haben sie vor uns Reißaus genommen. Nächster Halt: Muskatfabrik. Die schaue ich mir aus dem Bus an, da habe ich persönlich mehr Entdecker-Feeling. Wenn die Insassen von fünfunddreißig Minibussen eines Kreuzfahrtschiffs und von siebzehn weiteren eines zweiten in die kleinen Fabrikhallen strömen, eigentlich fluten, bin ich beim Busfahrer bestens aufgehoben. Im Verkaufsshop erwerbe ich ein kaltes Bier und mache mit dem Busfahrer ein Nickerchen. Was kann man doch nach einem kalten Bier in warmer karibischer Luft für ein herrliches Schläfchen machen. Eine wunderbare Entdeckung!

Am Abend lade ich meine Skatbrüder mitsamt weiblicher Begleitung ins bordeigene Feinschmecker-Restaurant ein. Da fühlt man sich gleich wie in der Business Class, besonders wenn man daran denkt, dass im Marktrestaurant das Besteck an Metallständern hängt und die Atmosphäre in Richtung Kantine tendiert. Wir haben uns alle chic gemacht. Bei Ulli und Gaby ist das ein bisschen schiefgegangen. Der Lederrock von Gaby ist wie schon ihre Lederhose einfach eine Nummer zu klein, und bei ihrer weißen Bluse hätte ein zweiter Knopf gute Dienste leisten können. Und bei Ulli steht die lilafarbene Bundfaltenhose auf Kriegsfuß mit seinem mehr grünlichen als gelblichen Kurzarmhemd. Mich stört das nicht. Ich will einzig bei Monika und Gaby für gut Wetter sorgen, haben ihre Männer sie doch durch mich vernachlässigt.

Tags darauf wird wieder zu einer Entdeckertour an Land geladen. Nein, danke! Ich bleibe an Bord. Ich habe die Hoffnung, dass ich hier der Einzige bin. Wieder ein Trugschluss. Es wimmelt von Entdeckungsverweigerern. Wahrscheinlich wollen die sich endlich einmal in aller Ruhe satt essen oder in der Karibik in die Sauna gehen oder eine freie Liege finden. Meine Kumpels sind leider gut dressiert, sie müssen trotz edlem Essen am vergangenen Abend mit auf eine Karibikinsel. Skat spielen kann ich also vergessen. Ich schaue viel aufs Meer und ein wenig ins Glas, und am Nachmittag habe ich mich am Sportcounter für Spinning eingetragen. Spinning habe ich noch nie gemacht.

AIDA-Gäste sind aktiv, lebensbejahend, sportlich, kommunikativ und schwitzen gern vor Publikum. Obwohl ich alle Kriterien erfülle, fühle ich mich erneut als Außenseiter. Es ist zum Über-die-Reling-Springen. Hätte ich mir vorab einfach eine coole Spinning-Klamotte gekauft, dann hätten mich die Kampfgiraffen und ihre männlichen Pendants vielleicht gnädig und mitleidig in ihrer Mitte aufgenommen, auch als Single. Weil sich Single und Sport auf den AIDA-Schiffen nicht ausschließen. Voraussetzung ist dafür aber das richtige Outfit. Und meins geht anscheinend gar nicht. Normales T-Shirt und Shorts, da wäre nackt noch besser gewesen. Selten haben mich schweißtropfende Menschen in eng anliegenden knallbunten Bodys so herablassend angeschaut. Dichtgedrängt sitzen sie auf diesen seltsamen, stationären Drahteseln ohne Räder und treten wie wahnsinnig in die Pedale. Ein durchtrainierter Instructor mit Hohlkreuz gibt das Tempo vor, ohrenbetäubende Musik befeuert das Szenario. Alle scheinen Spaß zu haben, sonst würden sie es nicht machen. Aber sehen kann man den Spaß als Außenstehender nicht. Die Gesichter sind angespannt, manche vor Schmerz verzogen, die Augen glasig, als seien Drogen im Spiel. Vielleicht machen aber auch schon Nahrungsergänzungsstoffe solche Augen.

Ich verschwinde in die Sauna – und erwische mich dabei, wie ich die Stunden bis zum Ende meiner Kreuzfahrt zähle. Ein eindeutiges Signal, dass ich die goldrichtige Reise gebucht habe. Und als der Nebel im Dampfbad mein Gehirn erreicht, stellen sich sogar ein paar Wortspiele ein: Kreuzfahrt = Kreuzigung, Kreuzzug, kreuzunglücklich, zu Kreuze kriechen, Kruzitürken. Endlich hab ich's kapiert: Eine Reise auf der AIDA ist ein Kreuzzug. Fanatische Gleichgesinnte kommen in großen Dampfern übers Meer und bringen den Heiden und Nichtsnutzen in der Karibik ihren Glauben mit: Glauben an Radeberger, Spinning und Themenbüfett. Aber das ist auch wieder Unsinn: Der Glauben allein an Radeberger hilft nicht, man darf ja gar kein Bier mit von Bord nehmen, und schon gar keine Spinning-Räder, höchstens ein paar Hühnerschenkel vom Büfett in einer Serviette versteckt. Also kann man von keinem Kreuzzug sprechen, aber eine Eroberung wie früher bei James Cook ist es schon.

Das heißt: weit draußen in der Bucht vor Anker gehen, wo die Eingeborenen mit ihren Einbäumen sich nicht hintrauen, dann plötzlich, meistens so um Viertel nach neun in der Früh, wenn die Kariben noch in der Hängematte liegen, in übermächtigen Wellen an Land stürmen, sich dort sofort in Minibussen verschanzen und im Inselinneren auf Goldsuche gehen, in Form von Goldkettchen, bunten Karibikbildchen und Gewürzmischungen. Sobald aber Eingeborene das Gespräch suchen, verschanzt man sich wieder in einem der Busse, um vom Fenster aus letzte Verhandlungen zu führen. Wenn alle Eroberer reichlich Beute gemacht haben, geht es zurück aufs Schiff. Dort isst man sich satt, um die nächste Insel entdecken und erobern zu können. Es ist doch phantastisch: In sieben Tagen kann man sechs Inseln erobern. Sprich: Das geht viel schneller als früher. Die AIDA macht's möglich.

Bleibt abschließend nur noch eine Frage: Bin ich schon reif für die große AIDA-Familie? Und wenn nicht, wird das überhaupt nochmal was mit mir? Irgendwann?

Dank

Meine Frau Astrid war so manches Mal mit mir unfreiwillig in der «Reise-Hölle», dafür mein Mitgefühl. Mein Dank dafür, dass sie das Zu-Papier-Bringen der Geschichten wohlwollend kritisch begleitet hat.

Auch danke ich Barbara Laugwitz und Regina Carstensen. Sie haben mich ermuntert und gecoacht und hatten stets ein wachsames Auge auf mein Schreiben.